AF304670

Christoph F.J. Rotter wuchs im ländlichen Neulußheim auf. Bereits im Kindesalter begeisterten ihn Märchen und Legenden, die Faszination für Phantastisches und Abenteuer ist seitdem ungebrochen. Ebenso hat er ein Faible für Horror, Mystery und düstere Thriller. Er absolvierte sein Masterstudium für Germanistik und Biologie an der Universität Landau in der Pfalz. Danach verschlug es ihn nach Plochingen, wo er mit seiner Frau, seinem kleinen Sohn und zwei Katzen lebt und in Esslingen am Neckar als Realschullehrer tätig ist.

DER CHAT

Mörderische Nachricht

CHRISTOPH F. J. ROTTER

Überarbeitete Neuausgabe März 2022

Der Chat

ISBN 978-3-98637-622-2
E-Book-ISBN 978-3-98637-608-6

Covergestaltung: Buchgewand
Umschlaggestaltung: ARTC.ore Design
Unter Verwendung von Abbildungen von
depositphotos.com: © Ensuper, © benjaminlion, © javarman,
© Nik_Merkulov, © davidschrader, © warat42
shutterstock.com: © octomesecam
stock.adobe.com: © stockgraphicdesigns, © refresh(PIX)
Lektorat: Philipp Bobrowski
Satz: dp DIGITAL PUBLISHERS GmbH
Druck und Bindung: Books on Demand GmbH, Norderstedt

»Die Nacht ist nicht des Menschen Freund.«
Andreas Gryphius

Jakob

Die *Box*, so wurde der alte Vernehmungsraum im Keller genannt, war lange nicht mehr benutzt worden. Zuletzt hatte man dort einen jungen Vietnamesen verhört, der in einem Krankenhaus damit gedroht hatte, sich mit einer selbst gebastelten Bombe in die Luft zu sprengen. Die Zündung war von diesem Idioten zum Glück falsch verkabelt worden. Der Vorfall lag sicher zwei Jahre zurück.

Jakob folgte seinem Kollegen Moritz in das Kellergeschoss des Präsidiums. Er musste aufpassen, dass er mit den nassen Turnschuhen nicht auf der glatten Treppe ausrutschte. Moritz hatte ihn mitten in der Nacht aus dem Schlaf geklingelt, und Jakob hatte im Halbschlaf das erste Paar Schuhe angezogen, das er gefunden hatte.

Draußen regnete es seit Tagen ohne Unterbrechung. Den Astra hatte Jakob zwei Straßen weiter parken müssen, da in der unmittelbaren Umgebung vor dem Präsidium nicht einmal Gott selbst einen Parkplatz mehr bekommen hätte. Seit über drei Wochen war der offizielle Parkplatz im Hof gesperrt.

Verdammte Baustelle.

Die schwere Metalltür offenbarte einen langen, mit Neonleuchten erhellten Gang. Die eine Hälfte der Röhren verweigerte ihren Dienst, die andere flackerte wie eine billige Partybeleuchtung in einer Dorfdiskothek. Es war kalt hier unten.

»Wo habt ihr ihn gefunden?«, erkundigte sich Jakob.

»In der Wohnung des Opfers. Die Nachbarn hatten Schreie gehört und die Örtliche angerufen. Als sie ankamen, war er noch da.«

»Wie, er war noch da? Was hat er gemacht?«

»Er saß auf dem Sofa und hat Fernsehen geschaut.«

Jakob blieb stehen. »Er hat *was*?«

»Der Typ ist völlig krank.« Moritz forderte ihn mit einer Handbewegung auf, weiterzulaufen.

Im Besprechungsraum warteten bereits Emma und Lukas, ebenso Jürgen, der Chef der hiesigen Mordkommission. Alle begrüßten sich wortlos mit einem Nicken.

Jakob atmete tief ein, schmiss die nasse Jacke auf den Tisch und lief zum Spiegelglasfenster. In der Box saß ein Mann auf dem Verhörstuhl. Mitte vierzig, kurze braune Haare, unauffälliges graues T-Shirt. Seine Hände hatte er zufrieden vor sich verschränkt.

»Was wissen wir über ihn?«

»Gar nichts«, antwortete Jürgen. Der Kriminalchef zog gierig an seiner Zigarette. »Kein Name, keine Daten, nichts.«

»Fingerabdrücke?«

»Fehlanzeige. Noch nicht einmal einen Personalausweis oder eine Bankkarte.«

Jakob musterte den Mann erneut. »Wieder eine junge Frau?«

»Ja«, antwortete Emma.

Jakobs Verhältnis zu ihr war seit Wochen angespannt. Nach einer längeren Affäre – sie wollte eine Beziehung, er nicht – redeten sie nur noch miteinander, wenn es sich um die Arbeit drehte. Jakob fehlten die unverbindlichen Treffen ... und der gute Sex.

»Dasselbe wie bei den anderen Opfern?«, hakte er nach.

Emma nickte. »Gerade zweiundzwanzig geworden.«

»Erzählt mir alles, bevor ich reingehe.«

Lukas reichte ihm einen Kaffee, den Jakob ablehnte. »Es ist Wahnsinn. Er hat sie zuerst mit Kabelbinder ans Bett gefesselt, bevor er ihr alle Finger und Zehen einzeln abgetrennt hat. Mit einer Gartenschere.«

Jakob runzelte die Stirn und verzog angewidert das Gesicht.

»Es geht noch weiter«, fuhr Lukas fort. »Die Augen. Er hat sie mit einer Feile ausgestochen. Dann hat er die Frau einfach liegen lassen, sich umgezogen und sich vor den Fernseher gesetzt. Sie war bereits tot, als die Kollegen eingetroffen sind.«

»Was für eine perverse Scheiße«, fluchte Jürgen und steckte sich eine neue Zigarette an.

»Sind die Körperteile diesmal ...?«

»Nein«, antwortete Lukas. »Wie vom Erdboden verschluckt. Das Gleiche wie die letzten Male. Keine Ahnung, was er damit gemacht hat.«

»Er wird sie doch nicht ...«, setzte Emma an, ohne ihren Satz zu beenden.

Allen war klar, was sie sagen wollte.

»Das finden wir raus, wenn wir ihm eine Kugel in den Kopf jagen und Bruno ihn aufschneidet«, sagte Moritz.

»Ich drück den Abzug«, zischte Lukas.

Jürgen zeigte ihnen den Vogel. »Wir sind hier nicht bei den Russen. Wir müssen rausfinden, was diesen Dreckskerl dazu getrieben hat.«

»Ich frag mich nur, warum er dieses Mal nicht abgehauen ist«, rätselte Jakob. »Und wo zum Teufel sind die Körperteile? Ich geh jetzt rein.«

Moritz öffnete ihm die Tür zur Box. Jakob setzte sich auf den Stuhl gegenüber dem Manne, der seine Arme entspannt auf den Tisch legte und ihn ansah. Der Unbekannte hatte ein markantes Kinn, trug einen Dreitagebart und einen Ohrring am linken Ohr. Auf der Stirn hatte er eine kleine Platzwunde, auf der sich eine dunkle Kruste gebildet hatte. Auf jeden Fall mindestens drei Tage alt.

»Mein Name ist Jakob Sulla, Polizeihauptkommissar. Wie ist Ihr Name?«

»Ich habe keinen Namen mehr.« Die tiefe Stimme des Mannes zeigte weder Unsicherheit noch sonstige emotionale Nuancen.

»Jeder hat einen Namen.«

»Ich nicht.«

»Aber Sie hatten einmal einen?«

»Das stimmt.«

»Und jetzt nicht mehr? Wie kommt das?«

Der Mann antwortete nicht.

Jakob schaute ihm in seine braunen Augen. Die Pupillen waren nicht geweitet, keine Anzeichen für Drogen. »Wissen Sie, was Sie getan haben?«

»Ja.«

»Was haben Sie getan?«

»Ich hab mir von ihr genommen, was nötig war.«

»Nötig wofür?«

Ein Grinsen breitete sich auf dem Gesicht des Mannes aus. Ansonsten keine Reaktion auf Jakobs Frage.

»Ina Ronsbach und Vanessa Durm. Sagen Ihnen diese Namen etwas?«

»Sie waren meine beiden Letzten.«

Jakob schnaufte. »Warum?«

»Warum was?«

»Warum haben Sie diese jungen Frauen getötet?«

»Das verstehen Sie nicht.«

»Erklären Sie es mir.« Die Bilder der beiden Frauen, die letzten Monat tot aufgefunden worden waren, schossen Jakob ins Gedächtnis. Ina Ronsbach war auf dem Küchentisch mit Klebeband fixiert worden, bevor dieser Mistkerl ihr Herz und Lunge mit einem Kai-Shun-Messer herausgeschnitten hatte. Keine chirurgische Meisterleistung, eher das Werk eines Metzgers. Vanessa Durm, dem zweiten Opfer, fehlten nach der *Behandlung* alle Zähne, beide Ohren sowie ihre Zunge.

Jakob stellte sich die fürchterliche Prozedur vor, die beide Frauen vor ihrem Tod hatten durchleben müssen. Ein solches Martyrium konnte man nicht ansatzweise nachempfinden. Die Panik des hilflosen Ausgeliefertseins. Die Angst vor dem eigenen Tod. Die grauenvollen Schmerzen.

»Das bringt nichts. Sie würden es nicht verstehen.«

»Hör zu, du Drecksack«, begann Jakob unbeherrscht. Er krallte sich an der Tischkante fest. Seine Fingerkuppen pressten sich auf das kalte Metall. »Ich will wissen, wieso du Frauen abschlachtest. Ich will wissen, wo die Körperteile sind.« Jakob spürte Verachtung für diesen Mann.

Ein diabolisches Grinsen überzog das Gesicht des Mannes und sorgte dafür, dass sich Jakobs Nackenhaare aufstellten. Nie zuvor hatte er einen solchen

Blick gesehen. Der pure Wahnsinn manifestierte sich im Gesichtsausdruck dieses Mannes. Jakob bekam es mit der Angst zu tun.

1

Ben

Ben stocherte mit dem Strohhalm in den Eiswürfeln seines leer getrunkenen Mai Tais und starrte an die grün beleuchtete Wanduhr über dem Tresen. Der Abend neigte sich früher als geplant seinem Ende zu.

Vermasselt, dachte er sich.

Das Date war bisher bestenfalls mittelprächtig verlaufen, heute war nicht sein Tag.

Den einzigen Lacher hatte er geerntet, als er einen halben Liter Cola über den Kinosessel verteilt und im Anschluss auch noch die Nachos eines Sitznachbarn abgeräumt hatte.

Grandiose Aktion.

Er musterte Viola, die erneut in ihr Smartphone vertieft war und fleißig tippte. Sie hatte schnell klargemacht, was für eine Art Frau sie war: Krankenschwester, selbstbewusst und klug, mit einem trockenen Humor und beileibe nicht auf den Mund gefallen. Viola war dreiunddreißig, zwei Jahre älter als er selbst. Bewusst oder unbewusst hatte sie durchsickern lassen, dass nette Kerle wie Ben normalerweise nicht in ihr Beuteschema fielen.

»Besonders gesprächig bist du nicht, oder?«, fragte Viola und widmete sich wieder ihrem Handy.

»Kommt drauf an«, antwortete Ben, woraufhin ihr Blick zu ihm zurückwanderte. »Aber ja, ein Entertainer bin ich wohl nicht wirklich. War ich noch nie.«

»Schade, dabei bist du doch echt ein Hübscher.«

Ben hatte mit seinen Einsvierundachtzig, den kurzen braunen Haaren und dem recht markanten Gesicht nie Probleme gehabt, Frauen kennenzulernen, auch wenn er weiß Gott keiner dieser aalglatten Schönlinge war. Über seinem linken Auge saß eine auffällige Narbe – ein unschönes Überbleibsel eines Schwimmbadsturzes im Alter von fünfzehn Jahren. Seine hellblauen Augen allerdings, für die er immer wieder mal ein Kompliment bekam, waren sein Kapital.

Ben zuckte mit den Schultern. »Man muss kein großer Schwätzer sein, um Frauenherzen zu erobern. Ich überzeuge wohl eher auf den zweiten Blick.«

Viola lächelte ihn herausfordernd an. »Ich bin sehr gespannt.«

Zumindest wenn es grundlegend passt, fügte Ben in seinen Gedanken hinzu. Denn immer wieder zogen ihn Frauen an, die nicht zu ihm passten. Er hasste es, aber es war nicht zu ändern. Irgendwie interessierten ihn nur diejenigen, von denen er wusste, dass er es schwer haben würde, sie für sich zu gewinnen. *Der Reiz der Herausforderung. Wie bescheuert.*

Er schaute Viola an, wie er es heute schon unzählige Male getan hatte. Diese Lippen – sinnlich, voll, einfach perfekt. Dann der Leberfleck rechts über ihrer Lippe, der besondere Touch. Jedes Mal, wenn er sie ansah, stellte er sich vor, sie zu küssen. Ihre smaragdgrünen Augen erzeugten eine Sogwirkung auf seine Seele. Er konnte sich darin verlieren. Er wollte sich darin verlieren.

Das schokobraune Haar, schulterlang und leicht gelockt. Perfekte Brüste, versteckt unter einem lässigen schwarz-violett gestreiften Shirt. Sie hatte eine weibliche Figur, nicht zu dürr. Viola war eine Traumfrau, zumindest optisch.

Sie nahm seinen Blick wahr, legte das Handy auf den Tisch und warf ihm ein Lächeln zu, das keine halbe Sekunde andauerte. »Willst du noch was?« Viola blickte erneut kurz auf ihr Smartphone. Es war dieser typische »Wie viel Uhr ist es? Oh, schön so spät?«-Blick.

Ben verneinte mit einem fragenden Schulterzucken und einem zaghaften Kopfschütteln. Ein gediegener James-Morrison-Wohlfühlsong tönte durch die Bar. Ein romantisches Lied für einen unromantischen Abend.

Viola hatte ihm nach dem Kino klargemacht, dass die Pizza ausfallen müsse und sie nur noch Zeit für ein Getränk habe. Einen wirklichen Grund hatte sie ihm nicht genannt. *Warum auch?*

»Okay, dann zahlen wir, oder?«

»Können wir machen.« Ben sah sich nach der Bedienung um. Sie war nirgends zu sehen. Wahrscheinlich schob sie gerade ein weiteres dieser Salami-Käse-Baguettes in den Ofen. Fünf Stück hatte sie schon an ihm vorbeigetragen und dafür gesorgt, dass der unverwechselbare Duft aufgebackener Fertigware in seine Nase gezogen war.

»Lustig, wie du immer deine Augen zusammenkneifst, wenn du nach irgendetwas Ausschau hältst.«

Ben zuckte mit den Schultern. »Eigentlich hab ich Kontaktlinsen.«

»Eigentlich?«, hakte sie nach. »Heute nicht?«

»Muss mir neue besorgen«, erklärte er.

»Hast du denn keine Brille?«

»Schon. Aber von Brillen bekomm ich Kopfschmerzen. Die zieh ich nur ab und an zum Autofahren auf. Aber so schlecht seh ich gar nicht. Nur ein klein wenig unscharf eben.«

Viola schmunzelte. »Was verdient man so als Comiczeichner?«

»Kommt drauf an.«

»Worauf?«

»Na ja, ich zeichne nicht nur Comics. Je nach Auftrag sind es auch Bilder für Magazine, Buch- und Website-Illustrationen, Storyboards. Alles Mögliche eben.«

»Und wie ist deine Auftragslage?«

Will sie jetzt einen Kontoauszug sehen? »Kann mich nicht beklagen.«

Violas Mimik zufolge hatte sie mit einer ausführlicheren Antwort gerechnet.

»Aber falls du dir Sorgen um mich machst, kann ich dich beruhigen. Strom und Wasser wurden noch nicht abgestellt.«

Lachgrübchen verzierten Violas Gesicht. »So hab ich das nicht gemeint.« Ihr Smartphone schickte eine kurze Vibration durch das Holz des Tisches, die sich bis zu Bens Ellenbogen ausbreitete. Sie wandte sich sofort ihrem Handy zu.

Langsam nervt es. Am liebsten würde ich dieses Ding im Aquarium in der Ecke versenken. »Scheint eine wichtige Unterhaltung zu sein.«

Viola schnaufte genervt. »Ja, sorry, ist echt wichtig.«

Aha. Na klar. Sicher doch. »Hast du Nouvius?«, fragte er.

»Nein«, antwortete sie, ohne mit dem Tippen aufzuhören. »Bin bei WhatsApp geblieben. Wieso?«

»Schade.« Ben grinste.

Viola legte das Smartphone wieder auf den Tisch. »Wieso schade?«

Ben schmunzelte und zog sein Handy aus der Hosentasche. Er öffnete die Nouvius-App und reichte ihr das Smartphone. »Klick mal auf das grüne Symbol.«

Viola tat es und betrachtete das Display. Sie runzelte die Stirn und schien zunächst verwirrt. »Wessen Chat ist das?«

»Keine Ahnung.«

»Wie, keine Ahnung?«

»Von irgendjemandem im Umkreis von dreißig Metern.«

Viola schaute sich ungläubig um. Auch Ben blickte um sich. Die Cocktailbar war bestens besucht, jeder zweite Gast hatte ein Handy in der Hand oder auf dem Tisch liegen. Willkommen im einundzwanzigsten Jahrhundert.

»Jetzt klick mal auf den Pfeil links oben in der Ecke.«

Viola klickte. Sie las einige Zeilen.

»Ein anderer Chat? Auch von hier?«

»Japp.«

»Okaaaay, sehr strange.«

Ben genoss den Augenblick. Er hatte sie verblüfft.

»Sag mal, das ist doch bestimmt illegal.«

»Gut möglich.«

»Ähm, ich hab keine Ahnung, wie so was funktioniert, aber wieso kann dein Handy so was? Also ich meine, bist du irgendwie ein Stalker oder so?«

»Quatsch«, widersprach Ben bestimmt. »Bin ich nicht.«

»Erklärs mir.« Viola schaute erneut neugierig auf das Display.

»Meine Nouvius-Version hat einen kleinen Hack hinter sich. Von Tommy.«

»Dein Bruder? Der Hightechfreak?«

Ben nickte. »Aber ich versteh von diesem Hackerzeug nichts.«

Viola zuckte mit den Schultern. »Mir gehts da nicht anders.«

Tommy hatte ihm vor einigen Wochen sein altes Smartphone vermacht. Bei ihm musste es stets das allerneueste Modell sein, da machte Bens großer Bruder keine Kompromisse. Ben fragte sich jedes Mal, wie man derart viel Geld für ein bescheuertes Handy ausgeben konnte, nur weil es drei Gramm leichter war und die Kamera das siebenmillionste Pixel mehr hatte.

»Unglaublich, dass so was funktioniert. Wenn das der Hersteller wüsste, würde dein Bruder üble Probleme bekommen.« Viola war noch immer verblüfft. »Wenn publik wird, dass Nouvius gehackt wurde, benutzt doch niemand mehr diese App.«

»Na ja, zuerst wollte Tommy den Hersteller über die Sicherheitslücke informieren. Er dachte, dann klingelt die Kasse.«

»Aber?«

»Die wissen über dieses Problem schon längst Bescheid.«

»Bitte was?«

Ben erinnerte sich daran, wie Tommy ausgeflippt war, als er diese Tatsache herausgefunden hatte. Monatelang hatte sein Bruder an der Software gearbeitet. Der Lohn war ein nettes Gimmick, das keinen Cent eingebracht hatte. »Dass es theoretisch möglich ist, Gespräche mitzuverfolgen, steht in den tiefsten Untiefen der AGB. Wie oft hast du schon AGB gelesen?«

Viola schüttelte den Kopf. »Ich glaubs ja nicht. Was für eine Schweinerei.«

»Es interessiert sie deswegen nicht, weil man diese Funktion als Nutzer deaktivieren kann, wenn man denn weiß, dass es sie überhaupt gibt. Dann nutzt auch Tommys Hack nichts mehr.«

»Damit bewegen sie sich wunderbar in der Grauzone.«

»Richtig. Was ich wohl in deinem Chat so gelesen hätte?«

Viola warf ihm einen bösen Blick zu.

»Scherz. Hätte ich nie gemacht.«

Die Verärgerung in Violas Mimik verschwand wieder.

Der Blick der Kellnerin mit den wasserstoffblonden Haaren traf sich mit dem von Ben. Zielstrebig lief sie auf den Tisch zu. »Kann ich euch noch was bringen?« Ihre Stimme klang heiser.

»Wir würden dann gerne zahlen«, sagte Viola und widmete sich wieder Bens Smartphone. Als die Bedienung weit genug weg war, stellte Viola weitere Fragen: »Wieso sieht man hier keine Namen? Also ... man sieht nicht, wer mit wem schreibt.«

»So weit war Tommy wohl noch nicht. Sein Hack kann nur die Gespräche entschlüsseln, keine Namen und Nummern.«

»Und was heißen die Zahlen?«

»Die vordere ist einfach nur die Chatnummer, die hintere gibt die Anzahl der Personen an, die gerade miteinander schreiben.«

Viola schmunzelte.

»Was ist?«, wollte Ben wissen. »Um was gehts in dem Chat?«

»Ich bin schon wieder in einer anderen Unterhaltung.«

Ben lachte. Hätte er sein Handy nur schon früher gezückt.

»Was ist eigentlich genau mit deinem Bruder los? Du hast am Telefon nur mal kurz erzählt, dass er nicht mehr vor die Tür geht. Was hat er denn?«

»Nur, wenn es sein muss«, erklärte Ben. »Ich glaube, das letzte Mal, dass er die Wohnung verlassen hat, war, als er seine Tabletten während eines längeren Stromausfalls nicht mehr online bestellen konnte.«

»Wieso hat er dich da nicht angerufen?«

Ben runzelte die Stirn. »Hat er. Aber ich war im Urlaub in Italien. Hab am Telefon live mitbekommen, wie er gefühlt alle zwei Minuten eine Panikattacke bekommen hat. Die Apotheke ist keine achthundert Meter weit von seiner Wohnung entfernt, aber das Ganze hat fast zwei Stunden gedauert.«

Viola rollte mit den Augen und unterbrach kurzzeitig das Lesen der Chatnachrichten. »So krass? Ach herrje.«

»Na ja, er leidet unter ziemlich starken Ängsten, denen er sich einfach nicht mehr aussetzt.«

»Und wie bekommt er dann sein Leben auf die Reihe?« Ihr Blick richtete sich wieder auf das Display.

»Du wirst verwundert sein, wie gut das heutzutage funktioniert. Er bestellt alles online und lässt es sich liefern ... von Arzneien, Getränken bis hin zum Obst und Gemüse. Einmal die Woche kaufe ich für ihn mit ein, seitdem ich wieder hier in der Stadt wohne.«

»Klingt echt heftig.« Viola tippte sich weiter durch die verschiedenen Chats.

»Und? Gibt es interessante Gespräche hier?«

Sie zuckte mit den Schultern. »Schatz, ich liebe dich ... Schatz, ich liebe dich mehr als meine Frau ... Schatz, ich liebe dich nicht mehr.«

»Das Übliche also.«

»Oh, ach ja! Irgendjemand hat noch geschrieben, wie scheiße die Cocktails hier schmecken.«

Ben zuckte mit den Schultern. »Also meiner war in Ordnung.«

»Du meinst diesen Mädchen-Cocktail?«

Mädchen-Cocktail? So ein Blödsinn! Wahrscheinlich hätte sie es männlicher gefunden, wenn er ein Bier bestellt hätte. *Drauf geschissen. Keine Lust, irgendwas zu trinken, um männlicher zu wirken.*

Genau solche Kommentare nervten ihn an Viola. Doch ihre perfekten Zähne, die sie mit jedem Lächeln zur Schau stellte, als wären es strahlend weiße Diamanten, machten ihre gelegentlichen Aussetzer vergessen.

Die Kellnerin brachte die Rechnung. »Getrennt oder zusammen?«

Ben griff nach seinem Geldbeutel in der hinteren Hosentasche. Sein Blick streifte dabei Viola, die mit seltsam angespannter Miene auf das Display starrte.

»Zusammen.« Sie deutete Ben an, die Rechnung schnell zu begleichen.

Ähm, okay.

»Sechszehn vierzig«, sagte die Blondine und tippte auf ihrem digitalen Lesegerät.

»Stimmt so.«

»Danke. Einen schönen Abend euch noch.«

»Jaja, danke«, sagte Viola hastig und machte der Kellnerin deutlich, dass sie verschwinden sollte. Der Blick der Blondine sprach Bände. Sie schüttelte den Kopf und machte sich auf zur Bar.

Viola erhob sich sofort von ihrem Platz, zog ihren Stuhl eilig um den Tisch und setzte sich neben Ben. »Schau dir das an.« Sie zeigte ihm das Smartphone. Ein Chat war noch geöffnet.

Wo bist du?

noch in der stadt

Und die beute?

im haus

Die studentin?

ja

Lebt sie noch?

ja, aber nicht mehr lange

Halte dich genau an den plan

Ach du Scheiße!

Ben und Viola sahen sich entsetzt an.

»Denkst du, das ist ein Scherz?« Der Unterton in ihrer Stimme ließ darauf schließen, dass sie selbst nicht mit einem Ja rechnete.

»Keine Ahnung. Verdammt! Ich glaub nicht.«

»Was machen wir jetzt?«

Ben klickte auf *distance*. »Zwischen den beiden Chatpartnern liegen sieben Kilometer.« Er klickte erneut.

Chat 17-2.

Chatnummer 17, zwei Personen.

Viola drückte seine Hand. »Da! Jemand schreibt wieder was!«

user is typing ...

Die beiden starrten gebannt auf das Display. Dann spürte Ben Violas Arm an seinem eigenen. Ihre Haare berührten seine Wange, er konnte ihr Parfüm riechen. Elegant und feminin. Er glaubte, den Duft von Jasmin und Orangenblüte wahrzunehmen. Für einen Augenblick hatte er alles um sich herum vergessen.

Hast du die nächste schon ausgewählt?

es gibt zwei kandidatinnen

Melde dich, sobald alles getan ist

Mach ich.

user left chat ...
disconnect in ...
1:59

»Scheiße, der Chat schließt sich gleich!«, zischte Ben aufgeregt. »Wir müssen rausfinden, wer das geschrieben hat. Und die Polizei informieren.«

»Aber wie?«

Ben sprang auf und schaute sich hektisch um. Allein an den Tischen um ihn herum waren fünf Menschen mit ihrem Handy zugange. An einem Tisch direkt nebenan saßen drei junge Frauen, die sich amüsiert unterhielten und lauthals lachten. Eine davon, eine dicke Blondine mit einem zu engen Shirt, tippte auf ihrem Handy.

Auf keinen Fall.

Zwei Männer in Anzügen werkelten ebenfalls mit ihren Smartphones herum, auf dem Tisch lagen Börsenzeitungen und Notizblöcke. An einem anderen Tisch saßen zwei Pärchen. Während das eine Paar Händchen hielt und sich mit verliebtem Blick unterhielt, tippten die anderen beiden gelangweilt auf ihren Mobiltelefonen.

Weiter hinten saß ein Mann mit einem zusammengebundenen Zopf – die schwarzen Haare hingen beinahe bis zu seinem Hintern – allein auf einem Barhocker. Seine Arme waren vollständig tätowiert. Auch er hielt ein Smartphone in der Hand. Er widmete sich kurz dem Barkeeper und schien etwas bei diesem zu bestellen. Der Schönling hinter dem Tresen nickte ihm zu und griff nach einer Flasche aus dem oberen Regal.

Der könnte es sein.

»Wir rufen an«, schlug Ben vor.

»Geht das?«

»Ja, aber danach ist der Chat bestimmt weg. Wir haben nur einen Versuch, denke ich.«

»Na dann los.« Viola drückte seine Schulter. »Wir müssen alle hier drin im Blickfeld haben, damit wir sehen können, wer den Anruf annimmt. Ich stell mich da hinten in die Ecke vors Klo. Dann kann ich den ganzen hinteren Bereich sehen. Du gehst am besten vor zum Eingang.«

Noch bevor Ben etwas sagen konnte, war sie bereits losgelaufen. Er schaute noch einmal auf das Display.

0:47
0:46
0:45

Ben lief an dem Frauentisch vorbei. Die dicke Blondine schaute ihm in die Augen. Er wandte seinen Blick ab und lief angespannt durch die Cocktailbar. Weitere Menschen mit Handys: ein älterer Mann an einem der Stehtische, zwei Jugendliche, nicht älter als sechzehn, ein vollbärtiger, dunkelhäutiger Kerl mit einem Afro, der aber wohl eher auf seinem Smartphone spielte, so wild, wie er auf dem Display herumdrückte.

0:28
0:27

Ein Stehtisch in der Ecke des Raumes, unmittelbar neben der gläsernen Eingangstür, erwies sich als geeigneter Platz. Von dieser Position aus hatte Ben jetzt alles im vorderen Bereich im Blick. Auch den tätowierten Mann auf der gegenüberliegenden Seite sah er durch die Bar hindurch gut genug, falls dieser das Handy ans Ohr halten würde.

0:19
0:18
0:17

Ben zog sein Handy aus der Tasche. Um unauffällig zu bleiben, hielt er es unter den Tisch.

0:11
0:10
0:09
0:08

Er drückte auf den Text des Chats. Ein Fenster ploppte auf.

0:04
0:03

Ben drückte auf *call.*

2

Ben

In den folgenden Sekunden beobachtete Ben mit fokussiertem Blick den vorderen Teil der Bar. Kurze, unregelmäßige Atemzüge begleiteten seine angespannte Suche nach der Person, die anscheinend bereit war, einem anderen Menschen das Leben zu nehmen. Jetzt musste der Unbekannte seinen Anruf bemerkt haben.

DER Unbekannte? Es könnte genauso gut eine Frau sein. Na ja, eher unwahrscheinlich, aber nicht ausgeschlossen.

Keiner der Anwesenden hatte bisher ans Handy gegriffen und es sich ans Ohr gehalten. Einen Moment später hatte Ben allerdings Gewissheit, dass sein Anruf entgegengenommen worden war. Auf seinem Display startete eine Zeitanzeige für die bisherige Dauer des Telefongesprächs.

0:00
0:01
0:02

Trotz der vielen Gesprächsfetzen, die durch die Cocktailbar schwirrten, konnte Ben die Stimme aus seinem Handy hören. Vor Anspannung hielt er den Atem an.

»Hallo?«

Männlich. Also doch.

Sofort richtete er seinen Blick auf den Tätowierten am Tresen, doch der saß noch immer seelenruhig auf dem Hocker und trank aus seinem Glas. Kein Handy in Sicht, er konnte es nicht sein.

»Hallo?« Die Stimme aus dem Handy erklang lauter.

Ben überlegte, ob die Geräusche seinem Gegenüber am anderen Ende der Leitung verraten würden, dass es jemand aus dieser Bar war, der ihn angerufen hatte. Dann wurde der Anruf beendet, die Person hatte aufgelegt. Sofort steckte Ben das Handy in die Hosentasche.

Noch einmal wanderte sein Blick umher, auf der Suche nach einer Person mit Handy am Ohr oder zumindest in der Hand. Aber es schien niemand aus diesem Bereich der Bar gewesen zu sein. Alles lag nun an Viola. Ben wartete noch eine knappe Minute und machte sich dann auf den Weg in den hinteren Teil. Er lief an der Bar vorbei und wollte gerade um die Ecke biegen, als Viola ihm entgegenkam.

»Und? Hast du angerufen?«, wollte sie wissen.

»Hab ich. Hast du gesehen, wer es ist?«

Viola zog ihn ein Stück vom Tresen weg an einen leeren Stehtisch direkt an der Wand.

»Eine Frau und ein älterer Mann haben gerade einen Anruf entgegengenommen. Beide waren nur kurz am Handy. Die Frau hat sich leider umgedreht, sodass ich ihre Reaktion nicht erkennen konnte. Aber ich würde sagen, sie ...«

»Vergiss es«, unterbrach Ben sie. »Es ist ein Mann, ich hab seine Stimme gehört.«

Viola schaute ihm in die Augen, er erwiderte ihren Blick.

Hatte er tatsächlich soeben mit einem Mörder telefoniert?

Das Licht eines Leuchtschildes an der Wand strahlte Violas Gesicht an. Es tauchte ihre makellose Haut in ein helles Blau. Ben verlor sich ein weiteres Mal in ihrem Anblick.

»Ben?« Ihre Frage holte ihn wieder zurück auf diese Erde.

»Wo ist der Kerl?« Ben versuchte, so ernsthaft wie möglich zu klingen, um seinen kurzen Ausflug in das Paralleluniversum seiner Seele vergessen zu lassen. Es war nicht so, dass er die Sache nicht ernst nahm, immerhin ging es hier anscheinend um ein Menschenleben, aber in diesem Moment war er froh, dass sich der Abend doch anders entwickelt hatte, als eben noch vorherzusehen gewesen war.

»Er sitzt ganz hinten an einem Zweiertisch. Nachdem er das Handy weggesteckt hat, hat er nach der Rechnung gefragt.«

»Alles klar, zeig ihn mir.«

Viola nahm seine Hand und führte ihn durch die Bar.

Das wird ja immer besser. Bens Herz schlug lauter denn je. Ironischerweise weniger aus dem Grund, in wenigen Augenblicken einem möglichen Mörder zu begegnen, sondern eher aufgrund einer simplen Berührung von Violas Hand. Ein Gefühl, das er lange nicht mehr erlebt hatte.

Viola blieb stehen. Hektische Blicke wanderten durch den Raum. »Wo zum Teufel ist er?« Sie deutete vorsichtig in Richtung einer Sitzgelegenheit. »Gerade eben war er noch genau da.«

Hat er bezahlt und sich aus dem Staub gemacht? Unmöglich, er hätte direkt an uns vorbeikommen müssen.

Es gab nur einen einzigen Ein- und Ausgang, der hintere Teil der Bar war eine Sackgasse.

»Wie sieht er aus? Was hat er an?«

Viola schüttelte den Kopf und schien in ihrem Gedächtnis zu graben. »Ich weiß nicht ... kurze, dunkle Haare. Er hat eine blaue Jeans an und ... ich glaube, da hing eine grüne Jacke über seiner Stuhllehne.«

»In Ordnung«, sagte Ben. »Er ist nicht an uns vorbeigekommen, oder? Das hättest du ja gesehen. Das heißt, er muss noch hier hinten sein. Die Toilette. Das ist die einzige Möglichkeit.«

Sofort fielen ihre Blicke auf den kleinen Durchgang, der zu den Toiletten führte.

»Wir warten einfach, bis er wieder rauskommt«, schlug Ben vor.

»Was, wenn es dort ein Fenster gibt, aus dem er flüchten kann?«

Ben schüttelte den Kopf. »Kann ich mir nicht vorstellen. Okay, es hat ihn jemand angerufen und nichts gesagt. So was passiert doch mal. Warum sollte er denken, jemand wäre ihm auf die Schliche gekommen?«

Viola zuckte mit den Schultern. »Willst du trotzdem nachsehen?«

Ob ich nachsehen will? Natürlich nicht. »Äh, ich fand meinen Plan, abzuwarten, eigentlich ganz gut.«

»Es geht vielleicht um Leben und Tod, Ben. Wir dürfen diesen Mann nicht verlieren.«

Verdammt. Wenn ich es nicht mache, hält sie mich für einen Feigling. »Na gut. Ich schau nach.« Ben zog sich die Kapuze seines schwarzen Hoodies über den

Kopf und lief zur Tür der Herrentoilette. Vorsichtig drückte er die Klinke nach unten und trat ins Innere. In dem kleinen, nur durch eine grüne Neonröhre spärlich beleuchteten Waschbeckenbereich war niemand zu sehen, also bog Ben um die Ecke. Es war stickig hier drinnen. Drei Urinale, keine zwei Meter dahinter zwei Toilettenkabinen. Ein Fenster gab es, allerdings passte höchstens eine Katze durch. Keine geeignete Fluchtmöglichkeit. Auch hier war kein Mensch zu sehen.

Ob er in einer der Kabinen sitzt?

Ben überlegte kurz, zu klopfen, verwarf sein Vorhaben aber zügig. Unter keinen Umständen wollte er etwas von sich preisgeben, weder sein Gesicht noch seine Stimme. Er stellte sich an das letzte Urinal ganz an der Wand und öffnete Gürtel und Hose. Zuerst wollte er nur so tun, als würde er pinkeln, doch schnell dankte ihm seine Blase den Ausflug in die Erleichterungszone und ließ seinen Toilettengang echt klingen.

Eine Toilettenpapierrolle im Inneren der Kabine hinter Ben drehte sich mehrfach, kurze Zeit später wurde die Spülung betätigt.

Also doch jemand hier!

Ben war bereits fertig, verharrte aber regungslos vor dem Urinal. Die Kabinentür hinter ihm öffnete sich. Bens Blick war auf die Fliege fixiert, die für alle Schrägpinkler auf der Keramikwanne aufgedruckt war. Hinter sich hörte er zügige Schritte auf dem Fliesenboden in Richtung Ausgang. Ben wartete ab, bis der Unbekannte um die Ecke bog, und riskierte in letzter Sekunde einen vorsichtigen Blick an seiner Kapuze vorbei.

Grüne Jacke. Er ist es.

Wasser plätscherte aus dem Hahn, der Seifenspender quietschte. Ben wartete, bis die Tür zugefallen war, und zwang sich, ruhig bis fünf zu zählen, um nicht direkt hinter dem Unbekannten zurück in die Bar zu stürmen. Ein mutmaßlicher Mörder, entlarvt durch einen mitgelesenen Chat. Dieser Chat erwies sich als Glücksbringer für sein Date mit Viola. Und jemandem dadurch möglicherweise das Leben zu retten, konnte die Sache sicher nicht schlechter, wenn auch sehr gefährlich machen.

Einfach cool bleiben, den Typ verfolgen und die Polizei informieren.

Die wohl aufregendste Verabredung seines Lebens. Und sicher galt das auch für Viola. Er öffnete die Tür zurück in die Bar.

Viola stand bereits am Tresen und winkte ihn herbei. Sie hatte ihre und Bens Jacke unter dem Arm. »Was hast du so lange gemacht? Er geht gerade.« Sie zeigte auf den Mann.

Der hatte soeben Geld auf den Tisch gelegt und machte sich auf zum Ausgang.

»Ich war vorsichtig. Wenn er mein Gesicht gesehen hätte, würde es die Verfolgung schwieriger machen. Also dann los.«

»Was machen wir denn jetzt? Ihn beschatten?«

»Na was sonst? Wir folgen ihm unauffällig. Schauen, wo er hingeht und was er macht, und rufen die Polizei, sollte irgendetwas unseren Verdacht bestätigen.«

Sie eilten durch die Cocktailbar. Der Mann mit der grünen Jacke war bereits kurz vor der Tür nach draußen.

»Aber ich …« Viola schaute auf ihr Handy. Ihr Gesichtsausdruck vermittelte den Zwiespalt in ihr, Bens Plan weiter zu folgen.

»Hast du etwas Besseres vor, als jemandem das Leben zu retten?«

Sie steckte das Handy weg. »Natürlich nicht. Ich muss aber zumindest in der nächsten halben Stunde kurz telefonieren. Jemand erwartet meinen Anruf.«

Jemand? Ben verkniff es sich, weiter danach zu fragen. Dafür war jetzt keine Zeit.

Bevor sie den Ausgang erreicht hatten, konnten sie durch die Glasscheibe der Cocktailbar sehen, dass der Mann nach rechts abbog. Seine grüne Jacke war ideal, um ihn bereits aus der Ferne ausfindig zu machen.

»Warte mal.« Viola zog an Bens Arm, als sie auf der Straße standen und Ben bereits loslaufen wollte. »Was ist, wenn er zu seinem Auto läuft?«

»Dann verlieren wir ihn.«

Viola nickte. »Hol du dein Auto, und ich folge ihm. Falls er irgendwo ins Auto einsteigt, kannst du mich aufsammeln und wir können ihm hinterherfahren.«

»Hm, ich weiß nicht.«

»Was soll schon passieren? Wir sind mitten in der Stadt. Er hat keine Ahnung, dass ich ihm folge, und ich bleibe auf Abstand. Los jetzt. Hol das Auto und ruf mich an!« Sie lief los.

Ben fühlte sich beflügelt. Der Abend war noch lange nicht zu Ende. Auch wenn er gerne gewusst hätte, wer die Person war, die Viola so dringend anrufen wollte, war er es, der noch immer im Spiel war. Und seine Chancen standen besser als jemals zuvor. Rasch eilte er die Straße entlang. Die Stuttgarter Innenstadt war wie jeden Samstagabend gerammelt voll, nicht zuletzt aufgrund der heutigen langen Einkaufsnacht.

Im Parkhaus hatte sich zu Bens Ernüchterung vor dem einzig funktionierenden Parkautomaten eine Schlange von Leuten gebildet, an zwei weiteren Automaten haftete je ein handgeschriebener »Defekt«-Zettel.

Na fantastisch!

Ein junger Mann fischte recht schnell sein bezahltes Ticket aus dem Automaten, die Dame nach ihm, eine solariumgebräunte Mittvierzigerin mit zu viel Lidschatten, zählte in aller Seelenruhe das Kleingeld in ihrem Portemonnaie. Dahinter warteten ein Rentner und ein kräftiger Kerl mit Glatze.

Ben reihte sich in die Schlange ein, packte kurz darauf aber eine kleine Lüge aus: »Entschuldigung, dürfte ich mich bitte vordrängeln?« Seine Frage galt der Frau vor dem Automaten. »Meine Frau liegt in den Wehen, und ich muss schnellstmöglich ins Krankenhaus.«

»Aber natürlich.« Die Dame machte ihm demonstrativ Platz und setzte ein mitfühlendes Lächeln auf.

Ben musste sich ein Grinsen verkneifen und schob sich nach vorn, doch der stämmige Meister-Propper-Glatzentyp zeigte sich nicht ganz so leichtgläubig. »In welches Krankenhaus müssen Sie denn?«

Verflucht! »Es ist das ...«, setzte Ben an. Er war erst vor vier Monaten nach Stuttgart gezogen, und bisher hatte es keinen Grund gegeben, ein Krankenhaus aufzusuchen. Immer wieder mal hatte er von einem gehört, allerdings hatte er dummerweise nicht richtig aufgepasst, sodass ihm in diesem Moment partout kein Name einfallen wollte. Ben realisierte nach wenigen

Sekunden, dass es bereits zu spät war, und überlegte eher, wie er aus der Nummer wieder herauskam, ohne dass ihm der Muskelprotz eine verpasste. »Erwischt«, sagte er und setzte ein schuldiges Gesicht auf. Im nächsten Augenblick spielte er kurz mit dem Gedanken, die Wahrheit zu sagen, doch jetzt, nach dieser plumpen Lüge, mit einer Verfolgung eines möglichen Mörders um die Ecke zu kommen, würde ihm ganz sicher ein blaues Auge bescheren. Also reihte er sich brav wieder in die Warteschlange ein, was den Glatzkopf besänftigte.

»So ein verlogener Hund«, zischte die Solariumnixe. »Schämen Sie sich.« Sie ließ sich sichtlich Zeit, eine Zwanzigcentmünze nach der anderen einzuwerfen.

Die verachtenden Blicke des Meister Propper und des Rentners ließ Ben über sich ergehen. Er zog sein Handy aus der Tasche und rief Viola an.

»Ben?«

»Ich häng am Ticketautomaten fest, noch zwei Leute vor mir. Alles klar bei dir?«

»Alles bestens. Der Regen nervt. Er hat sich Klebeband im Supermarkt und gerade eben Zigarillos am Lottostand gekauft. Jetzt unterhält er sich noch mit dem Verkäufer. Ich stehe vor einem Pub und beobachte ihn.«

»Gut, bleib auf Distanz. Ich bin gleich da.«

»Ich komme noch nicht ganz klar, was wir gerade tun. Ich fühle mich wie in einem Film. Das ist echt abgefahren.«

Endlich! Ben war an der Reihe und bezahlte sein Parkticket. »Glaub mir, geht mir genauso. Aber stell dir vor, wir können wirklich jemandem das Leben retten.«

»Schon klar«. Gelächter übertönte Violas Stimme, weswegen sie lauter sprechen musste. »Uns bleibt nichts übrig, als der Sache nachzugehen. Er läuft jetzt weiter, Richtung Kino. Wie lange brauchst du noch?«

Ben musste sich kurz orientieren, bevor er seinen Ford Focus fand. »Ein paar Minuten. Ich beeil mich, sitz quasi schon im Auto.«

Ben stieg in den Wagen und startete den Motor. Zügig manövrierte er das Auto aus der engen Parklücke.

»Scheiße!« Viola fluchte so laut, dass Ben sie hören konnte, obwohl das Telefon auf dem Beifahrersitz lag.

»Was ist?« Ben passierte bereits die Schranke, musste kurz darauf allerdings erneut warten, da mehrere Autos vor ihm auf eine Gelegenheit lauerten, auf die Straße zu fahren.

»Er löst ein Ticket für die U-Bahn.«

»Dann steig einfach mit ein.«

»Und welches Ticket soll ich bitte kaufen? Ich kann ihn ja kaum fragen, wohin er fährt.«

»Zum Teufel mit dem Ticket. Da wird schon niemand kontrollieren.«

Stille am Handy.

»Bist du noch dran?«

Die Verbindung war noch da, doch Viola antwortete nicht. Ben nutzte eine klitzekleine Lücke in der nicht enden wollenden Flut von Autos, um seinen Wagen auf die Straße zu drängeln. Ein aggressives Hupen verriet, was der Fahrer hinter ihm von Bens Manöver hielt.

Leck mich, dachte er. *Wenn du wüsstest.* »Okay, Viola, wie siehts aus?«

Das Gespräch war weg. Ben startete es erneut über seine nachgerüstete Freisprechanlage. Undeutliches

Geraschel erklang aus den Lautsprechern. Kurz darauf meldete sie sich zurück. »Bin in der Bahn. U14 Richtung Mühlhausen. Wenn mich jetzt jemand kontrolliert, war es das mit der Verfolgung.«

»Das wird schon nicht passieren.«

»Der Kerl sieht irgendwie gar nicht aus wie ein Mörder.«

Ben verzog das Gesicht zu einer Grimasse. *Als ob man das jemandem ansieht. Wer sieht schon in den Nachrichten ein Bild eines Mörders und sagt: »Jawohl, das hab ich mir sofort gedacht, dass dieser Kerl seine Ex-Frau mitsamt den gemeinsamen Kindern umbringt«? Oh Mann.* »Ist das eine fundierte Analyse oder einfach nur weibliche Intuition?«

»Sehr witzig.«

»Du hast gelesen, was er geschrieben hat.«

Viola antwortete nicht. Ben konnte das Rattern der U-Bahn hören. Er schaute auf die Uhr, es war kurz nach 22 Uhr. Vor einer guten Stunde hatte er sich noch auf dem Heimweg gesehen, verärgert über den Verlauf des Abends und die vertane Chance. In seinen Gedanken ließ er das erste Treffen mit Viola Revue passieren.

Welch ein Auf und Ab der Gefühle. Dabei hatte er sich anfangs, als er sie auf dem Konzert von Passionate kennengelernt hatte, gar keine großen Hoffnungen gemacht. Bis sie ihn in ein Gespräch über Marvel-Filme verwickelt hatte. Sympathisch! Sie hatten Nummern ausgetauscht.

»Ich glaub, er steigt die Nächste aus«, erklang es aus den Lautsprechern. »Rotebühlplatz.«

Ben wechselte die Spur. »Er fährt in die Einkaufsstraße?«

Vielleicht nutzt er die lange Einkaufsnacht, um sein Mordwerkzeug zu kaufen.

Ben stellte sich vor, was man wohl so für einen Mord benötigte. *Gummihandschuhe, eine Waffe und ... Klebeband?*

»Anscheinend. Er steht bereits. Was tun wir jetzt?«

»Da er mit der U-Bahn fährt, schätze ich, dass er ohne Auto unterwegs ist. Ich fahr in ein Parkhaus und komm dann zu dir.«

»Er könnte dort immer noch sein Auto stehen haben.«

»Könnte er, ja. Aber der Verkehr ist die Hölle, und ich würde dich niemals rechtzeitig einsammeln können. Wir verfolgen ihn zu Fuß. Sollte er wider Erwarten doch irgendwo sein Auto geparkt haben, schreiben wir zumindest das Kennzeichen auf und geben es an die Polizei weiter.«

»Klingt nach einem Plan. Die Bahn hält jetzt.«

»Bleib an ihm dran. Ich melde mich, sobald ich das Auto abgestellt habe.«

»Okay, bis gleich.«

Die Suche nach einem Parkplatz gestaltete sich langwieriger als geplant. Tatsächlich zeigte die Anzeige über der Einfahrt des nächsten Parkhauses eine ernüchternde Null an, sodass Ben nichts übrig blieb, als weiterzusuchen.

Heute muss wieder jeder Trottel in die Stadt rennen, um am späten Abend noch einkaufen zu gehen.

Es ging kaum vorwärts. In den letzten Minuten hatte Ben nur wenige Meter gemacht. Schweiß stand auf seiner Stirn, hibbelig wackelte er mit den Füßen. Die Vorstellung, dass Viola diesen Mann noch weiter allein verfolgte, machte ihn verrückt. Er wollte unbedingt bei ihr sein. Nicht, weil er sich Sorgen um sie machte – dafür erschien ihm eine heimliche Verfolgung mitten in der Stadt zu ungefährlich –, aber er wollte diese außergewöhnliche Situation nutzen, um weiterhin Zeit mit Viola zu verbringen.

»Gemeinsame Erlebnisse schweißen zusammen«, hörte Ben in seinen Gedanken seine Mutter sagen.

Scheiß drauf. Er steuerte das Auto auf einen Privatparkplatz vor einem Juwelierladen und ignorierte das Parkverbotsschild an der Hauswand. Als er ausstieg, prasselte der Regen auf ihn herab. Ben eilte die Straße entlang zur nächsten U-Bahn-Haltestelle und musste über die Schulter einiger Leute den Fahrplan betrachten.

Er zückte sein Handy.

Bereits nach dem ersten Klingeln nahm sie seinen Anruf an.

»Viola?«

»Er ist jetzt in einem kleinen Asia-Restaurant. Mr. Meng, kennst du das?«

»Nein, aber wenn du mir ...« Er musste seinen Satz nicht aussprechen, da vibrierte bereits sein Handy. Viola hatte ihm den Standort des Lokals per WhatsApp geschickt. »Ah, perfekt. Danke.«

»Wie lang brauchst du noch?«

»Fünf Minuten.«

»Gut, weil ... na ja, jetzt komm erst mal her.«

Das klang irgendwie komisch.

Ben eilte über die Straße und folgte der Wegführung auf seinem Handy. Die Innenstadt erstrahlte wie bereits die letzten Jahre in einem wahren Lichtermeer. Bäume wurden von farbigen Strahlern in sanftes Licht getaucht, Artisten präsentierten umringt von Menschenmassen Feuershows und Tänze. Der Regen schien kaum jemanden zu stören, zumal es sicher noch immer knapp unter zwanzig Grad warm war. Ben musste um einen abgesperrten Parcoursbereich herum, auf dem Besucher mit Miniraupenfahrzeugen fahren konnten. Eine Straßenüberquerung und Seitenstraße weiter sah er das Leuchtschild bereits aus der Ferne – *Mr. Meng*.

Viola saß an einem einzelnen Tisch nahe dem Eingang, der Mann mit der grünen Jacke etwas weiter hinten.

»Hey.«

Viola lächelte ihn an. Dann sah Ben, dass sie gerade telefonierte. Er setzte sich zu ihr. Auf dem Tisch stand eine blaue Dose, sah nach Litschisaft aus.

»Und wie geht es dir jetzt?« Ihre Stimme klang besorgt. »Hm, okay.«

Eine längere Pause.

»Ich weiß noch nicht. Mal sehen. Ich komme, so schnell ich kann. Ich bin gerade unterwegs, es ist wirklich wichtig. Aber keine Sorge, ich hab dich nicht vergessen.«

Mit wem redet sie da bloß? Ben versuchte, sich seine Unsicherheit nicht anmerken zu lassen. Er würde sie gleich fragen, was es mit ihrem Anruf und der Dringlichkeit auf sich hatte. Wie Viola jetzt an etwas anderes denken konnte, war ihm nicht wirklich begreiflich.

»Alles klar, so machen wir es. Ist gut ... bis später. Ja, ich dich auch.«

Ich dich auch. Da ist er. Der Satz, der sie verraten hat. Sie hat also doch einen Kerl, mit dem sie zusammen ist. Na klasse, so ein verfluchter Mist. Warum trifft sie sich dann überhaupt mit mir? Wieder so eine Frau, die sich Hintertürchen in alle Richtungen offen hält?

»Du bist da. Sehr gut.«

»Ja, ging leider nicht schneller.«

»Also hör mal«, setzte sie an. »Ich weiß, wir haben gelesen, was er geschrieben hat. Auf mich macht der Mann allerdings keinen sonderlich gefährlichen Eindruck. Ich meine, was hat er gemacht? Zigarillos und Klebeband gekauft, jetzt isst er asiatisch.«

»Ja, aber irgendwas stimmt an dem Kerl nicht. Wieso sitzt er allein in einer Bar, kauft sich Klebeband und isst danach bei einem Asiaten? Wieder allein!«

»Was weiß denn ich? Vielleicht hat ihn jemand versetzt. Vielleicht braucht der Typ das Klebeband, um ein Paket zu verschicken, und vielleicht isst er einfach gerne asiatisch. Das macht ihn für mich jedenfalls nicht verdächtig.«

Ben schüttelte den Kopf. Er warf einen Blick ins Restaurant und beobachtete, wie eine Kellnerin dem Mann ein Bier servierte und sich kurz mit ihm unterhielt. »Du willst das Ganze abblasen? Und was ist mit der Studentin?«

»Ich bin mir gar nicht mehr sicher, ob ich nicht jemand anderen in der Cocktailbar übersehen habe. Oder du. Was, wenn wir den Falschen verfolgen? Bist du einhundertprozentig sicher, dass es niemand in deinem Sichtbereich gewesen sein kann? Ich hab mir Gedanken gemacht. Vielleicht hatte er ja auch einen Kopfhörer im Ohr. Die Dinger haben mittlerweile ja auch Mikros. Was ich damit sagen will ... ich glaube, das hier ist Zeitverschwendung.«

Zeitverschwendung also, gut zu wissen.

»Wenn du der Überzeugung bist, den Mann noch weiter verfolgen zu müssen, kannst du das ja tun. Aber ich werde mich hier ausklinken.«

Ben schüttelte den Kopf. »Du meinst, du würdest lieber zum nächsten Date gehen.«

Violas Blick verfinsterte sich. Ungläubige Falten legten sich über ihre Stirn. »Zum nächsten Date? Wie kommst du jetzt darauf?«

Ben nickte in Richtung ihres Handys. »Na dein Anruf eben. Diese wichtige Sache, die du schon den halben Abend lang verfolgst. Ich wollte ja nichts sagen, aber das nervt schon, wenn jemand ständig nur am Handy sitzt, während man sich trifft.«

»Sorry, Ben, aber ich bin dir keine Rechenschaft schuldig. Dass ich so oft am Handy war, tut mir leid, das war blöd, keine Frage. Ich hatte dir aber gesagt, dass es wichtig ist.«

»Alles gut, hab verstanden. Geh, wenns wichtig ist, ich will dich nicht aufhalten.«

Viola winkte eine Kellnerin herbei und verlangte nach der Rechnung. Bens Armbanduhr zeigte 22:23 Uhr.

Keine Rechenschaft schuldig. Natürlich nicht, aber dann hättest du lieber zu Hause bleiben sollen. Na ja, darüber hätte ich mich auch aufgeregt, aber ... ach, das ist doch alles Scheiße.

Ben starrte auf ein junges Paar, das einige Meter weiter an einem Tisch saß. Werdende Eltern, die sich an ihrem baldigen Glück erfreuten. Der Kerl streichelte den gewaltigen Bauch seiner Liebsten, beide warfen sich ein inniges Lächeln zu, küssten sich und stocherten zufrieden gemeinsam in ihren asiatischen Nudeln.

Familie ... schon schön.

Bens Blick fiel wieder auf den Mann mit der grünen Jacke, und er benötigte einen kurzen Moment, um zu realisieren, was er gerade sah. »Er hat es wieder in der Hand.«

Viola schaute ihn verwundert an. »Bitte was?«

»Das Handy! Er hat es wieder in der Hand.« Sofort zog Ben sein Smartphone aus der Hosentasche. Viola haderte einen Moment mit sich, rückte dann aber doch wieder an ihn heran.

Ach, das interessiert dich jetzt wieder, soso. »Dreihundertzwei Chats?« Ben schnaufte ernüchtert. »Oh Mann, das ist viel.« Direkt rechts neben dem Asia-Imbiss war ein gut gefüllter Italiener, links daneben ein Fitnessstudio. Genügend Möglichkeiten für unzählige Menschen mit Handys. Er klickte die ersten Chats durch, resignierte aber bereits nach wenigen Sekunden. »Das dauert ewig.«

»Probiers trotzdem. Vielleicht haben wir ja Glück.«

»Ich hab eine andere Idee.« Ben beendete Nouvius und wählte Tommys Nummer. »Ich ruf meinen Bruder an, vielleicht kann er uns helfen.«

Viola lehnte sich zurück.

»Ja?«

»Tommy? Ich bins, Ben.«

»Hey, was gibts? Ich bin grad beschäftigt. Kannst du später noch mal ...«

»Tommy hör zu, es ist dringend. Es geht um dein altes Handy und Nouvius ... ich hab da was mitgelesen. Was ziemlich Krasses.«

»Was Krasses? Meinst du krass im Sinne von pervers?«

Im Hintergrund konnte Ben Stimmen hören, die aus dem Fernseher kommen mussten. Tommy ging aufgrund seiner psychischen Krankheit schon seit Monaten nicht mehr aus der Wohnung, und Besuch hatte er eher selten.

»Ich meine krass im Sinne von lebensgefährlich.« Ben senkte seine Stimme, um keine Aufmerksamkeit auf sich zu ziehen. »Ein Kerl hat angekündigt, jemanden zu töten.«

»Du willst mich verarschen, oder?«

»Ich meine es todernst, Tommy. Ich hab ihn verfolgt. Er sitzt ein paar Tische entfernt. Er hat sein Handy wieder in der Hand, aber es sind hier zu viele Chats offen, um den richtigen zu finden. Kannst du mir helfen?«

»Oh Mann, du erzählst echt keinen Mist, oder? Okay, ähm … wart mal kurz.«

»Und?«, wollte Viola ungeduldig wissen.

Ben zuckte mit den Schultern. »Keine Ahnung, mal sehen. Er hat gesagt, ich soll kurz warten.«

»Gerade hat er noch einmal was geschrieben.«

Sofort schaute Ben zu dem Mann, doch das Handy lag bereits wieder auf dem Tisch.

Zumindest hat er es noch nicht weggesteckt.

»Ben? Bin wieder da. Wird schwierig. Wieso hast du nicht seine Nummer gespeichert während des Chats?«

»Das geht?«

»Klar, aber das ist ja jetzt egal. Ich glaube …«

»Wir haben ihn angerufen«, fügte Ben hinzu.

»Du hast was? Und was meinst du mit *wir*?«

»Wir mussten kurz anrufen, um ihn zu identifizieren. Eine Freundin ist bei mir.« Bens Blick fiel auf Viola. Sie hatte inzwischen bezahlt, saß aber noch immer da.

»Keine Zeit für Details, Tommy. Was ist jetzt? Hast du eine Idee? In meiner Anrufliste wird keine Nummer angezeigt.«

»Das ist normal. Weißt du noch die Chatnummer?«

»Die Chatnummer?« *Scheiße, wie war die noch mal?*

»17-2«, warf Viola ein.

»Ja, die haben wir. 17-2.«

»Gut, hast du danach einen anderen Chat mit derselben Nummer geöffnet.«

»Nein, ich hab recht schnell aufgegeben und die App beendet.«

»Perfekt. Dann öffne jetzt Nouvius, klick auf das Zahnrad in der Ecke und dann auf *Edit*.«

»Hab ich.«

»Jetzt gib Folgendes ein: Raute, Slash, dann zusammengeschrieben *regfixvfchat*, noch mal Slash, *17* minus *2*, Raute und dann *save*.«

Ben tippte konzentriert. »Okay, hab ich gemacht. Und jetzt?«

»Jetzt beendest du die App, startest sie neu, und dann sag mir, was passiert.«

Ben befolgte seine Anweisungen und winkte Viola näher an sich heran, die seiner Geste neugierig nachkam. Die App öffnete sich, Ben klickte auf das grüne Chatsymbol und ein Ladebalken erschien.

»Irgendwas lädt gerade«, gab Ben seinem Bruder durch.

»Das kann kurz dauern.«

Viola stupste ihn an. »Er hat das Handy auf dem Tisch liegen.«

»Er wartet bestimmt, bis jemand zurückschreibt.«

Noch immer arbeitete sich der Ladebalken von links nach rechts und wieder zurück.

»Sofern derselbe Chatteilnehmer in eurer Nähe ist, sollte der Chat jetzt ab sofort immer automatisch gefunden werden. Er wird dann unter dem Namen Chat siebzehn zwei aufgeführt. Das ist jetzt aber wirklich illegal.«

Als ob jemand wie du, der seit seiner Kindheit Musik und Filme im Internet streamt und sich schon in diverse Einrichtungen gehackt hat, sich daraus etwas machen würde.

»Das heißt, wenn kein Chat gefunden wird, verfolgen wir die falsche Person?«

Er schaute Viola an. Hatte sie tatsächlich recht mit ihrer Theorie? Hatten sie wirklich den Falschen verfolgt und alles war Zeitverschwendung?

Wenige Sekunden später pochte Bens Herz.

Viola lag falsch, es war der Richtige.

chat17-2 found

»Ich fass es nicht.« Viola wollte nicht glauben, was sie da gerade sah. »Und er hat das Handy wieder in der Hand.«

user is typing ...

Das heißt, alles verzögert sich?

der verkehr ist die hölle

»Der Verkehr?«, wunderte sich Viola. »Er sitzt doch hier im Restaurant. Das versteh ich nicht.«

»Tommy, bist du noch dran?«, fragte Ben.

»Klar, habt ihr ihn?«

Sie muss sterben, noch heute nacht

das wird sie

Verdammt. Der Typ meint es ernst. Er will tatsächlich jemanden umbringen. Aber irgendwie ist das doch seltsam. Wäre es möglich, dass …

»Haben wir. Sag mal, auf welcher Seite wird der Chatteilnehmer in meiner Umgebung angezeigt? Rechts, oder?«

»Äh nein«, antwortete Tommy. »Links.«

»Tommy, ich ruf zurück.« Konsterniert beendete Ben das Gespräch.

»Was ist?«, wollte Viola wissen.

Ben rieb sich die Augen. Noch einmal betrachtete er den Mann in der grünen Jacke, den sie bis hierher verfolgt hatten. Dann blickte er wieder zu Viola. »Der Kerl ist nicht der Mörder. Er ist der Auftraggeber.«

3

Samstag, 19:03 Uhr

Jakob

Jakob schlenderte zum Chefbüro und öffnete die Tür. Der schwere Nikotingeruch, der sich in den Jahren in sämtlichen Poren des Zimmers sesshaft gemacht hatte, stieg ihm in die Nase. Mittlerweile hatte sich Jakob daran gewöhnt. Es fühlte sich jedes Mal so an wie sein staubiger Dachboden, auf den Jakob nur ging, wenn es unbedingt sein musste, der aber doch irgendwie zu seinem Leben dazugehörte.

»Jürgen? Du wolltest mich sprechen?«

Der Kriminalchef winkte ihn zu sich, während er wild in einer Schublade kramte und gleichzeitig an seiner Zigarette zog. »Setz dich.«

Jakob zog den Stuhl vor Jürgens Schreibtisch ein Stück zurück und nahm Platz. Die Uhr an der Wand offenbarte, dass es knapp mit dem Einkaufen werden würde. Der Kühlschrank war bis auf einen halben Liter Milch und Energydrinks leer.

»Es gibt Neuigkeiten, die dich interessieren werden.«

»Und zwar?«

»Hirntumor.«

Jakob verzog sein Gesicht zu einer Grimasse. »Wie jetzt? Wovon redest du?«

»Na von deinem Fall. Der Kerl in U-Haft. Er hat einen Hirntumor.«

Jakob schaute ihn verwundert an. *Was soll das jetzt heißen?*

»Er ist vorgestern zusammengebrochen und wurde daraufhin durchgecheckt. Hirntumor im Endstadium. Hab gerade die Info erhalten. Der Kerl liegt auf der Intensiv.«

Jakob fasste sich ans Kinn und zupfte nachdenklich an seinem Ziegenbart. »Du vermutest, er ist nicht der Täter und deckt jemand anderen, da er eh nichts zu verlieren hat?«

Jürgen drückte den verbliebenen Zigarettenstummel im Aschenbecher aus und pustete den letzten Qualm aus seiner Nase. »Möglich. Aber ehrlich gesagt bringt mich diese Mordserie um den Verstand. Er kennt Einzelheiten der vorangegangenen Morde. Dass er in irgendeiner Form involviert ist, steht außer Frage. Unklar ist nur, ob er all das wirklich zu verantworten hat oder ob noch mehr dahintersteckt.«

Ein weiteres Mal sah Jakob den teuflischen Gesichtsausdruck des Mannes, den er in der Box verhört hatte, vor seinem geistigen Auge. Der Ausdruck, der ihn nachts im Schlaf heimsuchte und den er nicht mehr vergessen konnte. Er wurde nicht schlau aus diesem Kerl, dessen Identität noch immer völlig ungeklärt war. Irgendwo mussten die entnommenen Organe und Körperteile sein. Die Untersuchungen hatten zumindest ausgeschlossen, dass er sie gegessen hatte. Jakob schüttelte den Kopf und konnte nicht glauben, dass diese Variante tatsächlich kurzzeitig zur Debatte gestanden hatte.

»Dann überprüfe ich Krankenhäuser und Spezialisten. Vielleicht finden wir so seine Identität heraus.«

Jürgen nickte. »Deswegen hab ich dich zu mir gerufen. Nur mit dem Foto wird es schwierig werden, etwas rauszufinden. Geh deine Kontakte durch und lass deinen Charme spielen. Vielleicht haben wir ja Glück.«

»Schon dabei.«

»Aber gönn dir auch Schlaf, Jakob«, ermahnte ihn Jürgen, ehe sein Feuerzeug einen weiteren Glimmstängel entzündete. »Du siehst übel aus. Meine Großmutter hat kleinere Augenringe als du.«

Ohne darauf zu reagieren, verließ Jakob das Büro, schnappte sich seine Jacke von seinem Platz und machte sich auf den Weg aus dem Präsidium. Draußen hatte der Regen nachgelassen, es nieselte nur noch leicht. Auf dem Fußweg zu seinem Auto bestellte er sich bei seinem Stammlieferdienst eine Pizza mit Hackfleisch und Zwiebeln und telefonierte kurz mit Sophie, die ihm eine Auflistung über sämtliche relevante Krankenhäuser und Ärzte im näheren Umkreis machen sollte – bis 21 Uhr. Sophie war eine der besten Internetfahnderinnen des Landes und gehörte ebenfalls zu Jakobs Sonderkommission.

Jakob inspizierte sein Handy.

Zwei Nachrichten auf Nouvius. Eine von Emilia, einer Bekannten und Kurzaffäre. Jakob las sie nicht. Die zweite von Moritz: »Kino heut Abend?«

»Keine Zeit, muss arbeiten«, war seine Antwort.

Er steckte das Handy weg, sein Auto wartete wenige Meter weiter auf dem Parkplatz eines kleinen Elektroladens.

Durch den Verkehr benötigte er eine gute Stunde bis nach Hause. Für neunzehn Kilometer vom Pragsattel war das um halb acht überraschend flott. Es reichte daher noch für eine Dusche, ehe die Essenslieferung eintraf. Kurz darauf erreichte ihn bereits eine E-Mail von Sophie mit einer Liste potenzieller Behandlungseinrichtungen, die möglicherweise Auskunft über den Verhafteten geben konnten.

Jakobs Vorhaben, zumindest bis nach dem Essen die Arbeit ruhen zu lassen, verwarf er bereits nach dem zweiten Stück Pizza. Er telefonierte die ersten Krankenhäuser ab, erklärte die Dringlichkeit seines Ersuchens, schickte allen das Täterfoto und bat um Mithilfe.

»Ja genau«, murmelte Jakob ins Telefon, während er hastig auf einem Stück Pizza kaute und auf dem Touchpad seines Laptops herumklickte. »Selbstverständlich weiß ich um das Zeugnisverweigerungsrecht. Ich habe Ihnen aber doch gerade erklärt, wie heikel die ganze Angelegenheit ist, oder? Sorgen Sie bitte einfach dafür, dass alle zuständigen Ärzte die Infos erhalten, sich das Foto ansehen und selbst entscheiden können. Weitere Leben könnten auf dem Spiel stehen, und wir müssen wissen, wer der Täter ist. Das Foto kommt soeben per Mail. Danke.«

Der Anruf im nächsten Krankenhaus kostete Jakob zehn Minuten Lebenszeit in der Warteschlange. *Ernsthaft? Ruf ich grad wirklich in einem Krankenhaus an oder bei irgendeiner Kundenhotline?*

Entnervt legte Jakob auf, schob sich das nächste Stück Pizza in den Mund und breitete seine Füße gemütlich auf dem Sofa aus. Im Fernseher lief *Schlag den Star*, wofür er ein Faible hatte. Zumindest für die Spielshow an sich, weniger für diese C-Promis, die sich der Reihe nach dort blamierten. Trotz seiner Antipathie gegen die Kandidaten amüsierten ihn die einzelnen Spiele der

Show. Perfekte Unterhaltung am Samstagabend, bei der man auch mit nur halber Aufmerksamkeit folgen und zu jeder Zeit wieder einsteigen konnte.

Jakob wählte die nächste Nummer. Den zuständigen Chefarzt kannte er persönlich, was nervige Diskussionen um Schweigepflichten obsolet machte.

»Sulla, Kriminalpolizei. Guten Abend«, nuschelte er kauend. »Die Neurochirurgie, bitte.« Schnell hatte man ihn verbunden, es dauerte jedoch eine ganze Weile, bis der Chefarzt zur Verfügung stand.

»Baust.«

»Jakob Sulla, Kriminalpolizei. Guten Abend, Herr Professor Dr. Baust.«

»Herr Sulla, ich grüße Sie. Was kann ich für Sie tun?«

»Folgendes ... ich bin auf der Suche nach der Identität eines Mannes, Tatverdächtiger einer Mordserie.«

»Einer Mordserie? Das klingt ja furchtbar.«

»Glauben Sie mir, das ist es. Wir haben den Mann bereits gefasst, benötigen aber dringend Informationen über seine Identität. Noch wissen wir nichts über ihn, möglicherweise sind noch weitere Menschenleben in Gefahr.«

»Ich verstehe.« Die tiefe Stimme des Chefarztes klang mitfühlend, gleichzeitig hoch konzentriert. »Wie kann ich Ihnen bei dieser Sache denn helfen?«

»Es wurde ein Hirntumor im Endstadium bei dem Verhafteten festgestellt. Er liegt derzeit auf der Intensivstation. Ich erhoffe mir, dass ihn irgendjemand erkennt, der ihn möglicherweise behandelt hat.«

»In Ordnung, Herr Sulla. Sie schicken mir das Foto?«

Jakobs Handy vibrierte in seiner Hand.

»Ja genau. Soeben abgeschickt an Ihre POKO-Mail. Falls Sie oder Ihre Kollegen etwas wissen, informieren Sie mich bitte unverzüglich.«

»Selbstverständlich. Ade, Herr Sulla.«

»Vielen Dank.«

POKO bedeutete Polizeikooperation, es handelte sich hierbei um eine speziell eingerichtete E-Mail-Adresse, die ausschließlich für den Austausch zwischen Polizei und Krankenhaus diente. Leider hatten nur wenige Einrichtungen eine solche Adresse. Die meisten beriefen sich auf die ärztliche Schweigepflicht und ließen sich nicht auf derartigen Informationsaustausch ein.

Jakob schaute auf sein Handy, es war erneut eine Nouvius-Nachricht von Moritz: »Du übertreibst es mal wieder. Kein Wunder, dass das zwischen Emma und dir nichts wird.«

Als ob das das einzige Problem wäre.

Jakob konnte nicht anders, das war schon seit seiner Einstellung in den Polizeidienst so. Er war Polizist durch und durch und lebte für seinen Beruf. Dinge unvollendet zu lassen, war noch nie seine Stärke gewesen. Seitdem er bei der Mordkommission war, gab es selten freie Zeit, in der ihm nicht irgendwelche Fragen oder Details aktueller Fälle im Kopf herumschwirrten. Es war nicht zu ändern, sein Kopf konnte oder wollte einfach nicht abschalten. Hatte er einen Fall abgeschlossen, angelte er sich den nächsten. Kam er bei einem nicht weiter, zermürbte es ihn psychisch.

Ohne Frage gestaltete sein eigenwilliger Charakter es schwierig, eine gesunde Beziehung zu führen, weswegen Jakob mit diesem Thema abgeschlossen hatte.

Gewissenhafte Arbeit und glückliche Familie? Unmöglich!

Aber das mit Emma war eine noch kompliziertere Geschichte. Emma war eine dieser Frauen, die auf den ersten Blick perfekt erschienen – clever, hübsch, mit einer gewissen Portion Feuer und Würze. Eine Frau, die meistens gut gelaunt war, die Witze verstand und mit der man Pferde stehlen konnte. Auf den zweiten Blick jedoch hatte sie irgendetwas an sich, was Jakob Angst machte. Etwas Unerklärbares, das trotz aller Perfektion stets unterschwellig mitschwamm wie ein gut getarnter Parasit. Jakob hatte bereits mehrere Male versucht, Moritz zu erklären, was er damit meinte, aber er konnte es nie wirklich in Worte fassen. Es war mehr so ein Gefühl, dass hinter Emmas makelloser Fassade eine hysterische, falsche Schlange steckte.

Wie bescheuert! Wahrscheinlich bilde ich mir das Ganze nur ein, um eine Ausrede zu haben, keine Beziehung mit ihr führen zu müssen.

Moritz war der Einzige, der von der Affäre wusste. Jakob hatte viele Bekannte, aber nur wenige gute Freunde. Moritz war so einer, dem er alles erzählen konnte. Er genoss die Zeit mit seinem Partner, auch wenn das Familiengeschwafel des dreifachen Vaters und das dauernde Appellieren an Liebe und weniger Arbeit oft nervte.

Jakob schrieb zurück: »Füße sind auf dem Sofa. Somit eher Freizeit als Arbeit, oder?«

Dann blieb seine Aufmerksamkeit bei einem der Spiele im TV hängen. Ein Geschicklichkeitsspiel, bei dem die beiden Kontrahenten Holzscheiben in ein von Gummistiften umringtes Loch schnippen mussten.

Jakob merkte unterschwellig, wie seine Augen langsam zufielen. Doch er konnte nichts mehr dagegen tun.

***

Mit einem heftigen Ruck erwachte Jakob aus seinem unfreiwilligen Schlaf. Im Fernseher lief Werbung, weswegen er nicht wusste, ob noch immer die Spielshow lief. Ein Griff zu seinem Handy verriet, dass er eine gute Dreiviertelstunde geschlafen hatte. Es war 21.59 Uhr. Zu seinem Entsetzen hatte er das Klingeln des Telefons nicht gehört, der Anrufbeantworter blinkte rot auf.

Hab ich so tief geschlafen?

Er sprang auf und hörte die Nachricht ab.

»Dr. Rentschek, Uniklinik Tübingen, guten Abend Herr Sulla. Ich wollte Sie nur darüber informieren, dass ich die Person, deren Foto Sie uns geschickt haben, kenne. Ich habe Ihnen die Infos an Ihre Mail geschickt. Bei weiteren Fragen melden Sie sich bitte telefonisch bei mir. Ade.«

Das ging ja flotter als erwartet! Uniklinik Tübingen? Und das, obwohl die Dame am Telefon sich ganz und gar nicht kooperativ gezeigt hat.

Jakob eilte aufs Sofa zurück und öffnete den Laptop. Die Mail war vor etwa zwanzig Minuten angekommen, neugierig sondierte Jakob die Infos.

Der Mann hieß Eugen Wiesenbrock, war neunundvierzig Jahre alt, geschieden und ehemaliger Kaminbauer. Die Akte hatte Dr. Rentschek eingescannt. Der Mann wohnte in Stuttgart-Degerloch. Laut Bericht ein

Glioblastom vierten Grades, festgestellt vor etwas mehr als einem halben Jahr.

Glücksgefühle machten sich in Jakob breit, endlich konnten die Ermittlungen weitergehen. Jakob lief zum Kühlschrank, holte sich einen Energydrink und schob das letzte Stück Pizza in den Mund. Er informierte Moritz über Nouvius von seiner erfolgreichen Recherche und rief dann erneut Sophie an.

»Hey, Jakob, was gibts?«

»Bist du arg beschäftigt?«

Ein kurzes Stöhnen. »Wenn ich jetzt Ja sage, lässt du mich dann in Ruhe?«

»Wahrscheinlich nicht.«

»Hab ich mir gedacht. Also schieß los, was brauchst du?«

Jakob setzte sich im Schneidersitz aufs Sofa und stellte den Laptop vor sich.

»Eugen Wiesenbrock, neunundvierzig aus Stuttgart-Degerloch, Kazmaierstraße zwölf. Ich brauche alles, was du finden kannst.«

Auf der anderen Seite der Leitung tippte Sophie auf ihrer Tastatur. »Ist das der Verrückte aus der Charlottenstraße?«

»Exakt.«

Sophie schwieg und legte los. Das liebte Jakob an ihr. Auf eine gewisse Weise war Sophie ihm äußerst ähnlich. Gab man ihr Rechercheaufgaben, biss sie sich in die Arbeit wie eine blutgierige Zecke und saugte alles heraus, was zu finden war. Seitdem Jakob das erste Mal mit ihr vor etwa drei Jahren zusammengearbeitet hatte, griff er so gut wie immer auf sie zurück. Selbst vor Urlaub machte Jakob nicht halt. Nur in seltenen

Fällen hatte Sophie ihm einen kollegialen Korb verpassen müssen. Diese Spezialfälle hatten ausschließlich mit Sophies Mann zu tun. Der erfolgreiche Anwalt hatte selbst enorm viel zu tun und war ständig unterwegs. Wenn er allerdings mal zu Hause war, ließ Sophie die Arbeit ruhen.

Zu Beginn ihrer Zusammenarbeit hatte Jakob sogar geglaubt, dass zwischen Sophie und ihm etwas mehr entstehen könnte als gute Zusammenarbeit und Neckereien, aber Sophie hatte schnell unmissverständlich klargemacht, dass es für sie nur ihren Martin gab.

Warum auch immer.

»Gut, bin dran«, sagte sie und legte auf.

4

Tommy

Ungeduldig starrte Tommy auf den Hauptbildschirm seiner aus vier Monitoren bestehenden *Kommandozentrale*, wie er sie selbst nannte. Alles Relevante lief hierauf ab, die anderen drei Displays fungierten als Desktoperweiterungen für Programme, die nebenherliefen oder sich in der Warteschlange befanden.

Wo zum Teufel steckst du?, dachte sich Tommy.

Das Profilbild von *Mr-Myagi* – ein weißhaariges Animemädchen mit zwei Pistolen – blinkte immer wieder auf, sobald der Klingelton seines Discord-Anrufs erklang. Dann endlich ploppte ein Videofenster auf.

»Hey, Tommy. Was gibts?« Kalle kam offensichtlich direkt aus der Dusche. Seine Haare waren klatschnass, was ihn nicht daran gehindert hatte, sein Headset aufzusetzen. Er richtete das integrierte Mikro näher an seinen Mund aus. »Dachte, wir programmieren erst heut Abend weiter.«

Kalle war Tommys einziger Freund, den er hin und wieder sogar persönlich traf. Natürlich nur bei Tommy zu Hause.

»Du wirst es nicht glauben. Mein Nouvius-Hack war wohl doch noch zu was nutze.« Tommy strahlte zufrieden in die Webcam.

»Wie meinst du das?«

»Mord.«

Kalle schaute mit verdutzter Miene in seine Kamera. »Mord? Von was redest du?«

»In einem der mitgelesenen Chats hat jemand einen Mord angekündigt.« Tommy führte seinen Zeigefinger demonstrativ quer an seinem Hals entlang. »Da wird jemand kaltgemacht, und nur wegen mir könnte das verhindert werden.«

»Jetzt red keinen Scheiß«, sagte Kalle perplex. »Wann hast du das gelesen?«

»Nicht ich. Mein Bruder. Ich hab ihm mein altes Handy geschenkt, und er hat damit ein bisschen rumgespielt. Dann ist er auf diesen Chat gestoßen.«

»Alter, und du glaubst, das ist echt?«

Tommy nickte. »Scheint so. Ben verfolgt den Typen gerade in der Stadt.«

»Hier in Stuttgart? Ach du Scheiße.«

»Ja, total krass das Ganze. Eventuell wäre es hilfreich, wenn ich die meet-Funktion anzapfe.«

»Du meinst, dass du möglicherweise manuell jemanden orten kannst?«

»Genau. Das wird aber nicht ganz einfach. Du könntest mir vielleicht helfen.«

Kalles Augen funkelten voller Vorfreude auf die Herausforderung. »Sag mir einfach, was ich tun kann.«

5

Samstag, 22:29 Uhr

Ben

Mit Adleraugen beobachteten Ben und Viola den Mann in der grünen Jacke. Mit einer Seelenruhe saß dieser da, schlürfte an seinem Getränk und erteilte Mordaufträge über sein Smartphone. Sicher hatte niemand sonst auch nur den Hauch einer Ahnung, was dieser Kerl, der so unscheinbar aussah, im Schilde führte. Die Kellnerin, das Ehepaar am Tisch daneben und all die anderen Leute, die diesem Mann heute schon begegnet waren – keiner von ihnen wäre auf die Idee gekommen, was für ein Mensch ihnen über den Weg gelaufen war.

Der Gedanke daran beunruhigte Ben auf eine Art und Weise, die er nie zuvor verspürt hatte. *Was geht in solch einem Menschen vor? Ist er der Chef einer Auftragskillerfirma? Auftragskillerfirma – was für ein bescheuertes Wort. Gibt es so etwas überhaupt?*

Ben dachte darüber nach, wie er vorgehen würde, wenn er irgendjemanden tot sehen wollte, aber nicht in der Lage war, die Drecksarbeit selbst zu machen. Wo fand man diese Leute, die zu solchen Gräueltaten in der Lage waren? Leute, deren täglich Brot es war, Leben auszulöschen.

Sie muss sterben, noch heute Nacht.

Der Satz ging Ben nicht mehr aus dem Kopf. Was hatte diese Studentin verbrochen, dass ihr ein Todesengel auf den Fersen war? Ob sie es ahnte?

»Was machen wir jetzt?«, wollte Viola wissen.

Ben pustete. »Ich weiß es nicht. Um überhaupt irgendetwas tun zu können, müssten wir herausfinden, mit wem er chattet. Den eigentlichen Mörder aufspüren, bevor er sie umbringen kann.«

»Dann ruf deinen Bruder wieder an. Vielleicht geht das ja.«

Ben nickte zustimmend und klickte Tommys Namen auf seinem Display an. Wenige Sekunden später nahm dieser seinen Anruf an.

»Hey. Und? Was ist jetzt mit dem Typ?«

»Er ist nicht der Mörder, sondern der Kerl, der den Auftrag dazu gegeben hat.«

»Okaaay. Und ihr seid sicher, dass das alles kein Scherz ist?«

Ben runzelte die Stirn. »Schön wärs. Der Kerl scheint es tatsächlich ernst zu meinen. Wir müssen seinen Chatpartner ausfindig machen. Und dann die Polizei informieren. Vielleicht können sie ihn schnappen, bevor er den Mord durchführen kann.«

Stille am anderen Ende der Leitung.

»Geht das?«, hakte Ben nach.

Es dauerte einen Moment, bis Tommy wieder antwortete. »Die Idee kam mir auch schon. Prinzipiell geht das, aber dafür fehlt mir was. Ich arbeite dran.«

»Was denn?«, wollte Ben wissen. »Tommy, es ist extrem wichtig. Was fehlt dir denn?«

»Normalerweise könnte ich das selbst programmieren, aber das würde zu lange dauern. Die einzige Möglichkeit, die in Frage kommt ...«

»Ja?«

»Kalle und ich arbeiten schon dran. Mir ist grad was eingefallen, ich ruf zurück.«

Dann war das Gespräch zu Ende.

Kalle? Anscheinend hatte Tommy seinen Computerkumpel bereits eingeweiht und um Hilfe gebeten.

Ben packte das Handy in die Tasche und ließ auf Violas fragenden Blick ein Schulterzucken folgen. »Er braucht ein bisschen Zeit. Uns bleibt erst mal nichts anderes übrig, als weiterhin ...«

Ein heftiger Ruck durchfuhr ihn. Es war dieser typische Moment der Überraschung, bei dem einem das Herz kurzzeitig stehen bleibt und das Adrenalin durch den Körper gepumpt wird.

Der Mann in der grünen Jacke – er war nicht mehr auf seinem Platz.

Viola fuhr auf Bens Reaktion hin herum und schaute sich ebenfalls hektisch um. »Entwarnung«, beruhigte sie ihn. »Er steht am Tresen.«

Bens Atmung setzte wieder ein, tausend Steine fielen ihm innerhalb eines Moments vom Herzen. Mit einem Lächeln pustete er kurz durch. »Gott, bin ich erschrocken.«

Viola grinste. »Wir sind noch dran, keine Panik. Der Kerl geht uns nicht durch die Lappen.«

Klingt so, als wäre sie wieder mit dabei. Sehr gut. »Vielleicht sollten wir das beruflich machen«, scherzte Ben.

»Bisher schlagen wir uns auf jeden Fall ganz brauchbar.« Sie schaute auf ihr Handy und schien über etwas nachzudenken, ehe sie aussprach, was sie im Kopf hatte: »Es ist mein Bruder.«

Ben hatte keine Ahnung, was sie meinte. »Dein Bruder?« *Ich wusste gar nicht, dass du einen hast.*

»Na er ist das *Date*, das ich heute noch hatte. Mein Bruder Adam.«

»Okay. Aber ... wie meinst du das? Du wolltest dich mit ihm treffen?«

»Ja.« Sie wandte ihren Blick von Ben ab. »Mein Bruder ist schwerbehindert.«

Ach du heilige Scheiße. »Das ... tut mir leid.« Mehr Worte fielen Ben nicht ein. Alles, was ihm in den Kopf schoss, machte die Sache nicht besser. *Ich bin so ein Idiot!*

»Adam benötigt Hilfe in allen Lebenslagen, außerdem ist er stark auf mich fokussiert. Oft bekommt er Panik, wenn ich nicht zu ihm komme.«

»Verdammt.« Ben schüttelte den Kopf. »Das ist natürlich ... tut mir so leid.«

»Schon gut.« Viola zeigte sich einsichtig und machte eher den Eindruck, als wäre sie auf sich selbst sauer. »Ich rede nur einfach nicht gerne darüber.«

Ben zwang sich, nicht nach weiteren Einzelheiten hinsichtlich Adams Behinderung zu fragen. Viola sah niedergeschlagen aus, sobald sie über ihren Bruder erzählte.

»Mein Bruder ist zwar nicht behindert, aber seine massiven Ängste beeinflussen ihn auch sehr stark. Was ich damit sagen will ... Ich weiß natürlich nicht, wie schlimm das alles ist, aber ich kann verstehen, dass dir das sehr zu Herzen geht.«

Viola rang sich ein kurzes Lächeln ab, wirkte im nächsten Moment wieder nachdenklich betrübt. »Adam war das Opfer eines Raubüberfalls. Es war alles so furchtbar. Ich erzähle Menschen nicht gerne etwas davon, weil ich das Mitleid hasse. Ich ertrage es nicht.«

Ben musste schlucken. »Ich bemitleide dich nicht.«

»Ich weiß, deswegen spreche ich ja mit dir darüber.« Sie wischte sich eine Träne aus dem Augenwinkel und lächelte ihn an, dieses Mal länger als zuvor. »Ich hätte es dir einfach sagen sollen. Geheimnistuerei kann ich eigentlich selbst nicht leiden. Kann mir gut vorstellen, dass das nervt, wenn man sich mit jemandem verabredet.«

»Alles gut. War nur etwas verwundert, was so wichtig war. Jetzt ergibt das natürlich Sinn.«

Er überlegte, wie Adam nun für den Abend allein zurechtkommen würde. »Und wie macht er das jetzt allein?«

»Meine Schwester schaut nach ihm.«

»Ach, du hast auch eine Schwester? Okay. Na, dann ists doch kein Problem, oder?«

Viola schien nicht sonderlich zufrieden zu sein. »Na ja, Ronja ist nicht besonders zuverlässig. Sie hat oft Besseres zu tun und drückt sich vor ihren Verpflichtungen. Aber ich hab ihr geschrieben, dass es extrem dringend ist. Ich denke, das klappt schon.«

»Sehr gut.«

Viola deutete auf den Mann mit der grünen Jacke. »Er zahlt grad. Machen wir uns bereit.«

Ben schaute kurz rüber zu besagtem Tisch. »Keine Eile. Wir lassen ihn erst mal gehen und heften uns dann wieder an seine Fersen.«

Viola nickte und sah ihm tief in die Augen.

»Was ist?«

Sie schmunzelte.

»Was denn?« Ben kniff sie am Arm, woraufhin sie ihn amüsiert an der Hand packte und diese kurz festhielt.

»Ich finds toll, dass du nicht auf mich gehört hast und nicht lockergelassen hast. Du bist der Grund, weshalb diese Studentin möglicherweise noch eine Chance hat.«

Violas Worte gingen runter wie Öl. »Ich hätte auch falsch liegen können, keine Frage. Aber für mich gab es da keine Alternative.«

»Du bist eben einer der Guten.«

Sagt meine Mutter auch immer. »Danke für die Blumen.«

Sie lächelten sich an und wurden dabei völlig überrascht. Der Mann in der grünen Jacke kam unmittelbar an ihnen vorbei, sein Blick traf sich mit dem von Ben.

Bens Mund stand offen. Kalte, graue Augen blickten ihm entgegen. Der Kerl trug einen leichten Stoppelbart, sein Gesicht war faltig. Ben schätzte ihn auf über fünfzig. Einen Wimpernschlag später fiel der Blick des Mannes auf Viola. Kurz darauf hatte er die beiden passiert und bog um die Ecke.

»Scheiße.«

»Er hat uns wahrgenommen«, sagte Viola entrüstet. »Das ist nicht gut.«

Ben berührte sie am Arm. »Wir bleiben in sicherer Distanz. Er darf uns nicht wiedererkennen. Ab jetzt müssen wir noch vorsichtiger sein.«

Die beiden waren gerade aufgestanden, als Bens Handy klingelte.

»Tommy?«

»Ich habs gleich. Seid ihr noch an ihm dran?«

»Ja.«

»Gut, denn du musst dir sein Handy besorgen.«

»Nicht dein Ernst, oder?«

»Das ist die einzige Möglichkeit.«

»Verdammte Scheiße!« Ben war so laut, dass sich einige Leute zu ihm umdrehten. »Wie verdammt noch mal soll ich das bitte anstellen? Das kann nicht dein ...«

Viola zog ihn am Ärmel und machte ihm deutlich, loszulaufen. Ben folgte ihr aus dem Asia-Imbiss und lief ihr auf der Straße hinterher.

»Es muss eine andere Möglichkeit geben, Tommy.«

»Gibt es nicht.«

Ben nahm das Handy vom Ohr und fixierte die grüne Jacke des Mannes, der in einer Entfernung von gut zwanzig Metern vor ihnen durch die Stadt schlenderte.

Wie soll das gehen? Unmöglich. Das ist viel zu gefährlich, auch im Hinblick auf Viola. Ich darf sie auf keinen Fall in Gefahr bringen.

»Wenn du wissen willst, wo der andere Typ in seinem Chat ist, musst du irgendwie an das Handy kommen«, erklärte Tommy.

Na klasse. Das ist doch alles Bullshit. »Nehmen wir mal an, das würde klappen. Was muss ich dann tun?«

»Du musst ihm eine Datei von deinem Handy über Bluetooth schicken.«

»Geht das nicht auch, ohne dass ich sein Handy habe?«

»Schon, aber er müsste die Datei selbst annehmen und installieren. Ich glaub kaum, dass er das macht.«

»Oh Mann, Tommy.«

Eine Vibration an Bens Ohr. Tommy hatte die besagte Datei geschickt.

»Was hast du jetzt vor?«, wollte sein Bruder wissen.

»Na an das scheiß Handy kommen. Melde mich wieder.«

»Nicht dein Ernst, oder?« Viola schien sofort realisiert zu haben, was er damit meinte.

»Leider doch. Tommy sagt, es gibt keine andere Möglichkeit. Wir müssen irgendwie auf seinem Handy eine Datei installieren. Und zwar so schnell wie möglich.«

Viola wurde unruhig und packte ihn am Arm. »Ben, das ist zu gefährlich.«

Er blieb stehen und sah ihr in die Augen. »Uns bleibt keine Wahl. Es geht um Leben und Tod, also klauen wir jetzt dieses beschissene Handy.«

Viola schnaufte tief durch. Ihr Blick verriet, dass sie dem Plan zustimmte.

Die Stadt war immer noch gerammelt voll. Auf den Straßen schoben sich Menschen in beide Richtungen, sodass Ben und Viola den Abstand zu dem Mann etwas verringern mussten. Erneut hielt er an einer U-Bahn-Haltestelle, diesmal am Charlottenplatz.

»Ich begreif immer noch nicht, was der Kerl hier überhaupt macht«, rätselte Viola. »Mich würde es jetzt nicht überraschen, wenn er in der nächsten Bar am Ende der Stadt eincheckt. Wie lange macht er dieses Spiel noch?«

»Gute Frage«, stimmte Ben zu.

Die U-Bahn Richtung Ruhbank traf ein. Der Mann in der grünen Jacke stieg ein, Ben und Viola folgten ihm. Sämtliche Sitzplätze waren belegt, und auch zum Stehen gab es nur wenig Platz. Ben und Viola kämpften sich durch die Bahn, bis sie einen guten Blick auf die grüne Jacke hatten. An einer Stange konnte Ben Halt finden, Viola kam zu ihm. Weitere Leute stiegen hinzu, und Ben spürte Violas Körper. Ihr Busen berührte ganz leicht seine Brust, ihre Lippen waren keine dreißig Zentimeter entfernt. Ihr bezaubernder Duft lag wieder in der Luft und verdrängte alles andere um ihn herum, ihre Haare berührten Bens Arm. Ben schaute zu dem Mann hinüber und schmiegte sich dabei näher an Viola, die nicht zurückwich.

»Ich verspreche dir, dass ich dich nicht in Gefahr bringen werde«, flüsterte er ihr zu, woraufhin sie ihm in die Augen schaute.

»Ich kann auf mich selbst aufpassen.« In ihrer Stimme lag etwas höchst Selbstbewusstes, das eine Nuance Erotik im Zugabteil versprühte.

»Ach ja?« Er kam ihr noch ein Stück näher, sodass er ihren Atem spüren konnte.

»Ja.« Ihr Flüstern brachte Ben beinahe um den Verstand.

Momente verstrichen, in denen alles um Ben herum verblasste. Der Drang, sie zu küssen, war wieder da. Dummerweise auch der penetrante Geruch von Schnaps, den ein alkoholisierter Fahrgast, eine abgehalfterte Mittfünfzigerin, direkt neben ihnen verbreitete.

Auch Viola verzog angewidert das Gesicht und drehte ihren Kopf in Richtung der grünen Jacke.

Ben schob sich etwas zur Seite, um der Schnapsdrossel seinen Rücken zuzudrehen. Der Mann stand an einer Stange und hielt sich mit der rechten Hand daran fest.

»Einer von uns könnte fragen, ob wir mal telefonieren dürfen«, schlug er vor.

Viola verneinte mit einem Kopfschütteln. »Würde ich nicht machen. Sagt er Nein, läuft er uns davon und kennt definitiv einen von uns.«

»Hm. Gesehen hat er uns aber eh schon.«

Die U-Bahn hielt, der Mann stieg nicht aus. Er nahm auf einem soeben frei gewordenen Sitz Platz.

»Na ja, er hat uns im Vorbeigehen gesehen, ja«, sagte Viola. »Wie hundert andere Leute auch. Möglicherweise würde er uns erkennen, vielleicht hat er unsere Gesichter allerdings auch schon wieder vergessen.«

»Mir fällt einfach nichts Sinnvolles ein«, jammerte Ben. »Man könnte ihn anrempeln und einen kleinen Unfall inszenieren. Währenddessen müsste der andere von uns irgendwie an seine Jacke kommen.«

»An so etwas habe ich gerade auch schon gedacht. Aber da könnte genauso viel schiefgehen. Vielleicht haut er dann einfach ab, während andere aufmerksam werden. Dann wird es unmöglich, ihn weiter zu verfolgen.«

Ben musste schlucken. »Scheiße.«

Viola sah ihn verwundert an.

»Das Handy. Er hat es vorhin nicht mehr in seine Jacke, sondern in die Hosentasche gesteckt.«

»Na das ist wirklich Scheiße«, äußerte Viola.

Sie passierten eine weitere Haltestation, ohne dass sich etwas tat.

»Taschendieb müsste man sein. Die bekommen so was ja auch immer hin, ohne dass es jemand merkt. Ich hab mal irgendwo gesehen, dass es auf die Ablenkung im richtigen Moment ankommt. Wenn die passt, kann man jemandem seine Brieftasche aus einer engen Jeans oder den Platin-Kugelschreiber aus der Brusttasche klauen.«

»Aha ...«, sagte Viola skeptisch. »Und du beherrschst diese Kunst der Ablenkung?«

»Natürlich nicht.«

Viola schmunzelte. »Also gut, wir brauchen jetzt einen Plan. Ich würde sagen, wir versuchen es einfach. Im schlimmsten Fall klappt es nicht, und er ist weg. Dann haben wir zumindest alles versucht, richtig?«

»Ich hab eine Idee.«

»Lass hören.«

Ben vergewisserte sich, dass keiner der anderen Fahrgäste nahe genug bei ihnen stand, um etwas mitzuhören. »Sobald er aussteigt, remple ich ihn direkt beim Aussteigen an und ziehe ihn in ein kleines Handgemenge. Du musst direkt hinter ihm sein und genau dann in seine Tasche greifen.«

»Oh Gott, Ben, ich weiß nicht, ob ich das hinbekomme.«

»Wir versuchen es einfach. Wie du gesagt hast, entweder es klappt, oder er ist weg, und wir haben unser Bestes getan. Okay?«

»In welcher Hosentasche hat er das Handy denn?«

Gute Frage. Ben grub in seinem Gedächtnis. Vor seinem geistigen Auge sah er den Mann, wie er bei Mr. Meng aufstand, das Smartphone vom Tisch fischte und es in die Hosentasche steckte. Er stand seitlich zu Ben, aber in welche Richtung?

»Rechts«, sagte er schließlich.

»Sicher?«

»Sicher nicht, aber tendenziell stecken die meisten Leute das Handy doch in die rechte Tasche, oder?«

»Ja.« Viola warf ihm einen scharfen Blick zu.

»Ich bin mir relativ sicher, aber im Fall des Falles musst du eben auch in die linke Tasche greifen. Vielleicht siehst du es ja auch schon in seiner Tasche stecken, wenn du hinter ihm stehst.«

»Na gut, dann machen wir es so. Oh Mann.«

Ohne ein weiteres Wort miteinander zu wechseln, fuhren die beiden weiter mit der U-Bahn, ihren Blick fest auf den Mann gerichtet. Die Bahn war mittlerweile nur noch halb voll, sodass Ben und Viola zumindest einen Sitzplatz ergattern konnten.

Ben betrachtete den Übersichtsplan über der Ausgangstür ihm gegenüber. Zwei Stopps hatten sie bereits hinter sich, noch weitere drei bis zur Endstation. Er ging den Plan in seine Gedanken mehrere Male durch, dabei schossen ihm unzählige Ausgänge in den Kopf. Was, wenn der Kerl einfach wegrannte? Oder Viola bemerkte?

Dann war es so weit. Der Mann stand auf und wartete auf den nächsten Halt – Waldau.

»Okay, es geht los.« Ben streichelte Viola aufmunternd an der Schulter. »Wir schaffen das.«

Sie presste ihre Lippen zusammen und versuchte, so gut es ging, zu lächeln.

Sie erhoben sich von ihrem Platz und machten einige Schritte durch die Bahn. Der Mann ging zur vorderen Ausgangstür. Ben und Viola schlossen auf und waren beinahe hinter ihm, als zwei ältere Damen sich von ihren Plätzen erhoben. Die beiden stellten sich so ungünstig hin, dass Ben Mühe hatte, an ihnen vorbeizukommen. Also quetschte er sich an ihnen vorbei. Viola machte dasselbe.

»Nun hören Sie mal!«, zischte eine der Frauen und setzte ihr altbackenes, aufdringliches Damenparfüm aus ihren Poren frei.

Ben ignorierte die Frau und versuchte, das Smartphone in der Hosentasche des Mannes zu erkennen, doch beide Taschen wiesen eine Wölbung auf.

Die Bahn wurde langsamer. Gleich war es so weit.

»Bereit?«, flüsterte er Viola zu.

»Bereit.«

Mit einem Zischen öffneten sich die Türen. Drei Fahrgäste stiegen vor dem Mann in Grün aus. Ben drückte sich weiter nach vorn, sodass seine Schulter die des Mannes berührte. Dieser blickte kurz zu ihm, ohne jedoch etwas zu sagen.

Dann war der Weg frei. Zuerst machte Ben dem Mann demonstrativ ein kleines Stück Platz, was diesen zum Aussteigen veranlasste. Im nächsten Moment hastete Ben ebenfalls aus der Bahn und prallte mit voller Wucht gegen die Schulter des Mannes. Ben simulierte ein Stolpern und stieß ein »Aaaah« aus. Der Mann blieb stehen und rieb sich die Schulter.

Sofort schoss Ben in die Höhe und ging auf ihn los. »Was zum Teufel stimmt mit dir nicht?«, schrie er ihn an.

»Sie haben mich angerempelt«, entgegnete der Mann.

Ben packte ihn fest an der Jacke. »Sie haben mir ein Bein gestellt. Ich habs doch genau gesehen.«

»Sie spinnen doch«, giftete der Kerl zurück und versuchte, sich aus Bens Griff zu befreien. Er schlug mit den Händen gegen Bens Arme. »Lassen Sie mich gefälligst los!«

Jetzt Viola. Unsere einzige Chance.

Von der Seite kamen zwei Männer hinzu und griffen in die Rauferei ein. Wenige Augenblicke später hatten sie Ben und den Mann in Grün getrennt.

»Das ist Körperverletzung«, rief Ben. »Sie Idiot!«

»Ruuuhig«, sagte ein junger Mann, der Ben vom Geschehen wegzog. »Das war bestimmt keine Absicht.«

Der Tumult fand ein Ende, der Mann in Grün unterhielt sich etwas weiter weg mit einem anderen Kerl und einer Frau.

Viola kam hinzu.

»Ich hab mich wieder beruhigt«, sagte Ben zu dem jungen Mann, der noch immer neben ihm stand. »Danke, sie können gehen.«

»Sicher, dass es Ihnen gut geht?«

»Alles gut, war nur ein kurzer Schock.«

»In Ordnung«, antwortete der Kerl und machte sich davon.

»Und? Hast du es?«

Viola nickte und zog ihn hinter eine Reklamewand an der Haltestelle. »Hab es. Bluetooth ist an.«

Gott sei Dank. Unfassbar, es hat funktioniert. »Okay, gib es mir.«

Viola zog das Handy aus ihrer Hosentasche und reichte es ihm.

Ben suchte mit seinem Smartphone nach Geräten im Umkreis. Es dauerte einige Sekunden, bis es angezeigt wurde. Er wählte Tommys Datei aus und schickte sie ab. Das Handy in seiner anderen Hand vibrierte.

Ben klickte auf *annehmen*, kurz darauf war die Datenübertragung komplett. Erst jetzt realisierte er, dass ein Sperrbildschirm auf dem Handy des Mannes den ganzen Plan zunichtegemacht hätte. Glücklicherweise hielt der Mann nichts von Sicherheitsmaßnahmen auf seinem Smartphone. Ben öffnete die soeben übertragene Datei, sofort startete ein Installationsbalken, der im Handumdrehen fertig war.

»Geschafft.« Bens Neugier loderte auf. Hastig klickte und wischte er auf dem Handydisplay herum, bis er Nouvius und den obersten Chat geöffnet hatte:

Sie muss sterben, noch heute nacht

das wird sie

Auch Violas Augen waren auf die letzten Zeilen der Unterhaltung fokussiert, die sie zuvor bereits mitgelesen hatten.

»MK«, äußerte Viola. So lautete der eingespeicherte Name des Chatteilnehmers.

Ben klickte auf den Namen und auf Details.

»Schnell«, wies Ben Viola an. »Speicher die Nummer auf deinem Handy.«

Sofort wählte sie ihre eigene Nummer und ließ es kurz klingeln. Ein Blick auf ihr Handy verriet, dass die Nummer angezeigt wurde. Anschließend löschte sie den soeben getätigten Anruf auf dem Handy des Mannes wieder.

»Perfekt.«

»Und jetzt?«, fragte Viola. »Wir müssen ihm das Handy ja auch wiedergeben.«

Sie hatte recht. Doch der Mann in der grünen Jacke war nicht mehr an der Haltestelle.

6

Ben

»Wo zum Teufel ist er?« *Das darf jetzt nicht wahr sein.* Ben hastete um ein Reklameschild. Dahinter löste sich die Gruppe, die mit dem Mann gesprochen hatte, auf. Die Leute gingen ihrer Wege. Die Frau warf Ben noch einen kurzen Blick zu, ehe sie sich umdrehte und davonging.

»Ist er das?«, rief Viola und deutete auf die gegenüberliegende Straßenseite.

Ben musste etwas weiter die Straße entlanglaufen, da ein Bus seine Sicht behinderte. »Ja, das ist er. Du musst ihm jetzt sein Handy bringen.«

Viola schnaufte tief durch. Auch wenn sie von ihrer nächsten Aufgabe nicht sonderlich begeistert war, blieb ihr nichts anderes übrig. Es war klar, dass Ben nach der Auseinandersetzung nicht zu dem Mann hingehen und ihm sein Smartphone wiedergeben konnte, als wäre nichts gewesen.

»Also dann los«, sagte Viola.

Sie überquerten die Straße, der Mann wartete vor einer roten Ampel an einem Fußgängerübergang. Ben und Viola waren noch etwa dreißig Schritte entfernt, als die Ampel grün wurde.

Viola rannte los. »Hey, Sie!«

Ben verlangsamte sein Tempo und hielt sich nahe der Häuserwände, um nicht aufzufallen. Vor einer Videothek blieb er stehen, stellte sich hinter einen Baum am Gehweg und schaute vorsichtig hervor.

Der Mann hatte den Zebrastreifen schon beinahe überquert, Viola schaffte es nicht rechtzeitig. Die Ampel wurde rot.

»Hey, Sie in der grünen Jacke! Ihr Handy! Sie haben Ihr Handy verloren!«

Der Mann drehte sich um, überprüfte seine Taschen und blieb stehen.

Viola erreichte die Ampel und hielt das Handy in die Höhe. Der Mann nickte.

Es dauerte fast eine Minute, bis es wieder grün wurde, dann lief Viola zu ihm, überreichte ihm das Handy und zeigte in Richtung der Haltestelle, an der sie ausgestiegen waren. Der Mann gab ihr die Hand, kurz darauf lief er weiter. Viola wartete an der Ampel.

Ben lief ihr entgegen, musste jedoch am Fußgängerübergang warten, bis die Ampel grün wurde. »Wie hat er reagiert?«

»Er hat sich bedankt und das Handy wieder genommen.«

»Sehr gut.« *Dann muss Tommy jetzt weiterhelfen. Alles, was er wollte, haben wir erledigt.*

»Schon gruselig der Kerl, wenn man weiß, wer er eigentlich ist.«

Ben streichelte ihre Schulter. »Jetzt haben wir es geschafft.«

Viola lächelte.

Sie liefen weiter, Ben zog währenddessen sein Handy aus der Tasche und wählte Tommys Nummer. Niemand nahm ab.

»Was soll das jetzt?«, fluchte er. »Wieso geht er nicht ran?«

Der Mann in Grün spazierte weiter die Straße entlang, Ben und Viola im Abstand von etwa dreißig Metern hinterher. Bens Handy zeigte 23.01 Uhr. In diesem Vorort war kaum noch etwas los. Hier und da ein paar Jugendliche, vor einem kleinen Pub tummelten sich eine Handvoll Leute.

»Probiers noch mal«, sagte Viola.

Im selben Moment rief Tommy zurück.

»Warum gehst du nicht ran?«

»Warte mal kurz, Ben.« Tommy widmete sich offenbar einem bereits laufenden Gespräch. »Alles klar, perfekt ... jetzt läuft es wie geplant. Danke für deine Hilfe, Kalle. Hast was gut bei mir. Bis dann.«

»Wir haben es.«

Kurze Stille.

»Ihr habt echt sein Handy geklaut und die Datei installiert?« Anscheinend hatte Tommy selbst nicht damit gerechnet.

»Wie du gesagt hast, ja. Also was jetzt?«

»Alles klar, dann sind wir jetzt on board«, murmelte er mit lauten Essgeräuschen, die nach dem Zermalmen von Chips klangen. »Kalle und ich sind auch so weit, haben noch ein bisschen gezaubert. Lass mal sehen.«

Der Mann in Grün blieb stehen. Sofort zog Ben Viola am Ärmel und huschte mit ihr an die Hauswand neben ihnen. Viola schmiegte sich an ihn. Das spärliche Licht der Straßenlaterne, die sich einige Meter weit von ihnen befand, reichte kaum bis zu ihnen herüber, weswegen er nur Umrisse von Violas Gesicht erkennen konnte.

Ben riskierte einen Blick. Der Mann schloss gerade eine Haustür auf. Wenig später war er im Gebäude verschwunden.

Die beiden liefen weiter bis kurz vor die Haustür, ein Fenster verriet, dass noch Licht im Treppenhaus brannte. Erst als dieses erlosch, trauten sich die beiden vor die Haustür.

»Er ist jetzt wahrscheinlich nach Hause gegangen«, gab Ben seinem Bruder Bescheid. »Mehrparteienhaus.«

»Sechs Namen«, stellte Viola anhand der Klingeln fest. Ben kam hinzu und las alle aufgedruckten Namen vor: »Rösler, Schieber, Kalowski, Psychologische Praxis Dr. Waidmann, Yüztürk und Badner-Voss.«

»Ich brauch noch einen Moment«, sagte Tommy. Wildes Tastaturgetippe war zu hören. »Oh Mann, ich hoffe, das Ganze ist wirklich so, wie ihr sagt. Wie wollt ihr der Polizei eigentlich erklären, wie ihr auf ihn gekommen seid? Du weißt, dass ich dafür in Teufels Küche komme, wenn das rauskommt.«

»Mach dir keine Sorgen. Niemand erfährt etwas darüber. Ich lass mir etwas Plausibles einfallen.«

»Das will ich hoffen«, sagte Tommy. »Okay, bin drin. Praxis Dr. Waidmann sagst du steht auf der Klingel?«

Ben schaute selbst noch mal nach. »Genau. Wieso?«

»Das ist euer Mann.«

Der Psychotherapeut? Ernsthaft?

Ben deutete auf das Namensschild. Auch Viola machte ein ungläubiges Gesicht.

»Echt? Bist du dir da sicher?«

»Na ja, das Nouvius Profil läuft auf Wolfgang Waidmann. Also ja, passt zusammen, oder?«

Licht erfüllte plötzlich wieder den Flur.

»Schnell«, stieß Ben leise, aber energisch aus. »Komm mit.«

Sie eilten wieder drei Häuser weiter die Straße zurück. Die Haustür öffnete sich.

»Ben, was ist los?«, ertönte es leise aus dem Handy.

Zwei junge Frauen, Mitte zwanzig, kamen heraus und unterhielten sich laut. Sie kicherten ununterbrochen. Ein Auto auf der gegenüberliegenden Straßenseite meldete sich fahrbereit und blinkte auf. Kurz darauf stiegen die Frauen ein und fuhren davon.

»Alles gut, Fehlalarm. Dachten, er kommt wieder raus.«

Viola holte ihr Handy raus. »Ich telefoniere auch mal kurz, ja? Momentan ist die Lage ja ruhig.«

Ben zeigte ihr den Daumen nach oben, dann lief sie ein paar Schritte weg.

»Ich hab's, Chat 17-2.«

»Und jetzt?« Ben schaute zur Haustür, alles dunkel und ruhig.

»Beethovenstraße 70/1.«

»Beethovenstraße? Nein, ich glaube wir sind hier ...«

»Plochingen«, fügte Tommy hinzu. »Das ist der Ort, an dem sich der andere Kerl aufhält.«

Der Mörder?

Viola schaute kurz zu ihm herüber, widmete sich dann wieder ihrem Telefonat.

»Sehr gut, Tommy. Hast du noch mehr Infos über den Chatpartner?«

»Nein, nicht wirklich. Ich kann lediglich alle Nouvius-Daten auslesen, angemeldet ist er mit MK. Ansonsten nichts.«

MK. Kann alles bedeuten. »Okay, danke.«

»Was hast du jetzt vor?«

Gute Frage. Am liebsten würde ich jetzt mit Viola was Gemütlicheres machen, als nachts durch die Straßen zu laufen.

Die Hemmungen, die ihn den Abend lang begleitet hatten, schienen wie weggeblasen zu sein. Würde Ben erneut mit ihr im Kino sitzen, würde er sie einfach küssen, zumindest stellte er es sich vor. Diese ganze Sache hatte ihn wieder ins Spiel gebracht, und er war sich sicher, dass er dadurch Violas Interesse gewonnen hatte.

»Mach die Nouvius-App auf, schnell.«

Ben war kurzzeitig so in Gedanken versunken, dass er die Worte seines Bruders zwar hörte, aber nicht darauf reagierte.

»Ben?«

»Ja, bin noch da.«

»Er schreibt was.«

Sofort war Bens Aufmerksamkeit wieder da. Er wischte über sein Display und öffnete Nouvius.

»Viola«, hauchte er durch die Nacht.

Sie unterbrach erneut ihr Telefonat und schaute zu ihm.

»Er schreibt wieder.«

Sie wechselte noch kurz ein paar Worte und beendete ihr Gespräch. Als sie wieder bei ihm stand, war das Chatfenster von Dr. Waidmann und seinem unbekannten Helfer geöffnet.

Alles vorbereitet?

natürlich. sie stirbt exakt wie besprochen. nur der ort ändert sich. muss es hier bei mir tun.

Sie ist bei dir zu hause?

ja, ging nicht anders. sie wohnt in einer wg

Okay. Pass aber auf, wenn du sie loswirst.

User is typing ...

»Er bringt sie bei sich zu Hause um«, stellte Ben ungläubig fest.

»Ach du Scheiße, Ben. Du hattest tatsächlich recht.« Zum ersten Mal ertönten keinerlei Tastaturgeräusche aus dem Handy. Tommy schien ebenso gespannt vor dem Bildschirm zu sitzen und zu warten, wie die Chatunterhaltung weiterging.

Viola drückte sich nahe an Ben und las ebenfalls mit.

ich entsorge sie im zwinger

Gut. Ich fahre jetzt zum treffpunkt vierzehn.

verstehe.

Um 00:31 Uhr ja? lass sie ihren besonderen tag kurz genießen

User left chat ...

Ihren ganz besonderen Tag genießen? Was meint er damit?

»00:31 Uhr?«, las Tommy mit fragendem Tonfall vor.

Viola drückte ihren Kopf an den von Ben, damit sie mithören konnte.

»Da bringt er sie um.« Ben lief ein kalter Schauer über den Rücken. Das alles war so abstrus. Ein Psychotherapeut, der Morde in Auftrag gab, die zu exakter Zeit ausgeführt wurden. *Weshalb tut jemand so etwas? Und wer spielt so ein Spiel mit?*

Viola griff aufgeregt nach Bens Hand und zog diese ein Stück zur Seite, um einen kurzen Blick auf das Display werfen zu können. »Die Frau hat nichts mehr lange Zeit!«

Ben nickte und führte das Handy wieder an sein Ohr. »Was meint er mit Zwinger und Treffpunkt vierzehn?«

»Kein Plan«, antwortete Tommy. »Fakt ist, dass euer Psychodoktor gleich die Biege macht. In zweiundsechzig Minuten bringt sein Kollege jemanden um ... und zwar in der Beethovenstraße 70/1 in Plochingen.«

Das Treppenhaus war noch dunkel.

»Wir rufen jetzt die Polizei«, sagte Viola entschlossen.

Tommy zeigte sich entrüstet von ihrer Idee und schrie fast schon ins Handy. »Und dann? Willst du ihnen die Chats zeigen? Ben, wir hatten was abgemacht! Außerdem habt ihr keinerlei Beweise, die Chats sind nicht mehr abrufbar auf Bens Handy.«

»Brauchen wir ja auch nicht«, sagte Viola und zog Bens Hand mitsamt Handy näher an sich heran. »Wenn die Polizei zu der Adresse kommt, findet sie die Frau dort ja sicherlich. Ich bin der Meinung, wir sollten jetzt alles Weitere Profis überlassen, die sich mit so was auskennen.«

»Klingt nachvollziehbar«, stimmte Tommy zu. »Ein anonymer Anruf aus der Telefonzelle würde reichen.«

»Würde er nicht.« Ben sah Violas Unverständnis, als er seinen Satz ausgesprochen hatte.

»Wieso nicht?« Viola löste sich von ihm und wurde zunehmend nervöser.

»Weil wir keinen Namen haben. 70/1 könnte ein großes Wohnhaus sein. Ein Wohnkomplex mit zig Bewohnern.«

»Und was sollen wir jetzt tun?«

Ihre Blicke schweiften immer wieder zum Fenster des Treppenhauses, in dem sich noch immer nichts regte.

»Wir müssen jetzt ruhig bleiben«, erklärte Ben. »Wir machen es so: Ich laufe zum Taxistand am Bahnhof, fahre nach Plochingen und ...« Er konnte seinen Satz nicht vollenden, da rebellierte Viola bereits dagegen.

»Spinnst du jetzt?« Sie wich einige Schritte zurück, ihr Blick sprang zwischen Ben und der Haustür hin und her. »Du willst da hingehen? Zu dem Mörder? Du bist doch nicht ganz bei Trost. Und was bitte soll ich machen?«

»Jetzt beruhig dich doch. Lass es mich doch erst mal erklären.«

Viola hörte zwar zu, aber ihr Gesichtsausdruck ließ nichts Gutes erahnen. Sie war unmittelbar davor, das Ganze an dieser Stelle endgültig abzubrechen.

»Wir können jetzt so kurz vor dem Ziel nicht aufgeben. Was wäre, wenn du an der Stelle dieser Studentin wärst? Würdest du nicht auch hoffen, dass dir jemand hilft?«

»Das ist unfair.«

Ben lief auf sie zu. »Ich will damit nur sagen, dass wir ihr helfen müssen, Viola.«

»Ich weiß. Aber das wird mir langsam zu gefährlich.«

»Uns passiert doch nichts« Ben versuchte sie zwar zu überzeugen, aber um ehrlich zu sein, schnürte ihm der bloße Gedanke daran, vor 70/1 in der Beethovenstraße zu stehen – dem Ort, an dem die Studentin umgebracht werden sollte – die Kehle zu. »Ich fahr dorthin und rufe die Polizei, sobald es Sinn macht. Du bleibst an unserem Psychodoktor dran, in sicherem Abstand. Tommy und ich sind jederzeit erreichbar. Zusammen schaffen wir das.«

Seine Worte zeigten Wirkung. »In Ordnung«, stimmte Viola schließlich zu. »Aber was ist, wenn ...«

Wenn was?

Das Licht im Treppenhaus ging an.

»Oh Gott, er kommt.« Viola lief panisch auf und ab.

Ben zog sie an sich heran und nahm ihr Gesicht sanft in seine Hände. »Du schaffst das, okay?«

Sie schaute zu ihm nach oben, ihre Hände berührten die seinen. Dann zog er ihren Kopf ein Stück an sich und gab ihr einen Kuss auf die Stirn. »Ich muss jetzt los. Ruf mich gleich an, ja?«

»Mach ich.«

Ben rannte los zum Taxistand. Bevor er um die Ecke bog, schaute er noch einmal zum Haus. Viola hatte sich hinter den Baum zurückgezogen, an dem er selbst vorhin gestanden hatte. Er schickte ihr Tommys Nummer als Kontakt. Die Haustür öffnete sich. Der Mann in der grünen Jacke kam heraus.

Du schaffst das schon, dachte er und bog um die Ecke.

7

Sonntag, 00:02 Uhr

Ben

»Wie weit ist es noch?«, wollte Ben von dem Taxifahrer wissen und starrte auf sein Handydisplay. *Noch neunundzwanzig Minuten bis zum Mord an der Studentin.*

Griechische Musik trällerte aus dem Autoradio, es roch penetrant nach einer Mischung aus Reinigungsmitteln und Pommes. Die warme Luft, die unentwegt aus den Lüftern an der Mittelkonsole strömte, tat unbeschreiblich gut. Bens Jeans und Hoodie waren mittlerweile so durchnässt, dass seine Kleidung an seiner Haut klebte.

»Fünf Minuten«, antwortete der Fahrer, ein braun gebrannter Mittfünfziger mit Simpsons-T-Shirt. »Gleich da. Haben Sie es eilig?«

Wenn du wüsstest. »Sehr sogar.«

»Ahhh ... Deutsche haben es immer eilig. Selbst die Rentner, die eigentlich Zeit ohne Ende haben sollten, oder? Immer schnell zum Ziel. Wenig reden, wenig bezahlen, aber schnell ans Ziel.«

Willst du mir jetzt echt blöd kommen? Konzentrier dich aufs Fahren und lass mich in Ruhe mit deinem Geschwafel. Du hast doch keinen blassen Schimmer.

Unter anderen Umständen hätte Ben möglicherweise nicht solche aggressiven Gedanken gehabt, doch die Zeit drängte, und dass Viola auch seinen dritten Anruf nicht entgegennahm, verunsicherte ihn. Obwohl er die Leitung freihalten wollte, rief er Tommy an.

»Du hast mich weggedrückt vorhin«, begrüßte ihn sein Bruder.

»Ging nicht anders. Hat Viola dich angerufen?«

»Nein, wieso?«

Verdammt. Was macht sie denn? »Ich erreich sie nicht.«

»Wird schon alles gut sein. Wo bist du?«

»Gleich in der Beethovenstraße.«

»Oh Mann, pass bloß auf. Du rufst die Bullen, sobald du die Lage gecheckt hast, ja?«

»Klar doch.«

Das Taxi bog von der Hauptstraße in eine Seitenstraße ein.

»Beethovenstraße«, sagte der Grieche. »Sind da. Sehr lange Straße.«

»Hausnummer 50«, sagte Ben. Er wollte unter keinen Umständen direkt vor dem Haus abgesetzt werden.

Der Fahrer winkte ab und beschleunigte den Wagen. »Das ist ganz hinten in der Straße.« Kurz darauf bog er links ab, ein Sackgassenschild stand vor der Einfahrt in die Straße.

Ben schaute auf den Taxomat, der 61,50 Euro anzeigte. *Verdammt, hoffentlich hab ich noch so viel.*

Nervös zog er seinen Geldbeutel hervor und zählte die Scheine. Er hatte noch achtzig Euro plus etwas Kleingeld. Ben drückte dem Fahrer fünfundsechzig Euro in die Hand. »Danke. Der Rest ist für Sie.«

»Icharistó!«

Das Taxi hielt. Ben stieg aus, das Haus zu seiner Rechten zeigte die Hausnummer 58. Er lief die überaus breite Straße weiter entlang, eine Straße, die an amerikanische Filme erinnerte. Luxushäuser mit gepflegten Gärten und englischem Rasen, der den Eindruck machte, als sei er mit der Nagelschere geschnitten worden. Selbst die Straßenleuchten, die alle zehn Meter neben dem ebenfalls auffällig breiten Bürgersteig standen, zauberten mit ihren modernen Leuchten ein überraschend idyllisches Bild in diese in Dunkelheit versunkene Straße.

Er dachte an seine Vermutung mit dem Wohnkomplex zurück, doch die Wahrscheinlichkeit, dass zwischen all diesen Prachtbauten der Beethovenstraße ausgerechnet als Nummer 70/1 ein hässlicher Betonklotz mit acht Parteien stehen würde, war mehr als unwahrscheinlich.

»Mist, vielleicht hatte Viola doch recht«, murmelte er ins Telefon.

»Wie meinst du das?«

»Hier steht eine Villa an der nächsten. Möglicherweise hätten wir doch einfach die Polizei herschicken sollen.«

»Na dann mach das doch jetzt.«

Ben schaute auf das Display – 00:10 Uhr. *Noch einundzwanzig Minuten.* »Ja, gleich. Bin fast da.«

Er überlegte, wie schnell die Polizei wohl hier wäre, wenn er sagen würde, dass jemand ermordet wird. Zehn Minuten?

Ben beschleunigte sein Tempo und marschierte zügig an Haus Nummer 58 vorbei. Die Veranda an der Außenseite des Anwesens war eindrucksvoll beleuchtet, das Licht offenbarte einen großen Swimmingpool.

Nicht schlecht, echt schicke Gegend. Und hier wohnt ein Mörder?

Kurz darauf stand Ben vor seinem Ziel. Ein indirekt beleuchteter Briefkasten zeigte *70/1. M. Karl.*

MK – Oh Mann, es war tatsächlich so einfach.

Das Grundstück war eingezäunt, allerdings eher aus dekorativen Gründen, denn der weiße Zaun war nicht mehr als einen knappen Meter hoch. 70/1 war nicht ganz so luxuriös wie die anderen Häuser in der Straße, aber dennoch äußerst schick anzusehen. Licht brannte in einigen Räumen beider Stockwerke.

»Ich steh davor, Tommy. Es ist ein einzelnes Haus. MK steht für M. Karl. Wir haben ihn.«

»Sehr gut, dann ruf jetzt die Polizei.«

Ben wollte schon sein Handy vom Ohr nehmen, um die 110 zu wählen, da sah er die offen stehende Terrassentür.

»Warte mal ... die Tür ist auf.«

»Bitte was?«

»Die Tür zum Garten, sie ist offen.«

Ungläubig starrte Ben zur Terrasse.

»Du willst mich verarschen, oder? Ben, lass es sein. Du wirst da ganz sicher nicht ...«

Ein kurzer Blick auf die Uhr – 00:13 Uhr.

Genügend Zeit.

»Wer bringt denn jemanden in seinem Haus um und lässt die Tür aufstehen?« Seine Frage galt nicht Tommy, sondern eher sich selbst. Zum ersten Mal zweifelte er daran, dass diese ganze Geschichte das war, was sie zu sein schien. *Das macht keinen Sinn. Irgendwas stimmt da nicht.*

»Ich werde kurz nachschauen. Falls du in fünf Minuten nichts von mir hörst, ruf die Polizei.«

»Ben, nein! Das machst du nicht! Hallo?«

»Fünf Minuten, Tommy. Verstanden?«

»Ben, hör doch mal. Du ...«

»Verstanden?«

Tommy resignierte. »Fünf Minuten, ja. Du bist doch bescheuert.«

Ben steckte das Handy in die Hosentasche, ohne den Anruf zu beenden, und stieg über den Zaun. Er sah sich kurz um, in den meisten der umliegenden Häuser herrschte bereits Dunkelheit, nur in zweien brannte noch Licht. Es war niemand zu sehen, also huschte Ben über den Rasen in Richtung der Terrassentür. Vorsichtig näherte er sich der mit Pflastersteinen bedeckten Terrasse und riskierte einen Blick ins Innere. Ein offener Essbereich, in der Ecke brannte eine Stehleuchte.

Ben lauschte aufmerksam. Nichts außer zwei sich streitenden Katzen war zu hören.

Verdammt, das ist doch total komisch. Wieso steht hier alles offen? Wo ist dieser Kerl? Was mache ich nur hier?

Obwohl Bens Verstand ihm klarzumachen versuchte, dass sein Plan, das Haus zu durchsuchen, eine Schnapsidee war, wollte er sich mit eigenen Augen davon überzeugen, ob er die ganze Zeit falsch gelegen hatte.

Wie war das überhaupt möglich? Die Chat-Nachrichten waren glasklar. Oder gehörte das alles zu einem seltsamen Spiel?

Er lief vorsichtig ins Haus. Um keine dreckigen Schuhabdrücke zu hinterlassen, schlüpfte er schnell aus seinen Schuhen, versteckte diese hinter einem großen Blumentopf und betrat den dunklen Parkettboden mit Socken. Er befand sich im Essbereich des großzügig geschnittenen Raumes, der etwas weiter hinten fließend in einen Wohnbereich mit schickem Ledersofa, flauschigen Teppichen und einem beachtlichen Flachbildfernseher an der Wand überging. Je weiter Ben in den Raum trat, desto weiter konnte er in den riesigen Flur, der nach links abbog, blicken. Auf der rechten Seite des Ganges befand sich eine moderne Küche mit freistehender Kochinsel in einem weiteren, offenen Raum. Überall brannte indirektes Licht kleiner Leuchten und Spots.

Ben schlich an der Küche vorbei und weiter den Flur entlang. Dieser zog sich bis zur Hauseingangstür, links daneben führte eine Wendeltreppe ins obere Stockwerk. Auf der rechten Seite machte der Flur einen Knick. Nach einem kurzen Blick nach oben – *Band* stand auf der dritten Stufe der Treppe – entschied er sich für den Flur nach rechts, der fast im Dunkeln stand. Licht drang nur aus einem Türspalt einige Meter weiter hinten in den Gang.

Diverse Bilder, allesamt experimentelle Kunst, hingen an den Wänden. Persönliche Details, die eine Wohnung eigentlich erst ausmachten, waren nirgends zu sehen. Die Wohnung wirkte bis ins kleinste Detail modern und teuer, allerdings in keiner Weise individuell.

Ben näherte sich der offen stehenden Tür, die augenscheinlich in den Keller führte.

00:16 Uhr. In zwei Minuten muss ich mich melden.

Ben stand mittlerweile nur noch auf Zehenspitzen. Angespannt lauschte er nach unten, in der Hoffnung irgendetwas hören zu können.

Nichts.

Kein einziger Laut war auszumachen.

Verdammt, was jetzt?

Er zog das Handy wieder aus der Tasche. »Tommy?«, hauchte er ins Telefon.

»Ja, Mann. Bist du wieder draußen?«

»Nicht wirklich. Bin noch drin.«

»Wieso das denn? Was machst du, zum Teufel?«

Ein Knarren aus dem Keller.

Bens Muskeln spannten sich an und verwandelten ihn zu einer bewegungslosen Säule, als würde die winzigste Bewegung seinen Tod bedeuten. *Das kann nicht sein! Ich hab mich ja kaum selbst gehört.*

»Ben? Hallo?«

Ben hoffte, dass Tommy aufhören würde zu sprechen.

Dem quietschenden Geräusch nach öffnete sich soeben eine Tür, kurz darauf waren Schritte zu hören.

Ben setzte bereits an, wieder in den Wohnbereich zurückzurennen und zu verschwinden, doch seine Neugier hatte ihn gegen alle Vernunft gepackt. Sein Herz pochte in seiner Brust. Er lief den Flur weiter, und öffnete eine Tür.

WC, verdammt. Zu gefährlich.

Er probierte die Tür direkt gegenüber, die ihn in eine Abstellkammer führte. Ein Staubsauger stand darin und einige Kisten, aber der Raum bot genug Platz. Ben schloss die Tür und stand im Dunkeln.

Er machte Licht mit seinem Handy, das Display zeigte 00:18 Uhr.

Noch dreizehn Minuten! Es wird langsam Zeit, die Polizei anzurufen.

Die Schritte wurden lauter, kurz darauf war jemand im Flur. Für einen Augenblick herrschte zermürbende Stille, dann hörte Ben die Schritte auf ihn zukommen. Er griff nach einem Schirm, der in der Ecke stand – der einzige Gegenstand, der sich auf die Schnelle für eine Verteidigung fand.

Ben umklammerte den Griff mit schweißnassen Händen.

Sobald die Tür aufgeht, stoß ich zu. Und dann sofort raus aus dem Haus.

Die Schritte hatten ihn erreicht, aber die Tür ging nicht auf. Stattdessen wurde die Tür gegenüber geöffnet. Die Person ging tatsächlich auf die Toilette.

Ben ließ den Schirm wieder los. Sobald sich die WC-Tür schloss, drückte er die Klinke so sanft wie möglich nach unten und öffnete zügig die Tür. Er huschte nach draußen, drehte sich um und schloss die Tür wieder. Ben war bereits wieder auf dem Weg ins Wohnzimmer, als er hörte, dass die Person die Klobrille herunterklappte.

Instinktiv wanderte sein Blick zur Kellertür, die immer noch offen stand.

Ben, hau ab hier. Wenige Sekunden lang rangen sein gesunder Menschenverstand und die törichte, naive Neugier miteinander. *Abhauen oder nachsehen? Abhauen oder nachsehen?*

Es ratterte in seinem Kopf, aber Ben wusste, dass er keine Zeit hatte, um nachzudenken. Ein ekelhaftes Furzen aus dem WC, Ben verzog das Gesicht zu einer angewiderten Grimasse. Das Geräusch gab ihm den letzten Impuls für seine Entscheidung.

Er macht eine lange Sitzung. Wenn ich schnell bin, schaff ich es.

Sofort eilte er auf leisen Sohlen die steinige Kellertreppe hinab. Unten angekommen, es waren um die zwanzig Stufen, stand er in einem recht verschachtelten Gang mit mehreren Abzweigungen. Vor einem Durchgang hing ein Paillettenvorhang, daneben zog sich ein längerer Gang nach hinten, der in spärliches Licht getaucht war. Eine Tür am Ende des Ganges war angelehnt, aus dem dahinter liegenden Raum drang das Licht durch den Türspalt.

Ben atmete beinahe nicht mehr, so angespannt lief er durch den Keller.

Er schlich weiter zur Tür und öffnete sie. Dann erstarrte er.

Auf einem Stuhl saß eine mit Handschellen und Kabelbindern gefesselte junge Frau. Ihre Augen waren verbunden, ihr Mund geknebelt. An den Knien waren blutige Wunden zu sehen. Daneben auf dem Tisch zahlreiche Messer in allerlei Größen und eine Flasche Wodka. Der gesamte Boden war mit einer Art Folie ausgelegt.

Ach du Scheiße! Ich muss ihr helfen ... aber wie? Die Polizei!

Ben zog das Handy wieder aus der Hosentasche.

Nicht im Ernst! Das darf jetzt nicht wahr sein.

Kein Empfang.

Ben fühlte sich völlig überfordert. Kalter Schweiß rann von seiner Stirn, er musste jetzt irgendetwas tun. Die Zeit, die Frau zu befreien, hatte er nicht. Die Kabelbinder würde er vielleicht noch aufbekommen, aber die Handschellen, die an den Stuhlbeinen befestigt waren, auf keinen Fall. Und mit Stuhl würde er sie niemals leise und schnell aus dem Haus bringen können.

Ben eilte wieder aus dem Raum und durch den Keller. Der Moment, in dem er realisierte, dass es zu spät war, bohrte sich wie eine Klinge in seinen Kopf. Die WC-Spülung wurde betätigt, bevor er im Durchgangsbereich des Kellers war, die Toilettentür fiel in ihre Angeln, als er am Fuß der Kellertreppe stand.

Fuck!

Er huschte durch den Vorhang in den anliegenden Raum und suchte diesen mit der Taschenlampenfunktion seines Handys ab, während Schritte auf der Treppe zu hören waren. Der Raum war groß, bot aber keinerlei Möglichkeit, sich zu verstecken. Überall vollgestellte Regale und Schränke an den Wänden. Letztere zu öffnen, würde sicher Krach machen. Also blieb ihm nur eine Kühltruhe, hinter die er sich setzte.

Niemand kam in den Raum. Den Geräuschen nach lief die Person in Richtung des hinteren Raumes mit der gefesselten Frau.

Ben schoss hervor und wartete noch einen Moment, bevor er zur Treppe huschte.

»Happy Birthday«, ertönte es aus dem Raum. Eine tiefe Männerstimme. »Die Party beginnt.«

Es ist ihr Geburtstag! Er bringt sie direkt an ihrem Geburtstag um.

Ben schaute auf sein Handy.

00:31 Uhr.

Die Kellertür schloss sich, und Ben blieb der nächste Gedanke wie ein Kloß im Halse stecken.

Er hatte versagt. Seine Neugier hatte dafür gesorgt, dass niemand mehr rechtzeitig zu Hilfe kommen würde. Es war zu spät.

Er eilte die Treppe nach oben, durch den Wohn- und Essbereich zur Terrassentür. Im selben Moment flitzte eine Katze hinein, Ben zuckte vor Schreck am ganzen Körper zusammen. Das Tier begrüßte ihn unaufgeregt mit einem Maunzen.

Ben schnappte sich die Schuhe aus dem Versteck und rannte, ohne sie anzuziehen, zurück zur Straße. Währenddessen wollte er das Handy aus der Tasche holen, doch es flog ihm im Eifer des Gefechts aus der Hand. Er musste kurz abstoppen, schlüpfte hastig in die Schuhe und hob das Handy vom Rasen auf.

Sofort wählte er die 110 und rannte die Beethovenstraße zurück.

Sie stirbt meinetwegen! Hätte ich früher die Polizei gerufen, wäre vielleicht nichts passiert. Ich bin verantwortlich für ihren Tod. Ben, du verdammter Idiot.

Ihm wurde schwindelig.

»Polizei.«

Ben schnappte nach Luft. »Ja hallo ... ich ... ich bin in der Beethovenstraße in Plochingen. In 70/1 wird gerade jemand ermordet. Sie müssen jemanden herschicken, schnell!«

»Wie ist denn Ihr Name?«

Ben ließ sich einen Moment Zeit. Er überlegte kurz, einen falschen Namen zu nennen, doch sicherlich hätten sie in Windeseile herausgefunden, mit welchem Handy er angerufen hatte.

»Ben Wismer. Hören Sie, es ist dringend. Der Kerl hat eine Studentin entführt und bringt sie jetzt an ihrem

Geburtstag um. Ich weiß, das klingt alles total verrückt, aber glauben Sie mir, es stimmt, was ich sage. Sie müssen sofort jemanden hierherschicken.«

»In Ordnung.« Die Polizistin tippte nebenher auf einer Tastatur. »Wo sind Sie denn jetzt?«

»Vor dem Haus«, erklärte Ben außer Puste. Seit Beginn des Telefonats hatte er das Rennen zwar sein gelassen, doch er marschierte weiterhin zügig in Richtung Ausgang der Panoramastraße. »Beziehungsweise noch in der Straße.«

»Wohnen Sie in der Beethovenstraße?«

»Nein ... Nein, ich wohne nicht hier. Was soll ich denn jetzt machen?«

»Sind Sie in Sicherheit?«

»Ich denke schon, ja.«

»Es wird bald jemand da sein, bleiben sie auf jeden Fall in der Nähe. Die Kollegen werden dann mit Ihnen vor Ort sprechen.«

»Okay.«

Sein Handy vibrierte.

Ben wollte das Gespräch mit der Polizistin halten, während er nachsah, doch seine hektischen Finger beendeten den Anruf.

Nachrichten von Viola.

Sorry, konnte nicht rangehen. War echt eng, hab ihn beinahe verloren.

Wie läufts bei dir? Bist du dort?

Er ist jetzt in einem park, ich folge ihm weiter

Verdammt ben, wieso gehst du nicht ran? Ich hab angst

Ben musste sich setzen, er lehnte sich gegen eine Gartenmauer vor einem der ersten Häuser in der Straße. Er wischte über das Display, um Viola anzurufen, da kam ein Anruf von Tommy. Er überlegte erst, ihn wegzudrücken und zurückzurufen, aber er nahm ihn doch an.

»Ich habs verbockt, Tommy.«

»Was meinst du damit?«

Ben wippte nervös mit seinen Füßen und hoffte, dass endlich ein Streifenwagen um die Ecke bog. »Er bringt sie um. Und das, weil ich nicht auf dich gehört habe. Es ist meine Schuld. Sie stirbt meinetwegen.«

»Das ist Bullshit, Ben. Du hast überhaupt nichts damit zu tun. Im Gegenteil ... du bist der Einzige, der sich der Sache angenommen hat. Hast du die Bullen denn schon gerufen?«

»Ja.« Erneut vibrierte sein Handy.

»Gut. Wo bist du jetzt?«

»Ich bin weggerannt, ans Ende der Straße. Oh Mann, Tommy, hoffentlich kommt bald die Polizei.«

»Du hast alles richtig gemacht, Ben. Am besten du haust jetzt ab, denn sie werden dich mit Fragen löchern. Du weißt, dass die ganze Aktion illegal war.«

Ach, darüber machst du dir Sorgen ... dass deine Hacker-Scheiße rauskommt. »Das ist doch jetzt scheiß egal«, keifte Ben. »Er bringt sie um.«

»Ja, und wenn sie herausfinden, dass du das schon seit zwei Stunden weißt, werden sie dich festnageln und wissen wollen, warum du dich nicht schon früher gemeldet hast.«

»Weil ich verdammt noch mal nicht wusste, ob das alles ernst ist«, schrie er wütend.

»Das weiß ich doch, Ben. Aber sie werden es hinterfragen. Mensch, natürlich geht es mir auch darum, dass diese ganze Sache mit der manipulierten Nouvius-App nicht rauskommt. Aber in erster Linie gehts mir um dich.«

Tommys Worte erzielten ihre Wirkung. Auch wenn Ben nicht das beste Verhältnis zu seinem gelinde gesagt höchst gewöhnungsbedürftigen Bruder hatte, so war ihre Beziehung dennoch stets auf einem ehrlichen Level. Er hatte schon immer über alles mit Tommy reden können. Die Frage war nur, ob sein Bruder davon etwas verstand und wie wertvoll seine Tipps in diversen Bereichen überhaupt sein konnten. In Frauenangelegenheiten ließ Ben zwar hin und wieder etwas durchsickern, allerdings hätte er auch mit einem Hamster über Frauenprobleme sprechen können. Tommy war mehr als ein Nerd und hatte kaum bis gar keine sozialen Kontakte außerhalb seiner »Kommandozentrale«, wie er sein mit Hightech vollgestopftes Wohnzimmer selbst nannte.

»In Ordnung, ich hau ab.«

Polizeisirenen ertönten aus der Ferne.

Ben schnellte nach oben, lief über die Querstraße, auf die die Panoramastraße traf, und kletterte über einen gut eineinhalb Meter hohen Zaun auf einen Spielplatz. Er rannte weiter bis zu einer Ansammlung von Bäumen, hinter der er sich versteckte. Blaulicht schimmerte durch die Äste und erhellte die Umgebung. Mit lauter Sirene bogen zwei Polizeiwagen in die Panoramastraße.

»Okay, habs geschafft.«

»Sehr gut. Oh Mann, was für eine Nacht. Vielleicht solltest du bei mir ...«

»Warte mal«, unterbrach ihn Ben und öffnete eine Nachricht von Viola, die sie aber nicht über WhatsApp, sondern Nouvius geschickt hatte.

Sie muss es installiert haben!

Ungläubiges Entsetzen breitete sich in ihm aus. Immer wieder las er Violas letzten Satz:

er hat mich hilf mir

8

Samstag, 23:41 Uhr

Jakob

Der Scheibenwischer von Jakobs altem Opel Astra zog mehr Schlieren, als dass er sauber machte. Das malträtierte Gummi hatte sichtlich Mühe, gegen den wieder stärker gewordenen Regen anzukämpfen. Ein weiteres To-do, das Jakob schon lange auf dem Zettel hatte, aber vor sich herschob, genauso wie den lästigen Besuch bei seiner Mutter.

Wann hat es das letzte Mal im September so viele Tage durchgeregnet?

Aus dem Radio trällerte *Tears in Heaven*. Wie passend. Der Himmel musste nach der ganzen kranken Scheiße, die in letzter Zeit in Stuttgart passierte, ordentlich Tränenflüssigkeit produzieren.

Jakob ging der Fall der Geburtstagsmorde, wie sie intern genannt wurden, stark an die Nieren. Die Grausamkeit, mit der die jungen Frauen ermordet wurden, war beispiellos. Niemals zuvor hatte es solch blutrünstige Taten im »Ländle« gegeben.

Der letzte Fall, der ihn ähnlich mitgenommen hatte, war der Schrebergartenmord. Ein eifersüchtiger Mann Anfang zwanzig hatte seine Ex-Freundin mitsamt neuem Lover in deren Kleingarten getötet und mit einer Kettensäge feinsäuberlich in ihre Einzelteile zerlegt. Die Sauerei hatte er dann in blaue Müllsäcke verpackt und in die Abfalltonne geworfen.

Ein *normaler* Mensch konnte sich gar nicht vorstellen, was im Hirn eines solchen Menschen vor sich gehen musste.

Im selben Jahr hatte sich Doreen nach dreijährigem Hin und Her scheiden lassen. Jakobs Vater Achim war nach einem Herzinfarkt plötzlich verstorben, und der Urologe mit der Morgan-Freeman-Stimme hatte ihm nach einem anhaltenden Ziehen Hodenkrebs diagnostiziert. Jakob hatte sich für eine Versetzung zur Stuttgarter Mordkommission entschieden, um Neuland zu wagen. Köln zu verlassen, war unumgänglich gewesen. Zu sehr erinnerte ihn das Leben in der Domstadt an seinen Vater.

Der Hodenkrebs war die einzige Sache, die ihn mittlerweile nicht mehr in irgendeiner Form beschäftigte, zumindest empfand er das Leben mit nur einem Hoden als nicht großartig beeinträchtigend. Seit letztem Jahr galt Jakob als vollkommen geheilt. Die anderen Baustellen hingegen hatten offene Wunden in seinem Leben hinterlassen, die immer wieder aufklafften, mal mehr, mal weniger.

Seine Ex-Frau hatte er kein einziges Mal mehr gesehen, auch wenn sie sich hin und wieder Nachrichten schrieben. Beide waren sich nach der langen Achterbahnfahrt einig, dass Jakobs Charakter nicht die Form einer Beziehung zuließ, die Doreen brauchte. Also entschied Jakob sich dafür, die Metamorphose von der großen Liebe zur liebevollen Schreibfreundin gutzuheißen.

Besser das, als gar nichts, sagte er sich oft.

Der Umzug nach Stuttgart hatte sein Leben in vielerlei Hinsicht verändert. Neue Wohnung, neue Kollegen, neue Umgebung. Ein Neustart, der sein Leben wieder in die richtige Bahn lenken sollte.

Die Freisprechanlage des Astras kündigte einen Anruf an – Moritz.

»Was gibts, Amigo?«

»Hey, habs grad bei dir zu Hause probiert. Bist du unterwegs?«

»Bin auf dem Weg ins Diner.«

Wenn sie Infos für ihn hatte, trafen sie sich für gewöhnlich dort, ganz selten besprachen sie sich am Telefon. Auch wenn Jakob am liebsten allein arbeitete, so bildeten die Treffen mit Sophie eine Ausnahme. Früher hatte er sich alle Infos möglichst digital zukommen lassen, um diese in Ruhe durchzusehen, aber mit Sophie war das anders. Er genoss den Austausch mit ihr. Ihre ungewöhnlichen Gedankengänge und ihr Kombinationsgeschick hatten sich zusammen mit seiner Erfahrung und seiner »guten Nase« – wie Sophie es bezeichnete – schon viele Male ausgezahlt. Und selbst wenn es nichts zum Austauschen gab oder die beiden doch nicht weiterkamen, genoss er einfach Sophies Anwesenheit.

Natürlich wich Jakob auch deshalb von seinen Gewohnheiten ab, weil er Sophie mehr als anziehend fand. Dass er keine Chance bei ihr hatte, störte ihn nicht. Auch hier arrangierte er sich mit dem, was er kriegen konnte.

»Ah, okay«, antwortete Moritz. »Haben die so spät noch offen?«

»Nein, eigentlich nicht. Heute ist Open-End-Night bis zwei Uhr nachts.«

»Nicht schlecht. Du, es gibt Neuigkeiten. Eugen Wiesenbrock ist tot.«

»Echt jetzt?«

»Hab gerade den Anruf bekommen. Das Ganze war wohl schon seit Wochen nur noch eine Frage der Zeit.«

Und trotzdem mordet er munter weiter, während sein Tumor ihm das Hirn zermartert? »Na gut, ich kann nicht behaupten, dass ich traurig darüber bin«, sagte Jakob und dachte ein weiteres Mal an den unheimlichen Blick dieses Mannes. »Aus dem hätten wir eh nichts mehr rausbekommen.«

»Wahrscheinlich hast du recht.«

Jakob bog mit dem Auto in die Aleenstraße ein. »Sophie hat hoffentlich Infos, die uns weiterhelfen, das Ganze zu verstehen.«

»Ich glaube, ich komm auch noch dazu.«

Jakob wunderte sich. »Jetzt noch? Dreht deine Frau dann nicht am Rad?«

»Die ist mit den Kindern bei ihrer Mutter.«

Jakob musste lachen. »Ärger im Paradies? Was ist denn los bei euch?«

»Eher Schimmel an den Wänden. Du kannst dir nicht vorstellen, wie schnell sich das überall in der Wohnung ausgebreitet hat. Beate hat Angst, dass sich die Kinder irgendwas holen.«

Jakob war zwar nicht sonderlich angetan, dass sein Zweiertreffen sich nun erweiterte, ließ sich aber nichts anmerken. »Klingt übel. Also gut, dann komm doch einfach auch vorbei. Du weißt ja, wo wir sind.«

***

Sophie wartete bereits im Diner auf ihn. Sie saß an einem der Fensterplätze an einem Tisch für zwei Personen. Das kleine Lokal, das hausgemachte Gerichte nach US-amerikanischem Vorbild servierte, war noch immer recht gut besucht, wobei es ohnehin nur wenige Tische bot. Zu normalen Zeiten war es hier weiß Gott nicht einfach, einen Platz zu ergattern. Jakob mochte die ganz in rosa und hellem Türkis gehaltene Retrolokalität mit ihrem Fünfzigerjahre-Style und den vielen alten Blechschildern und Bildern. Hier passte alles stimmig zusammen: herzförmige Eiswürfel, Homemade-Limo, tolle Burger, krosse Kringelpommes, Milchshakes – dazu noch die Möglichkeit, direkt bei der Zubereitung am Tresen zuzuschauen. Die überaus freundlichen Mitarbeiterinnen trugen allesamt amerikanische Diner-Outfits, was wesentlich zum besonderen Ambiente beitrug. Hunger hatte Jakob zwar keinen mehr, aber die Desserts hier waren jederzeit eine Sünde wert.

»Hey!«, begrüßte er Sophie, die heute außergewöhnlich gut aussah. Sie trug ihre braunen, schulterlangen Haare offen und hatte leichte Locken.

Auf dem Tisch lag ein brauner Umschlag.

Sie setzte eines ihrer gekünstelten »Ich ärger mich über dich«-Gesichter auf. »Du hattest Glück. Fünf Minuten später und ich hätte es mir mit einem romantischen Frauenfilm gemütlich gemacht und jegliche Anrufe ignoriert.«

»Du mit einer Packung Taschentücher bewaffnet und einer Nicholas Sparks Verfilmung auf dem Sofa? Ich weiß nicht, wieso, aber irgendwas passt an der Sache nicht.«

»Du findest, ich bin nicht emotional genug für so
was?«

»Auf keinen Fall bist du emotional genug für so was.«

Sophie schnaufte enttäuscht. »Verdammt. Ich glaub,
du hast recht.«

Sie mussten beide grinsen.

»In Ordnung, willst du jetzt wissen, was ich rausgefunden habe?«

Genau diese Art von Unterhaltung mit ihr liebte Jakob. In solchen Momenten keimte in ihm der letzte verbliebene Funke auf, der seine hoffnungslose Begierde
nach mehr als Freundschaft immer wieder ent-
flammte. »Hab schon gedacht, du fragst nie. Also schieß
los.«

Stolz öffnete sie ihren Umschlag und zelebrierte es,
ihre Recherchen preiszugeben. »Also gut. Eugen Wiesenbrock ist, wie du ja schon weißt ...«

»War«, verbesserte er sie.

Über ihre Stirn legten sich Falten.

»Er ist vor wenigen Stunden an seinem Hirntumor
verreckt. Das wusstest du wohl noch nicht«, frotzelte
er, schwieg allerdings darüber, dass er bis vor wenigen
Minuten selbst noch nichts davon gewusst hatte.

Sie zuckte mit den Schultern. »Du bist mir nicht böse,
wenn ich kein Mitleid mit diesem Schwein habe, oder?«

»Nicht im Geringsten.« Jakob winkte die Kellnerin
herbei. Eine der beiden Inhaberinnen, die Jakob und
Sophia direkt erkannte.

»Was darf ich euch bringen?«

Sophia entschied sich für einen Eistee Pfirsich, Jakob
nahm wie immer die selbst gemachte Orangenlimo-

nade und bestellte außerdem einen Triple Chocolate Cookie.

»Also gut«, setzte Sophie erneut an. »Eugen Wiesenbrock war ehemaliger Kaminbauer, sesshaft in Stuttgart-Degerloch. Seit vier Jahren arbeitslos, keine Vorstrafen. 2016 wurde er wegen starkem depressivem, partiell aggressivem Verhalten mit Persönlichkeitsstörung in die Klapse eingewiesen.«

Persönlichkeitsstörung also. Erklärt das sein Gerede von seiner Identität ohne Namen?

»Nach seiner Entlassung war er in ambulanter Behandlung. Donnerstags hat er außerdem regelmäßig einen Kurs für Menschen mit Persönlichkeitsstörung besucht. Er nahm Diacepitin und mehrere Beruhigungsmittel. Keine Hinweise auf irgendwelche Tötungsobsessionen oder Mordpläne.«

»Okay, was hast du noch?«

»Harmloses.« Sie zuckte mit den Schultern. »Er war im Angelverein, 1.-FC-Köln-Fan und ging bis vor einem halben Jahr regelmäßig zu einer Kegelrunde beim Griechen.«

»Was ist mit Freunden oder dem Bekanntenkreis? Irgendwas Auffälliges?«

Sophie verneinte. »Einer aus dem Kegeltrupp ist wegen Körperverletzung vorbestraft, aber der Kerl ist nichts weiter als ein Proll. Steckt nichts dahinter. Ansonsten kennt er einen Typen, der Hasch vertickt, aber auch da nichts, was in unsere Richtung weiterhilft.«

Jakob sank in die Lehne seines Stuhls zurück. Irgendwie hatte er mehr erwartet. Er hatte gehofft, dass Sophie ihm Indizien liefern würde, dass Wiesenbrock entgegen seiner Vermutung tatsächlich für all das allein verantwortlich gewesen war, aber so empfand er das alles als äußerst unbefriedigend.

Die Bedienung brachte die Bestellung. Der Geruch des Triple Chocolate Cookies stieg ihm in die Nase und entfachte Vorfreude.

»Lass es dir schmecken, du Zuckerjunkie.« Sie zog einige ausgedruckte Fotos hervor, die den Mann mit diversen Leuten zeigten. »Das hier ist sein Bruder, Olaf Wiesenbrock. KFZ-Mechatroniker, verheiratet, zwei Kinder, wohnt in Tübingen, keine Vorstrafen. Die beiden hatten seit mehr als zehn Jahren keinerlei Kontakt.« Sie deutete auf ein anderes Foto, das den Verstorbenen mit drei weiteren Männern zeigte. »Das hier ist seine ehemalige Clique, allesamt Schulfreunde. Der linke ist bei einem Motorradunfall vor einigen Jahren umgekommen, der rechte ist arbeitslos und lebt mit einer Thai-Frau in Esslingen-Sulzgries. Nichts Erwähnenswertes.«

»Immer wenn du so eine Spannungspause machst, kommt noch ein Schmankerl am Ende. Der Typ in der Mitte?«

Sie schmunzelte. »Exakt. Edwin Borges, fünfzig, und nicht gerade ein unbeschriebenes Blatt. Mehrere Anzeigen wegen sexueller Belästigung, hat einmal gesessen wegen versuchter Vergewaltigung.«

»Das wars?«, hakte Jakob nach und schlang seinen Nachtisch gierig herunter. Sicherlich hatte dieser Borges schon einiges auf dem Kerbholz, aber nichts davon deutete auf eine Verbindung zu Eugen Wiesenbrocks Morden hin.

Sophie setzte ein fassungsloses Gesicht auf. »Ich weiß nicht, was ich ekelhafter finde … deine Art zu essen oder dass du glaubst, ich wäre hier aufgetaucht, ohne eine einzige wirklich brauchbare Information.«

»Ich höre.«

Sie nippte genüsslich an ihrem Eistee, zog ein Blatt Papier aus ihrem Umschlag und schob es ihm rüber. »Hier, bitte.«

Jakob krallte sich den Ausdruck und las. Es handelte sich um einen Chatverlauf aus Facebook zwischen Wiesenbrock und Borges, etwa fünf Wochen her. Nach einigen harmlosen Zeilen folgte ein interessanterer Abschnitt:

Borges:
komme gerade aus der bar. Kann nur noch an diese blondine denken, was eine geile sau. Bin fast schwach geworden.

Wiesenbrock:
die hätte dich sowieso nicht rangelassen, du glatzköpfiger bock

Borges:
der hätt ich schon gezeigt, was sie zu tun hat. :D

Wiesenbrock:
wie alt?

Borges:
was weiß ich. 30 vielleicht

Wiesenbrock:
uninteressant

Borges:
?

Wiesenbrock:
zu alt

Borges:
zu alt zum ficken? Du spinnst

Wiesenbrock:
für andere Sachen

Borges:
wovon redest du?

Wiesenbrock:
schmerzen

Borges:
du kranker typ :D

Wiesenbrock:
jedem das seine. ich gratuliere ihnen gerne zum geburtstag. auf meine weise.

Borges:
alter du bist noch viel durchgeknallter als früher.

Wiesenbrock:
möglich. erst wenn man am ende steht, begreift man, welche aufgabe man im leben hat

Borges:
dein psychogeschwafel ist nichts für mich. Lass mal nächste woche zusammen einen trinken

Wiesenbrock:
ok ... melde mich

Jakob nahm einen Schluck von der Limo, legte das Blatt auf den Tisch und fiel nachdenklich in seine Rückenlehne. »Scheiße.«

Die Andeutungen passsten auf die Morde. Alle Opfer waren an ihrem zweiundzwanzigsten Geburtstag getötet worden.

»Ich weiß.« Sie zupfte an ihren Haaren und lächelte zufrieden. Sophie hatte wieder einmal gute Arbeit in der Kürze der Zeit geleistet.

»Erst wenn man am Ende steht, begreift man, welche Aufgabe man im Leben hat«, wiederholte Jakob. *Was zum Teufel meint er damit?*»Wie kommt man plötzlich darauf, das Abschlachten von jungen Frauen an deren Geburtstag als Lebensaufgabe zu sehen? Oder will er damit was anderes sagen?«

Sophie entledigte sich ihrer Schuhe und zog ihre Füße nach oben auf die Sitzbank. Diese Position war eine seltsame Angewohnheit von ihr, wenn sie über ihre Recherchen sinnierte. »Kranke Fantasien können bei solch verrückten Menschen wahrscheinlich durch alles Mögliche ausgelöst werden. Stimmen, traumatische Erlebnisse oder was weiß ich ... einfach kranke Fantasien, die in einem schlummern.«

»Er wirkte so gefasst, als ich mit ihm gesprochen habe.«

»Wurde eigentlich was in seiner Wohnung gefunden?«

Jakob erspähte Moritz, der gerade durch die Eingangstür den Diners kam. Er winkte ihm zu.

Sophie schaute verwundert hinter sich.

»Oh, ganz vergessen«, beichtete Jakob. »Unser Zweierdate wird heute gesprengt. Moritz hat Ausgang.«

»Das hab ich gehört«, sagte Moritz grinsend, begrüßte Sophie mit einer zaghaften Umarmung und setzte sich neben Jakob. Die beiden hatten sich schon ein paarmal auf dem Revier gesehen. Natürlich hatte Jakob ihm von seinen Treffen mit Sophie im Diner erzählt, aber am heutigen Abend geschah es das erste Mal, dass Moritz dazukam.

»Na dann lasst mal hören, was ihr habt.«

Jakob schob den Chatverlauf näher zu ihm. »Eine Unterhaltung zwischen Wiesenbrock und einem dubiosen Kumpel. Lies selbst.«

Während Moritz' Blick neugierig über den Text wanderte, wiederholte Sophie ihre vorherige Frage: »Also? Was wurde jetzt in Wiesenbrocks Bude gefunden?«

»Gar nichts«, antwortete Jakob. »Keine Mordwaffen, keine Leichenteile, nichts.«

»Noch nicht einmal kleinste Hinweise auf eine kranke Mordobsession«, fügte Moritz hinzu, ohne die Augen von dem Papier zu lassen. »Aber das hier ist natürlich interessant.«

Jakob bestellte sich eine weitere Orangenlimonade und schaute durch die Scheibe nach draußen. Noch immer prasselte der Regen unermüdlich vom Himmel, als würde er erst dann wieder aufhören, wenn Jakob diesen Fall gelöst hatte. »Es ist ein Anhaltspunkt, aber ein äußerst schwacher.«

»Erst wenn man am Ende steht, begreift man, welche Aufgabe man im Leben hat«, las Moritz vor.

Der Satz, der einen Hinweis darauf gab, dass hinter Wiesenbrocks Morden tatsächlich irgendeine spezielle Motivation lag. Aber welche?

Jakobs Handy auf dem Tisch klingelte. Das Display zeigte Maria an, eine Kollegin aus dem Revier.

»Hey, Maria, was gibts?«

»Hi, Jakob. Du hast doch gesagt, ich soll dir sofort Bescheid geben, wenn irgendetwas reinkommt, das zu den Geburtstagsmorden passt. Gerade hat ein Kerl angerufen, der behauptet, irgendjemand würde eine Frau an ihrem Geburtstag umbringen wollen.«

Wie von der Tarantel gestochen schoss Jakob von seinem Sitz in die Höhe. Moritz und Sophie schauten ihn verwundert an. Maria gab ihm gerade noch die Adresse durch, als er Moritz hastig von der Bank drückte. »Schnell, wir müssen los! Sophie, ich melde mich. Wir müssen sofort los.«

Sophie saß da wie bestellt und nicht abgeholt, nahm den abrupten Aufbruch der beiden allerdings mit Humor. »Ach ja, passt schon. Wollte eh gerade gehen.«

Jakob schoss aus dem Diner, Moritz hinterher.

»Was ist jetzt los? Wo fahren wir hin?«

»Ich habs gewusst. Es ist noch nicht zu Ende.«

Die beiden stiegen in Jakobs Wagen.

»Willst du mich verarschen?«, fragte Moritz. »Redest du von den Geburtstagsmorden?«

»Ja.« Jakob drehte den Zündschlüssel um, doch der Astra rebellierte mit einem kurzen Knattern. »Nicht im Ernst! Fuck!«

Die scheiß Batterie! Nicht schon wieder.

Das Auto hatte in den letzten Wochen mehrere Male den Geist aufgegeben, nachdem Jakob beim Putzen aus Versehen das Warnblinklicht angeschaltet und über Nacht angelassen hatte. Nach einer Ladephase über Nacht war Jakob allerdings davon ausgegangen, dass wieder alles in Ordnung war, doch sein Wagen versagte den Dienst.

»Ich schätze, ich muss fahren«, sagte Moritz und stieg wieder aus.

Jakob schlug genervt auf das Lenkrad und musste akzeptieren, dass sein zwölf Jahre alter Wagen heute nirgendwohin mehr fahren würde.

Die beiden eilten über den Parkplatz zu Moritz' Auto. Sobald sie darin saßen, gab Jakob die Adresse in GoogleMaps auf seinem Smartphone ein. Moritz fuhr sofort los.

In Jakobs Kopf herrschte Chaos. Eigentlich hoffte er, dass der erhaltene Notruf nichts mit seinem Fall zu tun hatte. Möglicherweise ein heftiger Streit, bei dem ein Ehemann seiner Frau gedroht hat, sie umzubringen.

Dass die Frau wohl Geburtstag hatte, könnte ein irrelevanter Zufall sein. Andererseits hatte er seit Wiesenbrocks Verhaftung das seltsame Gefühl, dass irgendetwas an der Sache nicht stimmte. Er konnte nicht sagen, was es war, aber das Ganze hatte noch zu viele Unbekannte, als dass er den Fall guten Gewissens zu den Akten legen konnte.

Er blickte auf die Routenführung auf seinem Handy. *Elf Minuten bis zum Zielort.*

9

Jakob

Der Wagen bog in die Beethovenstraße des Plochinger Musikerviertels ein, die sich nach einem kurzen Anstieg quer auf Halbhöhenlage stetig nach oben zog. Das Navi zeigte an, dass sich 70/1 ein ganzes Stück in der Sackgasse befand. Moritz fuhr weitaus schneller als die erlaubten dreißig Kilometer pro Stunde, was bei der recht breiten Straße kein Problem darstellte.

Sie näherten sich der angegebenen Adresse. Das Auto kam zum Stillstand, und Moritz eilte aus dem Wagen.

»Du hast den Schlüssel stecken lassen«, sagte Jakob, zog ihn ab und steckte ihn ein.

»Oh, ja.« Moritz schien angespannt zu sein.

Auf der Straße griffen beide nach ihren Dienstwaffen. Wortlos verständigten sie sich darauf, dass Moritz zuerst um das Gebäude herumgehen und einen möglichen Hinterausgang sichern sollte, während Jakob sich zur Haustür aufmachte.

In mehreren Räumen brannte noch Licht, es musste also jemand zu Hause sein.

Auf der Klingel neben der Haustür stand *M. Karl.* Jakob umklammerte den Griff seiner Waffe und klingelte.

Die Infos von der Zentrale waren spärlich. Ein angeblicher Mord an einer Frau an ihrem Geburtstag. Jakob war aufgrund dieser Info noch angespannter als ohnehin schon. Der Lautstärke nach schien hier keine Geburtstagsparty stattzufinden, zumindest war sie wohl nicht mehr im Gange. Ob diese Sache tatsächlich etwas mit seinem Fall zu tun hatte?

Er klingelte erneut.

Licht ging im Flur an.

Jemand näherte sich der Tür. »Ja bitte?«

»Kriminalpolizei, öffnen Sie die Tür.«

Es kam keine Antwort. Die Tür blieb verschlossen.

»Öffnen Sie sofort die Tür«, rief Jakob laut.

Das Licht im Haus ging wieder aus.

»Verdammte Scheiße!«, fluchte Jakob und spähte vorsichtig durch die Fenster an der Vorderfront.

Nichts zu sehen.

Er lief um die Hauswand nach links in den Garten. Ein großer, gepflegter Rasen führte ums Haus herum. Auch an dieser Seite des Hauses versuchte Jakob, durch die Fenster etwas im Inneren zu erkennen.

Ein Motor startete auf der gegenüberliegenden Seite.

Jakob rannte los. Dann fielen Schüsse.

Als er die andere Seite des Hauses erreichte, sah er einen Geländewagen mit grell leuchtenden Scheinwerfern vom Grundstück rückwärts auf die Straße fahren. Das Auto schaffte es nur wenige Meter weit, dann kam es mit einem lauten Quietschen zum Stillstand. Moritz befand sich mitten im Garten vor dem Zaun. Er hatte auf die Reifen geschossen, zwei davon waren geplatzt.

Dann fielen weitere Schüsse. Das Holz des Gartenzaunes zerbarst. Moritz schmiss sich auf den Boden.

Jakob suchte Schutz hinter der Garage und schoss auf den Geländewagen. Er konnte den Fahrer nicht ausmachen, da ihn die Scheinwerfer des Wagens blendeten.

Er versuchte mit zwei Schüssen aus seiner Waffe, die Aufmerksamkeit auf sich zu ziehen, um Moritz aus der Schusslinie zu bringen.

Als er nachladen musste, knallte eine Autotür zu.

Jakob sah einen Mann auf die Straße rennen. Dieser gab zwei unkontrollierte Schüsse in Jakobs Richtung ab und warf anschließend seine Waffe weg.

Er hat keine Munition mehr. »Er haut ab«, rief Jakob und rannte aus seinem Versteck hervor. »Moritz?«

»Bin hier.« Sein Partner sprang über den Zaun.

Gemeinsam rannten sie dem Flüchtigen hinterher, der in einen Garten auf der gegenüberliegenden Straßenseite rannte.

Moritz spurtete ihm direkt hinterher. Er war der schnellere Läufer. Jakob rannte auf der Straße weiter, stoppte dann aber abrupt und machte wieder kehrt.

Das Auto!

Er rannte zu Moritz' Wagen und steckte den Schlüssel ins Zündschloss. Der Motor heulte auf. Jakob wendete und fuhr aus der Sackgasse wieder heraus. Die Straße machte eine Kehrtwende nach links. Er fuhr mit beinahe durchgedrücktem Gaspedal und Fernlicht, bis er etwa auf Höhe des Hauses in der Straße über ihm war. Wenige Meter später musste Jakob stark abbremsen, um Moritz nicht zu überfahren. Dieser rannte plötzlich über die Straße, stoppte aufgrund des heranrauschenden Autos für einen kurzen Moment, eilte dann aber sofort weiter in den nächsten Garten bergab.

Shit, zu spät!

Jakob fuhr die Beethovenstraße weiter, bis diese sich nach rechts in Richtung des Tals wandte. Zwei Straßen weiter bog er dann wieder rechts ab in der Hoffnung, dem Flüchtenden den Weg nach unten abschneiden zu können.

Jakob bremste nach einigen Metern auf Schrittgeschwindigkeit ab. Eine Treppe zwischen zwei Häusern auf der linken Straßenseite fiel ihm ins Auge, die nach unten in die Parallelstraße führte. Jakobs suchende Blicke wanderten über die in Dunkelheit versunkenen Gärten der Häuser auf der rechten Seite der Straße.

Von irgendwo hier muss der Kerl herunterkommen.

Jakob bremste vollends ab. Er schaltete die Scheinwerfer aus und öffnete ein Fenster, die Pistole in der Hand. Nichts war zu hören.

Einige Sekunden später ging allerdings Licht an einem der Häuser an, dummerweise hinter Jakob, sodass er nicht rechtzeitig reagieren konnte. Viel zu schnell passierte der Flüchtende die Straße. Wenig später rannte auch Moritz aus dem Garten und dem Mann hinterher.

Die Treppe!

Jakob steckte seine Waffe wieder ein, legte den Rückwärtsgang ein und bretterte zurück. Mit dem Auto hatte er es zwar schnell einige Straßen nach unten geschafft, aber nun sah er den Weg zu Fuß als beste Option an. Als er die zuvor gesehene Treppe erreichte, stürmte er aus dem Wagen und hastete, so schnell er konnte, nach unten. In der nächsten Straße sah er in der Ferne den flüchtenden Mann einen bewachsenen Hang nach unten schlittern. Kurz darauf war auch Moritz zu sehen, der es ihm gleichtat. Jakob beobachtete, welchen Weg der Mann einschlug. Dieser blieb seiner Linie treu und schien sich erneut weiter hangabwärts zu kämpfen. Polizeisirenen tönten von oben aus der

Beethovenstraße ins Tal, die Kollegen der Örtlichen waren eingetroffen und würden sich das Haus vornehmen.

Jakob überquerte die Straße und nahm die nächsten Treppen nach unten. So war er deutlich schneller, also bog er die übernächste Parallelstraße nach rechts ab, in der Hoffnung, dem Mann dort endlich den Weg abschneiden zu können.

»Bleiben Sie stehen!« Es war die Stimme von Moritz. »Bleiben Sie stehen, oder ich schieße!«

Kurz darauf stürmte der Flüchtige aus einem der Gärten und hetzte über eine Veranda nach unten. Die lückenlos am Bordstein parkenden Autos boten Jakob die Gelegenheit, ungesehen zu bleiben. Hastige Schritte erklangen nun direkt vor ihm. Der Mann musste jeden Moment an ihm vorbeikommen.

Der Flüchtige sprang über die Motorhaube eines der Autos, keine zwei Meter von Jakob entfernt.

Jakob stürmte auf ihn zu und riss ihn um. Mit einem lauten Schrei knallte der Mann auf den Boden. Auch Jakob prallte schmerzhaft mit der Schulter auf den Asphalt. Er richtete sich wieder auf, ließ den Mann dabei jedoch nicht los und zerrte ihn mit aller Kraft nach oben. Der Mann leistete dabei kaum Widerstand, sodass Jakob schon nach den Handschellen greifen wollte.

Ein haarsträubender Fehler.

In einer schnellen Bewegung drehte sich der Mann hinter Jakob und hielt ihm eine Klinge an den Hals, die er plötzlich hervorgezogen hatte. Jakob hielt die Luft an, seine Gesichtsmuskeln verkrampften vor Panik. Er spürte die scharfe Waffe an seiner Haut.

»Schön hinlegen das Messer«, forderte Moritz den Mann auf. »Sofort!«

Aus den Augenwinkeln sah Jakob die Köpfe neugieriger Anwohner aus den Fenstern einiger Häuser schauen. Lichter gingen in zahlreichen Zimmern an.

Der Kerl machte noch immer keine Anstalten, seine Waffe wegzulegen, stattdessen drückte er das Messer so an Jakobs Hals, dass die Klinge in sein Fleisch schnitt.

»Ich sage es zum letzten Mal«, erklärte Moritz. »Messer weg!«

»Deinen Kollegen nehm ich mit ins Grab.«

Dann zuckte Jakob zusammen. Instinktiv kniff er bei dem lauten Knall die Augen zusammen. Er fühlte das warme Blut, das ihm ins Gesicht spritzte. Moritz hatte dem Mann einen Kopfschuss verpasst.

Erschöpft sank Jakob auf den Asphalt.

10

Sonntag, 00:55 Uhr

Ben

Mit steinernem Blick betrachtete Ben Violas Nachricht wieder und wieder. Er wollte nicht wahrhaben, was er da las, doch so oft er die Prozedur auch wiederholte, änderte es nichts daran.

Er hat sie! Das darf nicht wahr sein.

Die Anzeige in Nouvius verriet, dass Viola momentan 4,9 Kilometer entfernt war. Viola hatte ihm die Entfernungsanzeige also freigeschaltet.

Gut, Viola! Wahrscheinlich hast du extra Nouvius installiert, damit ich dich finden kann.

Bens Problem war allerdings, dass es lediglich jede Stunde möglich war, die Distanzanzeige zu aktualisieren. Wahrscheinlich wollten die Betreiber der App so vermeiden, dass man jemanden einfach stalken konnte, und erreichen, dass man die MEET-Funktion verwenden musste, um sich zu treffen.

Ben schickte Viola eine Anfrage und wartete einige Minuten, doch nichts geschah. Gedankenverloren lief er vom Spielplatz auf den Gehweg der Straße. Im selben Moment bog ein Streifenwagen um die Ecke.

Ben realisierte ihn im ersten Augenblick gar nicht, erst das Blaulicht und ein kurzer Einsatz der Sirene brachten ihn wieder in die Wirklichkeit zurück. Er blieb stehen.

Sofort gingen die Türen des Wagens auf, zwei Polizisten stiegen aus.

»Guten Abend. Bleiben Sie mal bitte stehen!«

Auf keinen Fall. Wenn sie meine Handynummer überprüfen, wissen sie, dass ich es war, der angerufen hat. Ben sah sich bereits im Polizeirevier sitzen. Sie würden ihn verhören und Protokolle schreiben, während wertvolle Zeit verging.

Zeit, die Viola nicht hat.

Er rannte davon, über eine kleine Hecke zum Spielplatz zurück. Die Rufe der Polizisten hallten durch die Nacht. Einer der Beamten eilte ihm hinterher. Ben schoss an einem großen Klettergerüst vorbei und erspähte einen Fußgängerweg. Ohne zu wissen, wohin dieser führte, bog er ein und rannte rechts an einem größeren Gebäude vorbei. Den schnellen Schritten hinter ihm zufolge schien der Polizist aufzuholen, und Ben hatte Angst, dass man ihm wie im Film ins Bein oder in den Rücken schießen würde.

»Bleiben Sie stehen!«, ertönte es hinter ihm.

Ben passierte das Gebäude auf der anderen Seite und bog nach links. Dann rannte er die Straße bergab. Er verspürte heftiges Seitenstechen.

Der Streifenwagen näherte sich ihm. Ben konnte nicht mehr auf der Hauptstraße bleiben. Er bog in eine Seitenstraße ab und hoffte auf einen anderen Fluchtweg. Ein Blick nach hinten verriet, dass der Polizist ihm weiterhin auf den Fersen war, der Abstand sich allerdings nicht merklich verkleinert hatte.

Zu seinem Glück gab es tatsächlich einen Weg über zahlreiche Treppen nach unten. Immer wieder forderte der Beamte ihn mit lauten Schreien auf, stehen zu bleiben, aber Ben hörte nicht auf ihn. Er passierte einige Parallelstraßen, bog irgendwann in eine kleine Gasse nach links ab und am Ende des Weges nach rechts. Jetzt befand er sich auf einem großen Platz. Mit seiner Kondition ging es zu Ende, lange konnte er in diesem Tempo nicht mehr fliehen. Das Stechen im Bereich seiner Leber hatte sich auf ein beinahe unerträgliches Niveau verschlimmert.

Mit schmerzverzerrtem Gesicht kämpfte er weiter. Vor einem Restaurant führte ein Weg nach links einige Treppenstufen nach unten. Der Weg gabelte sich in drei Richtungen auf. Ben entschied sich für den Weg durch eine Unterführung. Linker Hand gab es einen großen Parkplatz, doch Ben eilte geradeaus weiter und durch einen Tunnel, der seitlich am Boden mittels kleiner Lichtstreifen beleuchtet war. Als er wieder nach draußen gelangte, stieß er frontal auf einen Fluss. Er schnaufte wie eine Dampflok.

Zwei Wege blieben ihm: Rechts die Treppe nach oben auf eine Brücke, die über den Fluss führte, oder links auf einen kleinen Pfad, der sich durch Büsche parallel zum Fluss entlangschlängelte.

Er entschied sich instinktiv für links. Ben sprang auf ein kleines Mäuerchen und rannte den nicht geteerten Weg direkt am erhöhten Flussufer entlang. Nach kurzer Strecke bereute er seine Wahl. Der matschige Erdboden unter ihm machte es schier unmöglich, zu rennen. Konzentriert eilte er, so schnell es möglich war, den Neckar entlang. Sein Verfolger schien etwas an Boden zu verlieren, er hatte wohl ebenfalls Mühe auf dem rutschigen Untergrund.

Der Weg endete an einem Metallgerüst, dessen Treppen an einem Brückenpfeiler nach oben führten. Ben rang nach Luft, seine Kraft schwand endgültig.

Oben angekommen, führte das Gerüst ihn am Brückenpfeiler vorbei, weitere Treppenstufen wieder nach unten und zurück auf den Pfad. Erneut ertönte in der Ferne eine Sirene. Die Polizisten würden ihm sicher den Weg abschneiden.

Ben erblickte im Vorbeirennen eine kleine Nische an der Außenwand des Pfeilers. Er stoppte und entschied sich, nicht weiter nach unten zu rennen. Ben drückte sich an das nasskalte Metall und wartete. Seine Kehle war von der Anstrengung trocken.

Schritte ertönten, immer lauter.

Scheiße, was mach ich hier nur?

Einen Augenblick später kam der Polizist um die Ecke. Ben war sich nicht sicher, ob der Mann ihn beim Vorbeirennen sah, zumindest glaubte Ben, ein kurzes Zucken wahrgenommen zu haben, doch es war ohnehin zu spät. Mit voller Wucht prallte Bens Schulter gegen den Körper des Beamten, was den Mann über das Geländer katapultierte.

Fuck! Um Gottes willen! Was hab ich getan?

Schockiert über sich selbst blickte Ben nach unten. Der Polizist prallte auf den Matschboden und rollte die Böschung hinunter, bis er im seichten Wasser am Ufer liegen blieb.

Ben haderte mit sich, den Mann dort liegen zu lassen. Er hatte Angst, dass er sich schwerwiegendere Verletzungen zugezogen hatte. Doch als er sah, wie sich der Beamte aus dem Wasser zog, war er erleichtert, ihn zumindest nicht umgebracht zu haben.

Um nicht dem Streifenwagen entgegenzulaufen, kehrte Ben wieder um und nahm den Weg zurück, den er gekommen war. Er war sich nicht sicher, ob am Anfang des Weges weitere Polizisten auf ihn warten würden, doch als er wieder auf den gepflasterten Weg vor der Unterführung kam, war niemand zu sehen.

Ben überlegte kurz und entschied sich dafür, dieses Mal den Weg nach rechts zu nehmen. Er eilte die Treppe nach oben und über die Brücke, die ans andere Neckarufer führte. Dann bog er nach rechts ab und befand sich vor einigen Wohnblöcken.

Er wählte Tommys Nummer und schlich zwischen zwei Häusern in den dahinterliegenden Garten und eine kleine Kellertreppe nach unten, auf die er sich setzte, um durchzuschnaufen.

»Na endlich! Was hast du so lange gemacht?«

Ben schaute vorsichtig die Kellertreppe nach oben. Kein Polizist weit und breit. Sein Handy meldete niedrigen Akkustand. »Er hat sie, Tommy«, jammerte er entrüstet. »Er hat sie.«

»Wie, er hat sie? Wen meinst du?«

Der Gedanke daran, dass Viola sich nun in den Fängen dieses gestörten Wahnsinnigen befand, schnürte seine Kehle zu. Es wurde immer schlimmer. Ben fühlte sich so miserabel wie noch nie in seinem Leben. Ein bitteres Gefühl der Hilflosigkeit gepaart mit schwerwiegender Schuld fraß sich in seine Seele. Zuerst hatte er mit seiner Neugier dafür gesorgt, dass der Studentin nicht mehr zu helfen war. Auch wenn noch eine minimale Restchance bestand, dass der Mörder sein Werk nicht pünktlich zu Ende gebracht hatte, glaubte er selbst nicht mehr daran. Und jetzt noch Viola. Ben hatte sie in die ganze Geschichte mit reingezogen und jetzt war sie es, deren Leben auf dem Spiel stand.

Wieso sie? Wieso habe ich sie allein gelassen? Ich müsste an ihrer Stelle sein. Ich hätte bei ihr bleiben müssen.

»Ben? Rede endlich.«

»Viola. Waidmann hat sie.«

»Oh fuck! Woher weißt du das?«

»Sie hat mir per Nouvius eine Nachricht geschrieben.«

»In Nouvius? Dann können wir theoretisch ...«

»Können wir was?«, wollte Ben wissen.

»Wir können ihr Handy orten.«

Ben schoss in die Höhe. »Wie das? Kannst du rausfinden, wo sie ist?«

Tommy spielte erneut eine laute Partitur auf seiner Computertastatur. »Nein, aber ich weiß die Entfernung. Es sind genau 4,6 Kilometer.«

»So weit war ich auch schon. Aber die Anzeige lässt sich ja nur stündlich ...«

»Kein Problem«, unterbrach ihn Tommy. »Ich kann die Sperre umgehen.« Er sprach undeutlich. Mit jedem seiner Worte drangen laute Knack- und Bissgeräusche durch den Lautsprecher. »Du fährst einfach in eine beliebige Richtung und ich sage dir, ob sich die Distanz verringert oder vergrößert. So finden wir sie. Meine Güte, das Ganze wird ja echt immer spannender.«

Ben traute seinen Ohren nicht. »Du isst nicht gerade Chips, oder?«

»Warum nicht? Ich hab Hunger.«

»Weil es hier um Leben und Tod geht!«, sagte Ben energisch. »Das ist kein scheiß Videospiel, Tommy, sondern Realität! Ich bin gerade durch die halbe Stadt gerannt und hab beinahe einen Polizisten umgebracht!«

»Du hast was?«

»Ich bin so am Arsch, sag ich dir. Er hats überlebt, aber das war einfach nur bescheuert. Aus der Sache komm ich nicht mehr raus.«

Tommys Essgeräusche wurden deutlich leiser, verebbten aber nicht.

Ben entschied sich, nicht weiter auf diese unnötige Diskussion einzugehen. Er überlegte, wie er Viola am schnellsten finden konnte. »Ich brauche ein Auto«, erklärte er. »Meins steht irgendwo in Stuttgart.«

»Das ist schlecht.«

»Es gibt noch ein dringlicheres Problem.« Er blickte auf sein Display. »Mein Akku hält nicht mehr lange.«

»Was heißt, nicht mehr lange?«

»Sieben Prozent.«

Ein Fluchen, dann Tastaturgetippe. »Fuck, okay. Warte kurz ... siehst du eine Kirche?«

»Eine Kirche?« Ben machte einen Rundumblick. Tatsächlich konnte er eine solche sehen, deren Kirchturm sich hübsch beleuchtet in den Himmel zog. »Ja, da ist eine. Wieso?«

»Lauf in die Richtung, etwa vierhundert Meter von deinem Standort gibt es ein Handygeschäft. Beeil dich.«

Ben marschierte los, immer ein Auge darauf, ob irgendwo doch noch Polizisten waren. »Der Laden hat doch eh nicht mehr auf.«

»Richtig, du musst da schon einbrechen.«

Ben blieb kurz stehen, setzte dann aber seinen Fußweg ohne weitere Unterbrechung fort. »Bist du bescheuert?«

Noch bevor Tommy antworten konnte, wurde ihm
klar, dass er höchstwahrscheinlich genau das machen
musste.

»Hab gerade recherchiert. Der Laden hat eine Fensterfront, das ist perfekt. Du nimmst einfach einen Stein
oder irgendetwas Vergleichbares, wirfst die Scheibe
ein, schnappst dir eine Powerbank und haust ab.«

»Wenns nur das ist.«

Sein Handy piepste erneut. Noch sechs Prozent. Er
rannte los.

»Die Nächste links.« Tommy schien ihn einwandfrei
tracken zu können. »Jetzt noch knappe fünfzig Meter
weiter geradeaus und dann rechts … das müsste … genau, nach dem Blumenladen rechts.«

Kurz drauf stand Ben vor dem Laden. Tommy hatte
recht. Eine große Fensterfront, im Inneren wie erwartet dunkel. Die Straßenleuchte in der Nähe genügte
aber, um nach wenigen Blicken eine ganze Schar Lade-
geräte zu erkennen. Was ihn beunruhigte, waren die
Wohnhäuser rechts und links daneben.

*Wenn ich die Scheibe einwerfe, dauert es nicht lange,
bis die Nachbarn auf mich aufmerksam werden.*

Er sah sich nach einem geeigneten Gegenstand um.
Ein Fahrrad stand angekettet an einem Ständer, daneben ein Mülleimer, allerdings einer der weniger robusten Sorte. Nicht geeignet.

Er sah sich weiter um. Eine im Boden fest verankerte
Sitzbank, zwei leere Plastikflaschen auf dem Asphalt.
Nirgendwo weit und breit etwas Nützliches.

»Hier ist nichts, womit ich das Fenster einschlagen könnte«, sagte er und rannte zu einer kleinen Mauer, die sich entlang eines Grundstückes auf der gegenüberliegenden Straßenseite zog. Er untersuchte die einzelnen Steine und fand tatsächlich schneller als gedacht einen, der locker war. »Warte mal«, murmelte er und versuchte den Stein mit wildem Zerren in alle Richtungen loszulösen. Um beide Hände frei zu haben, legte er das Handy kurz auf die Mauer und zog mit aller Kraft. Der Stein löste sich.

»Hab was«, äußerte er zufrieden und rannte wieder zurück vor den Laden. »Ein Fenster nebenan steht offen. Die Nachbarn werden es hören.«

»Du klaust eine Powerbank«, sagte Tommy. »Keine Diamanten. Rein und wieder raus, bis die Bullen da sind, bist du längst wieder weg.«

Ben näherte sich der Scheibe auf wenige Meter. Noch bevor er zum Wurf ausholte, erblickte er eine Überwachungskamera im Inneren.

»Oh nein, da ist eine Kamera!«

Tommy antwortete nicht.

»Hast du gehört?«

»Egal, mach einfach. Es geht um Violas Leben.«

Erneut der Akku.

Da könnte was dran sein. Also gut.

»Halt, warte!«

Ben musste aufpassen, dass ihm der Mauerstein nicht bei seiner abrupt gestoppten Wurfbewegung aus den Händen rutschte. Es kostete ihn ordentlich Kraft, seinen Wurf so kurz vor der Vollendung abzubrechen.

»Willst du mich verarschen? Was ist denn? Du hast

doch gesagt, ich soll es machen. Das Handy geht gleich aus.«

»Kannst du erkennen, was für eine Kamera es ist?«

Ben verstand die Welt nicht mehr. »Du hast doch gerade gesagt, es ist egal, wenn ich …«

»Jetzt schau doch einfach mal«, unterbrach ihn sein Bruder.

Ben legte den Stein auf den Boden und spähte durch die Scheibe. »Na, keine Ahnung, eine weiße Kamera halt. Willst du jetzt das Modell wissen oder wie? Ich hab absolut keine Ahnung von Überwachungskameras.«

Ein weiteres Mal musste Ben dem Hämmern auf Tommys Tastatur zuhören. Tommy ließ ihn fast fünf Minuten schmoren, dann vibrierte Bens Handy erneut.

Zu seiner Verwunderung aber keine Akkuinfo, sondern eine Datei von Tommy.

»Lad das Programm runter, öffne es und klick alle Nummern durch. Schau dabei auf die Kamera.«

Ben schüttelte den Kopf. »Das zieht nur noch mehr Akku. Lass es uns doch so machen wie geplant.«

»Der Akku hält noch. Jetzt mach schon.«

Auch wenn Ben nicht überzeugt von der Idee war, hörte er auf seinen Bruder. Die Datei war schnell heruntergeladen und geöffnet, der Akku noch bei vier Prozent.

»Okay, auf was muss ich achten?«

»Sobald du die richtige Nummer drückst, müsste die Kamera kurz aufblinken. Entweder rot oder gelb. Ich brauche die Nummer und die Farbe des Aufblinkens.«

Ben befolgte die Anweisung seines Bruders. Auf dem Bildschirm gab es über dreißig Nummern, darunter –

so viel verriet ein Schieberegler – sicher noch einmal doppelt so viele.

Es war ernüchternd.

Nummer für Nummer geschah nichts, Ben hob das Handy immer näher an die Fensterscheibe, ohne zu wissen, ob seine Reichweite hier überhaupt das Problem war. Er war bereits bei Nummer 27. Bei der nächsten tat sich allerdings tatsächlich etwas.

Ben war etwas irritiert und kurz darauf unsicher, ob er wirklich etwas gesehen hatte.

»Nummer 28 hat was gemacht. Es hat gelb geleuchtet … glaub ich. Soll ich noch mal probieren?«

»Auf keinen Fall!« Tommy schrie dabei so ins Telefon, dass Ben direkt das Programm schloss und vorsichtshalber einige Schritte zurückwich.

»Was jetzt?«, wollte Ben wissen.

Das Getippe aus Tommys Kommandozentrale war lauter und hektischer als je zuvor. »Warte einfach. Ich bin beschäftigt.«

Na klar, du bist beschäftigt. Bin ich auch.

Der Akku ebenfalls, denn er kündigte soeben die letzten drei Prozent Leistung an.

»Mach schneller, Tommy! Das Handy geht, glaube ich, immer schon bei zwei Prozent aus.«

Ben setzte sich auf den Boden vor den Laden, der Stein lag direkt neben ihm. Bens Gedanken galten in dieser hilflosen Situation des Wartens Viola. Er stellte sie sich vor, wie sie in der Cocktailbar nach dem Kino vor ihm saß. Ihre Schönheit, ihre Stimme. Wenn er sie jemals wiedersehen würde, würde er sie küssen.

Das Getippe an seinem Ohr verebbte. Kurz war es still, dann brüllte Tommy ins Telefon: »Jetzt, Ben! Wirf die Scheibe ein.«

Das musste Tommy nicht zweimal sagen. Ben schoss mit dem Stein in die Höhe, holte kräftig aus und warf ihn in Richtung der Fensterscheibe.

Das Glas zerbarst.

Ein Hund bellte.

Ben rannte ins Innere des Ladens, direkt zum Regal mit dem Handyzubehör. Es dauerte keine drei Sekunden, eine Powerbank zu finden.

»Hab eine«, verkündete er seinem Bruder und riss die Packung auf. Er nahm die mobile Ladestation heraus und schloss sein Handy an.

»Sehr gut«, antwortete Tommy. »Und dank mir ist sogar die Kamera aus. Kein Schwein wird wissen, dass du es warst.«

Ben überlegte kurz, Viola anzurufen, was er allerdings schnell wieder verwarf. Es war eine dumme Idee, den Entführer darauf aufmerksam zu machen, dass Viola ein Handy dabeihatte. Wahrscheinlich hatte er es ihr ohnehin bereits abgenommen. Wichtig war, dass er es nicht ausschalten oder wegwerfen würde. Dann nämlich wäre die Chance, Viola zu finden, so gut wie ausgeschlossen.

»Wie zum Teufel kannst du beliebig irgendwelche Kameras ausschalten?«

»Beschwerst du dich etwa?«

»Nicht im Geringsten. Aber dieses Hackerzeug ist echt gruselig.« Auch wenn er Tommy nicht sehen konnte, war sich Ben sicher, dass sich gerade ein großes Grinsen im Gesicht seines Bruders ausbreitete. Er liebte es, von seiner Kommandozentrale zu sprechen. »In dem Laden läuft alles bereits über Smart Home, selbst die Kameras sind damit verlinkt. Dein Synchronisationstest hat mir gezeigt, welche Firma dahintersteckt. Hab mich mithilfe eines Kollegen ins System der Sicherheitsfirma gehackt, glücklicherweise eine Stümperfirma. War kein Problem.«

Wenn Tommy von Kollegen sprach, meinte er natürlich seine Hacker-Freunde, mit denen er Tag ein Tag aus in irgendwelchen Chats und Foren abhing.

»Ich will die Einzelheiten gar nicht wissen«, äußerte Ben. Er blickte auf sein Display. Der Akku stand bereits wieder auf vier Prozent.

Er suchte im Regal über sich nach einem weiteren Kabel mit Zigarettenanzünder. »Jetzt brauch ich ein Auto. Was ist mit diesen Rent-a-car-Stellen?«

»Hab ich grad schon nachgeschaut«, entgegnete Tommy. »Stadtmobil Carsharing gibt es in Reichenbach, zu weit weg. Ich schätze, du musst noch einmal etwas Illegales tun.«

»Ein Auto zu klauen wird schwieriger als eine Scheibe einzuwerfen.« Ben fand das Kabel und überlegte, wo und wie man sich am besten einen Wagen *ausborgen* konnte.

»Was machen Sie da?«

Die Stimme traf Ben bis ins Mark, er zuckte heftig zusammen. Ein älterer Mann, etwa sechzig, stand vor der zerstörten Glasscheibe. Er war oberkörperfrei und trug lediglich eine Jogginghose.

Ben packte Handy und Powerbank in die Gesäßtasche seiner Jeans. Dann ging er langsam auf den Alten zu. »Hören Sie, ich habe keine Zeit, es Ihnen zu erklären. Es geht hier …«

»Ich hab schon die Polizei gerufen«, unterbrach ihn der Mann scharf.

Ben war sich nicht sicher, ob er bluffte oder die Polizei tatsächlich schon auf dem Weg war. Er ging weiter bedächtig auf die zertrümmerte Fensterfront zu. Dann rannte er los.

Das Fenster war nicht sonderlich groß, aber Ben war sich sicher, dass der Platz ausreichen würde, um an dem Alten vorbeizurennen. Zu seiner Überraschung machte der Mann einen flotten Schritt zur Seite und packte Ben kraftvoll am Arm.

Es kostete Ben mehr Anstrengung als erwartet, sich aus dem Griff zu befreien. Er rannte weiter die Straße entlang und bog Richtung Bahnhof ab, wie ein Wegschild ihm anzeigte.

Als er das Handy wieder in der Hand hatte, war sein Gespräch mit Tommy beendet. Er rief ihn erneut an.

»Hey.«

»Bin wieder da. Hast du aufgelegt?«

»Nein. Was war denn? Hab ne andere Stimme gehört.«

Ein Auto bog um die Ecke und fuhr in langsamem Tempo an ihm vorbei.

Vielleicht mach ich es so wie in GTA. Beifahrertür aufmachen, Fahrer auf der anderen Seite rauswerfen, losfahren. Na klar.

»Nur ein Rentner, der gerne Nachbarschaftswache spielt. Bin jetzt auf dem Weg Richtung Bahnhof.«

»Ich weiß, ich sehe es.«

Kurzzeitig hatte Ben ganz vergessen, dass sein Bruder jeden Schritt von ihm auf seinen Monitoren verfolgte, solange er sein Handy eingeschaltet hatte.

Ein kurzes Stück weiter tummelten sich drei junge Kerle um einen tiefergelegten, blauen 3er-BMW mit Rallyestreifen. Der Wagen lief, das Standlicht brannte. Leise Hip-Hop-Musik erklang aus den Lautsprechern. Einer der Jungs, allesamt ausländischer Herkunft und schätzungsweise zwischen achtzehn und dreiundzwanzig, saß auf dem Vordersitz mit den Füßen auf der Straße, die Tür war geöffnet. Er tippte auf dem Handy, während sich die anderen beiden, auf der Motorhaube angelehnt, unterhielten.

Ben stoppte und sagte zu sich selbst: »Ich brauch dieses Auto«.

Tommy schien erneut gemütlich etwas zu essen, er schmatzte durch das Telefon. »Hast du eine alte Dame gefunden, die gerade vom Mitternachtsbingo heimkommt und deren Auto du klauen kannst?«

»Sehr witzig. Drei junge Ausländer lungern an einem Wagen herum und hören Musik.«

»Da werde ich dir ausnahmsweise nicht helfen können. Denkst du, du kannst sie umhauen?«

Umhauen ... klar doch. Zwei Jahre Kickboxen im Alter von elf Jahren machen mich zum gefährlichsten Comiczeichner in Baden-Württemberg.

»Ich überlege noch, was ich mache.«

Die drei Kerle hatten ihn bisher noch nicht bemerkt.

»Alles klar. Ich bin mal kurz weg, ja? Du bekommst das schon hin. Gleich wieder da, nicht auflegen!«

Ben steckte das Handy in die Hosentasche.

Wie verdammt noch mal komme ich an dieses Auto? Er dachte an Viola. Wie viel Zeit hatte er noch? Was würde Waidmann mit ihr anstellen? Ben musste sich beeilen.

Sein Plan war unausgereift, aber ihm fiel auf die Schnelle nichts Besseres ein. Also entschied er sich dafür, seinem ersten Impuls zu folgen. Im Notfall konnte er es immer noch mit Körpereinsatz versuchen, doch gegen drei Typen wie diese hätte er nicht allzu große Chancen.

Er setzte sein ernstestes Gesicht auf, das er in diesem Moment zu bieten hatte, und lief schnurstracks quer über die Straße auf den BMW zu.

»Guten Abend, die Personalausweise bitte.«

Die drei Kerle starrten ihn überrascht an, die Musik wurde etwas leiser.

»Ey, wer bist du?« Einer der zwei Jungs auf der Motorhaube erhob sich von seinem Platz.

»Haben Sie mich gerade geduzt?« Ben blieb cool und näherte sich ihm entschlossen bis auf einen Meter.

Der Kerl schien nicht mehr zu wissen, was er sagen sollte. Die Musik wurde noch einen Tick leiser.

»Wismer, Polizei Esslingen. Personenkontrolle! Ich möchte ihre Personalien kontrollieren. Ihre Ausweise bitte.« Er näherte sich ihnen und warf dem Kerl, der ihm zuvor so unverschämt geantwortet hatte, einen scharfen Blick zu: »Von allen.«

Die drei schauten sich gegenseitig an, ehe der Erste seinen Geldbeutel aus der Hosentasche zog. Die beiden anderen taten schließlich dasselbe. Allesamt reichten sie Ben ihre Ausweise, der die Dokumente mit möglichst konzentriertem, scharfem Blick begutachtete.

»Was machen Sie hier?«, wollte er von ihnen wissen und schaute sich ein weiteres Mal die Ausweise an.

»Wir chillen nur«, sagte der Kerl auf dem Fahrersitz des Wagens. »Was haben wir gemacht? Warum müssen wir Ausweise zeigen?«

Ben ließ sich nicht das Heft aus der Hand nehmen und ignorierte die Frage. »Haben Sie Alkohol getrunken?«

»Wir sind Moslems«, erklärte der Fahrer. »Wir trinken keinen Alkohol.«

»Was ist mit Drogen?«

Die Jungs schüttelten abweisend den Kopf.

»Nix Drogen«, sagte die Weißhose.

»Auf keinen Fall«, bestätige der Fahrer.

Ben schaute Letzterem scharf in die Augen. »Bitte steigen Sie aus und kommen vor das Auto.«

Der Fahrer sah nicht glücklich aus, befolgte Bens Aufforderung aber und schlenderte zur Motorhaube. Er gesellte sich zu seinen Freunden.

»Sie sind Polizist?«, hakte der Dritte in zerrissener Jeans nach, der bisher stumm geblieben war.

Ben blickte ihn verwundert an. »Das habe ich bereits gesagt, ja.«

»Warum haben Sie keine Kleidung wie Polizist?«

»Kriminalpolizei«, sagte Ben und sah den Kerl so skeptisch an, als hätte der gerade nicht gewusst, welches Jahr heute war. »Sagt Ihnen das etwas?«

»Natürlich«, antwortete der Fahrer. »Aber haben Sie Dienstausweis?«

Dienstausweis. Das kennt er natürlich, ist klar. Nein, hab ich nicht, du blöder Sack. Ich will dein verdammtes Auto klauen und sonst gar nichts. »Selbstverständlich habe ich einen Dienstausweis. Aber hier ist Gefahr im Verzug, daher muss ich zuerst sichergehen, dass sie keine Betäubungsmittel besitzen.« *Gefahr im Verzug ... was ein Blödsinn. Aber die checken eh nicht, was damit gemeint ist.*

Der Kerl mit der weißen Hose verließ seinen Platz auf der Motorhaube, bewegte sich Richtung Beifahrertür und öffnete sie. »Woher sollen wir wissen, dass du wirklich Polizist bist?«

Der Fahrer stand ebenfalls auf, schien jedoch unsicher zu sein.

Ben zog sofort sein Handy heraus. »Station, ich habe einen elf-dreiunddreißig hier.«

»Mach den Lautsprecher an.« Tommy hatte zugehört. Ben tat es.

Ein authentisches Funksignal ertönte, dann ein kurzes Rauschen.

»Kripo zwölf, bitte wiederholen.« Tommys Stimme klang wie mit einem Rauschfilter überzogen.

Du bist genial, Tommy. »Wismer hier, ich wiederhole. Habe einen elf-dreiunddreißig.« Er schaute aufs Kennzeichen. »ES-XS-7224. Durchsuchung wird verweigert.«

»Verstanden. Schicke einen Einsatzwagen an Ihren Standort.«

Der Fahrer hielt sofort seine Hände beschwichtigend nach oben, auch die Weißhose stieg wieder aus dem Auto aus.

»Nein, nein, wir nix verweigern. Sie können das Auto durchsuchen. Keine Drogen, ich schwöre.«

Die anderen beiden stimmten sofort zu und machten Ben demonstrativ Platz.

»Warten Sie, die Männer zeigen sich doch kooperativ.« Ben las die Namen der Personalausweise laut vor.

»Verstanden.«

Ben gab den Kerlen ihre Ausweise zurück, lief zur Beifahrertür und stieg ein. Er durchsuchte zuerst das Handschuhfach und die Zwischenkonsole. Währenddessen versicherte er sich, dass der Schlüssel steckte. Er schaute, wo der Knopf zur Verriegelung des Wagens von innen war. Nachdem er diesen gefunden hatte, stieg er aus, schloss die Beifahrertür und lief um das Auto herum zur Fahrertür. Als er auf dem Fahrersitz saß, verriegelte er alle Türen, startete den Motor und legte den Rückwärtsgang ein.

»Ey, was soll das?«, brüllte der Fahrer draußen und rannte auf das Auto zu.

Doch es war zu spät. Ben drückte aufs Gaspedal und schoss mit dem Wagen an den drei Kerlen vorbei.

»Tommy, du bist genial.«

Er fuhr ein paar Straßen weiter, kurz darauf lenkte er den Wagen auf die Hauptstraße. »Okay, jetzt musst du mich leiten. Wohin soll ich fahren?«

Keine Reaktion von Tommy.

»Tommy, was ist jetzt? Wir müssen uns beeilen.«

»Ich … ich …«, stotterte Tommy wie in Trance. Seine Stimme klang geistesabwesend, so als könnte er nicht glauben, was er gerade sagte.

»Was zum Teufel ist los mit dir?«

»Ich habe einen Fehler gemacht.«

»Einen Fehler? Tommy, wovon redest du?«

»Als ich mich in die Sicherheitsfirma gehackt habe, um die Kamera auszuschalten. Irgendwas muss ich in der Hektik übersehen haben. Man hat meine IP ausgelesen.«

»Okay«, sagte Ben, ohne die Auswirkungen von Tommys Fauxpas abschätzen zu können. »Bekommst du jetzt Post vom Anwalt oder wie?«

»Ben, ich habe mich aktiv in eine Firma eingeschleust, um eine Kamera zwecks eines Einbruches zu manipulieren. In ein paar Minuten steht hier die Kripo.«

»Ach du Scheiße, dann hau sofort ab. Du musst mich zu Viola führen. Ihr Leben steht auf dem Spiel.«

Das Telefongespräch wurde abrupt beendet.

11

Jakob

Die Blicke der Polizisten vor dem Haus sprachen Bände, als Jakob und Moritz sich näherten. Nachdem direkt neben Jakob der Kopf eines Mannes durchschossen worden war, hatten sich überall auf seinem grauen Pullover Blut und Gehirnsaft verteilt. Auf seinem Gesicht und seiner linken Hand klebte es widerlich, doch Jakob dachte nicht daran, sich zuerst zu waschen und umzuziehen. Sein Hals brannte etwas, doch es war nicht schlimmer als eine überdurchschnittlich große Schnittwunde mit dem Nassrasierer.

Einer der Kollegen kam auf ihn zu und wusste augenscheinlich nicht, ob er ihn verhaften oder ihm helfen sollte. Der Bereich um das Haus war großflächig abgesperrt, ein halbes Dutzend Fahrzeuge stand davor und bot der Nachbarschaft ein wahres Spektakel blauer Blinklichter.

»Geht es Ihnen gut? Ähm ... Sie dürfen hier nicht weiter, das hier ist ...«

»Lang und Wismer, Mordkommission.« Moritz zeigte ihm kurz seinen Ausweis, woraufhin beide prompt durchgelassen wurden.

Sie liefen zum Hauseingang und ins Innere, die Spurensicherung war bereits zugange.

»Gibt es ein Opfer?«, wollte Jakob von einem Kollegen wissen, der gerade Fingerabdrücke nahm.

Der Kollege nickte. Sein Blick ließ Schlimmes erahnen. »Im Keller.«

Moritz ging voraus. Eine recht enge Steintreppe führte nach unten. Beim Hinunterlaufen kam ihnen ein stämmiger Kollege entgegen, der genervt wieder umdrehte und Platz machte. Ein langer Flur führte zu einem Raum, in dem sich ihnen ein grauenvolles Bild bot.

Jakob musste würgen. Beim Anblick der getöteten Frau kam ihm die Pizza wieder hoch. Es fiel ihm schwer, sich zu beherrschen, nicht zu spucken.

»Ach du heilige Scheiße.« Auch Moritz rieb sich fassungslos die Stirn.

Eine Frau saß gefesselt auf einem Stuhl, ihre Knie waren aufgeschlagen und voller Blut. Die Zehen waren abgetrennt und auf einem kleinen Beistelltisch in einer Reihe gesammelt worden. Der Kopf hing leblos nach vorn, die Haare waren ebenfalls blutverschmiert. Die Frau trug eine Plastikkrone, auf der mit bunten Buchstaben *Happy Birthday* stand.

»Es ist noch immer nicht zu Ende«, sagte Moritz fassungslos und sprach damit genau das aus, was Jakob gerade dachte. Wie er es vermutet hatte, steckte mehr hinter dieser grauenvollen Mordserie. Erneut war eine Frau am eigenen Geburtstag auf grauenvollste Weise ermordet worden.

Jakob biss sich auf die Unterlippe und schüttelte resignierend den Kopf. Der Fall stellte ihn vor ein erneutes Rätsel, dessen Lösung noch unendlich weit entfernt zu liegen schien. Eugen Wiesenbrock hatte also nicht allein gemordet. Mischa Karl schien dieselbe Leidenschaft mit ihm zu teilen. Die Frage war nur, ob die beiden gemeinsame Sache gemacht hatten oder ob Karl ein Nachahmungstäter war.

Dass Karl dem Opfer auch die Ohren abgetrennt hatte, bemerkte Jakob erst, als er diese in einer kleinen Schale auf dem Tisch sah. Auch der Oberkörper der Frau war übersät mit Einstichen. Ein Messer lag neben ihr auf dem Boden. Zum ersten Mal jedoch waren die abgetrennten Körperteile nicht verschwunden, Jakob und Moritz mussten ihn gestört haben.

Um die Spurensicherung ihre Arbeit machen zu lassen, verließen Jakob und Moritz den Keller und liefen nach draußen auf die Terrasse.

Jakob zog sofort sein Handy aus der Hosentasche und wählte Sophies Nummer.

»Okay danke, grad bin ich eingeschlafen«, murmelte sie.

»Du musst noch mal ran für mich, sorry. Mischa Karl – ich brauche Infos.«

»Ernsthaft?« Undeutliches Gemurmel drang aus dem Lautsprecher, das wenig Begeisterung erahnen ließ. »Du könntest den Kerl auch erst mal verhören, bevor du dir alle Infos auf dem Silbertablett servieren lässt.«

»Würd ich ja gern. Aber sein Kopf ist vor einer halben Stunde direkt neben meinem durchlöchert worden. Du siehst also, wird eher schwierig mit einem Verhör.«

»Oh Mann, Jakob. Aber dir gehts gut, oder?«

»Ja, mir gehts gut. Hilfst du mir jetzt?«

»Dafür schuldest du mir was. Micha Karl?«

»Mischa Karl«, korrigierte er. »Beethovenstraße 70/1, Plochingen. Finde heraus, ob es eine Verbindung zwischen Karl und Wiesenbrock gibt. Okay?«

»Nichts ist okay. Ich melde mich.«

»Bist du sicher, dass ich dich nicht heimfahren soll?«
Moritz bog auf die B10 Richtung Esslingen ab. »Jürgen
hat gesagt, wie können alles morgen besprechen und
den Bürokratiekram verschieben. Du solltest jetzt mal
schlafen.«

»Ich muss nur noch kurz was erledigen, dann fahr ich
mit dem Taxi heim«, antwortete Jakob.

»Wie du meinst.« Moritz sah fertig aus, sein Gesicht
war kreidebleich.

Jakob wusste, dass sein Kollege noch nie zuvor einen
Menschen hatte erschießen müssen.

»Bist du in Ordnung?«, fragte er ihn.

Moritz pustete tief durch und runzelte die Stirn.
»Wäre gelogen, wenn ich sagen würde, dass es mich
nicht mitnimmt. Aber der Kerl hätte dich umgebracht.
Ich hatte keine Wahl.«

»Ich weiß«, sagte Jakob. »Danke.« Dann glitt seine
Hand in seine Hosentasche und zu dem Handy, das er
dem getöteten Karl abgenommen hatte.

12

Tommy

Tommy brummte der Schädel. Zig Dinge schossen ihm gleichzeitig durch den Kopf, alle davon enorm wichtig, um seine Spuren zu verwischen und zumindest seine schlimmsten Vergehen und heikelsten Daten ein für alle Mal zu beseitigen, bevor die Kripo vor seiner Tür stand. Er überlegte noch einmal kurz, ob er vielleicht falsch lag und seine IP-Adresse doch nicht geortet worden war, aber jegliche Zweifel lösten sich in Luft auf, als auf seinem dritten Monitor ein Sprachanruf reinkam.

»Na, hast du dir den Code genau angeschaut?« Es war PF_Androma, ein in der Szene extrem bekannter Hacker. Er gehörte genau wie Tommy zu RESCUE, einer neuformierten Hackergruppe, die sich auf das Einschleusen von Spionagesoftware in Kreditkartenfirmen spezialisiert hatte. Tommy hatte ihn kontaktiert, um das aktuellste Update einer Software zu erhalten, mit der er die Kamera im Handyladen deaktiviert hatte.

Es fiel ihm wie Schuppen von den Augen. »Du hast die App manipuliert, du Drecksack.«

»Das kommt davon, wenn man meine Codes für andere Apps verwendet.«

»Wovon redest du?«, schrie Tommy und drückte einen Magnetschalter nach dem anderen, um seine externen Festplatten zu zerstören.

»Von der Sigma-App. Du hast mein Programm umgeschrieben, ohne mich zu fragen.«

»Ich hab es besser gemacht, du Vollidiot. Keinen Cent hab ich damit gemacht, sondern lediglich ...«

»Ja genau«, unterbrach ihn PF_Androma. »Keinen Cent. Man hätte ordentlich Kohle damit machen können. Jetzt bekommst du, was du verdienst.«

Tommy beendete den Sprachanruf und machte zittrig weiter, seine Festplatten zu rösten. Er hatte vier weitere ohne Magnetschalter mit weniger heiklen Daten darauf, doch selbst die würden wahrscheinlich ausreichen, um ihn hinter Gitter zu bringen. Er packte sie, schmiss sie in die Mikrowelle und startete das Gerät. Wenige Sekunden später knallte und funkte es, sodass er das Gerät wieder abstellte.

Die Stoppuhr an seinem Handgelenk lief, seitdem man ihn getrackt hatte.

Sie zeigte 2:34 Minuten.

Seines Wissens benötigte die Kripo etwa neun Minuten, zumindest wenn man den jüngsten Infos aus der Szene Glauben schenken konnte. Er wählte Bens Nummer.

»Tommy, endlich. Wo bist du? Bist du abgehauen?«

»Ben, ich schaff das nicht.« Seine Knie zitterten, der kalte Schweiß rann ihm über die Stirn. Das letzte Mal, dass er seine Wohnung verlassen hatte, war sechs Monate her, als in der ganzen Straße zwei Tage lang Stromausfall gewesen war.

Extreme Agoraphobie – so nannte man seine *Krankheit* im Fachjargon. Die meisten Menschen, die unter dieser speziellen Angstform litten, mieden große Menschenansammlungen, Einkaufszentren oder

Fahrstühle. Tommy bekam schon Panikattacken, sobald er die eigenen vier Wände verließ.

»Du schaffst das, Bruder. Ich brauch dich jetzt. Viola braucht dich. Beruhige dich. Sammle dich, nimm mit, was du benötigst, um mir den Weg zu sagen, und verlass die Wohnung. Es wird dir nichts passieren da draußen, das verspreche ich dir.«

Tommys Herz klopfte wie ein Dampfhammer. Er zog die relevanten Dateien auf seine wichtigste Festplatte. »Ich hab keinen Laptop, Ben. Ich weiß nicht, wie ich dir da draußen helfen soll.«

»Du hast was? Du bist der größte Hightsech-Freak, den ich kenne. Und jetzt willst du mir ernsthaft sagen, dass du keinen Laptop hast?«

»Ich nutzte schon immer nur Desktop-PCs. Für was brauch ich nen verdammten Laptop?«

Die Dateien waren fertig.

»Jetzt verschwinde erst mal aus der Wohnung. Wenn sie dich erwischen, ist Viola tot.«

Tommy packte die Festplatte hastig in seine Hüfttasche, schnallte sie sich um, und zerstörte auch seinen Hauptrechner mit zwei Magnetschaltern. Dann machte er sich auf zur Haustür, fischte vom Schlüsselbrett seine Schlüssel und blickte auf die Uhr.

7:31 Minuten.

Er öffnete die Wohnungstür.

Ein unbehagliches Gefühl ergriff sofort Besitz von ihm. Der Flur, der sich vor ihm auftat, verzerrte vor seinen Augen. Alles um ihn herum schien sich zu bewegen – die Wand, der Boden, die Leuchten an der Decke.

»Es geht nicht«, redete er sich selbst immer wieder ein. »Es geht einfach nicht.«

Tommy machte einen Schritt zurück und knallte die Tür wieder zu. Erschöpft lehnte er seine Stirn an die Tür und fühlte, wie sich die Umarmung seiner Ängste langsam von ihm löste. Mit jeder Sekunde schien sich sein Herzschlag um eine Millisekunde zu verlangsamen, Ruhe kehrte wieder in seinem Körper ein.

Dann klingelte es.

Tommy stand wie angewurzelt da, als würde derjenige, der vor seiner Wohnungstür stand, wieder verschwinden, sofern Tommy sich denn nur lautlos genug verhielt.

Ein weiteres Mal ertönte die Klingel direkt neben ihm. Er lugte aus dem Türspion, aber vor seiner Tür stand niemand. Sie mussten noch vor der Haustür stehen.

Sie? Sind es denn überhaupt mehrere? In Filmen sind es immer vier oder fünf. Scheiße, ich muss hier weg!

Tommy öffnete wieder die Tür. Er machte die Atemübungen, die ihm seine damalige Ärztin bei seiner zweiten und letzten Therapie beigebracht hatte. Er atmete tief ein und direkt wieder aus. Sobald er die Luft hinausgepresst hatte, hielt er den Atem für einige Sekunden an.

»Eintausendsechs, eintausendsieben, eintausendacht, eintausendneun, eintausendzehn.« Er wiederholte die Prozedur und ignorierte das dritte Klingeln.

Dann tat er etwas, das er seit Anbeginn seiner therapeutischen Behandlung für vollkommen dämlich gehalten und daher auch nie wirklich umgesetzt hatte. Er sprach zu seiner Angst. »Alles klar, ich weiß, dass du mich wieder dazu bringen willst, mich zu verkriechen. Du willst, dass ich verzweifle und mich verkrieche wie ein ängstliches Tier.« Er zog die Wohnungstür hinter sich zu. »So, da hast du es. Kein Zurück mehr.«

Tommy stützte sich mit beiden Händen an der Hauswand ab. Die Desorientierung und der Schwindel setzten wieder ein, allerdings etwas geringer als zuvor. Die Tatsache, dass er mit sich selbst sprach und sich ablenkte, half ihm, einen Schritt vor den nächsten zu setzen. Er hatte mittlerweile gut zehn Schritte hinter sich. Noch einmal so viele und er war im Treppenhaus.

»Eintausendsechs, eintausendsieben, eintausendacht. Du wirst mich heute nicht mehr in die Knie zwingen! Ben braucht meine Hilfe! Und Viola!« Er hatte das Treppenhaus erreicht und nahm die Treppe nach unten. »Eintausendsechs, eintausendsieben, eintausendacht.«

Seine Panikattacke versuchte immer wieder, sich zurückzukämpfen. Es fühlte sich wie ein aufloderndes Feuer an, das sich vom Magen in Richtung Herz und Lunge ausbreiten wollte. Doch Tommys konzentrierte Atmung hielt den ungebetenen Parasiten im Zaum.

Aus dem Erdgeschoss ertönte der Türöffner. Tommy stoppte.

Verdammt! Jemand muss sie reingelassen haben.

Sein Plan, durch den Keller nach draußen zu gelangen, hatte sich in Luft aufgelöst. Er musste umkehren und überlegte, den Fahrstuhl zu nehmen. Doch noch bevor er sich entscheiden konnte, hörte er diesen nach unten fahren.

Ist die Treppe doch frei?

Tommy hörte Schritte im Treppenhaus.

Das darf nicht wahr sein!

Er krallte sich ans kalte Treppengeländer und kämpfte sich ins vierte Stockwerk, eines über seiner Wohnung. »Eintausendsechs, eintausendsieben, eintausendacht.« Erschöpft ging er in die Hocke und lauschte.

Der Aufzug stoppte im Stockwerk unter ihm und öffnete sich. Eine Person trat heraus, dann schien sie zu warten. Im Treppenhaus waren weitere Schritte zu hören, die immer lauter wurden. Als sie ebenfalls in der dritten Etage angekommen waren, herrschte kurz Stille, dann entfernten sich die Schritte zweier Personen wieder vom Treppenhaus. Die beiden Unbekannten liefen durch den Flur.

Tommy riskierte einen vorsichtigen Blick über das Geländer und sah die beiden Personen von hinten. Beide trugen schwarze Lederjacken und unterschiedliche Jeans, eine davon blau, die andere grau. Der kräftigen Statur nach handelte es sich um Männer. Mehr konnte Tommy nicht erkennen. Vor Aufregung kam ihm die Magensäure hoch. So leise er konnte, schlich er die Treppe nach unten, er lugte in den schmalen Flur.

Die zwei Personen standen vor seiner Wohnung, einer von ihnen betrachtete das Klingelschild.

Verdammt, ich muss irgendwie nach unten kommen.

Er zog sein Handy aus der Tasche, überprüfte, ob es lautlos war, zog seine Schuhe aus und wählte seine eigene Festnetznummer.

Er musste gar nicht hinsehen, um zu hören, dass die Türklingel in seiner Wohnung läutete. Dann klopfte einer der Kerle an die Tür.

Im nächsten Moment klingelte das Festnetztelefon.

Jetzt!

Er hielt die Luft an, krallte mit seinen Fingern die Schuhe, so fest er konnte, und eilte die Treppen nach unten. Währenddessen schaute er ausschließlich auf den Boden und nicht mehr in den Flur. Ob einer der beiden Männer ihn sah, war ihm völlig unklar. Im zweiten Stockwerk begann er, noch schneller zu laufen, kurz drauf kam er unten an der Haustür an.

Einen kurzen Moment schoss ihm durch den Kopf, dass möglicherweise ein Dritter hier unten auf ihn warten würde, aber niemand war zu sehen. Auch draußen auf der Straße nicht, wo er realisierte, dass seine Ängste ganz und gar nicht verschwunden waren.

Die frische Nachtluft schien seine Lungen zu überfordern. Überall bunte, verschwommene Lichter, die ihn blendeten. Er wusste, wo er sich befand, aber es kam ihm so vor, als wäre er in einem psychodelischen Traum.

»Alles okay, Mann?«

Tommy zuckte zusammen. Ein junger Kerl war beim Vorbeilaufen neben ihm stehen geblieben und blickte ihn direkt an.

»Alles gut.« Tommy presste seine Augenlider kurz zusammen, zog seine Schuhe an und marschierte die Straße entlang. Seine Socken waren nass, er hatte völlig vergessen, dass es geregnet hatte.

Ein paar Leute kamen ihm entgegen, Tommy fokussierte seinen Blick auf den Boden.

Eintausendsechs, eintausendsieben, eintausendacht.

Tommy war nur noch eine Hülle seiner selbst. So unvorbereitet und schnell aus der Wohnung zu verschwinden, war ein Horror. Er hatte keine Chance gehabt, sich auf all das vorzubereiten.

Er fühlte sich wie eine Person mit Angst vor der Dunkelheit, die man soeben ohne Vorwarnung in einen dunklen Keller geworfen hatte. Alles an ihm zitterte, er hatte Gänsehaut am ganzen Körper.

Mühsam zog er das Handy aus der Tasche und wählte Bens Nummer. »Ben?«

»Tommy! Hast du es geschafft?«

»Ben ... ich ... ich bin draußen.«

»Sehr gut. Wo bist du jetzt?«

Tommy lehnte sich gegen eine Hauswand und sank zu Boden. »Ich schaff das nicht mehr, Ben. Ich kann das nicht ...« Das Brennen in seiner Brust kämpfte sich wieder zurück.

»Tommy, natürlich schaffst du es. Du hast es schon geschafft. Wir brauchen dich, hörst du? Du musst mir den Weg zu Viola sagen, sonst stirbt sie. Tommy, ich brauche dich.«

Die Angst in Tommy schien wieder etwas abzunehmen. Er machte seine Atemübungen mit geschlossenen Augen. Sein Bruder schien seine Beruhigungsversuche mitzubekommen, zumindest sagte er nichts mehr und wartete, bis Tommy sich wieder von selbst meldete.

»Ich glaube, es geht wieder.« Die grellen Lichter um ihn herum wurden klarer. Er wusste jetzt genau, wo er war. Ihm gegenüber tummelte sich noch eine Handvoll Menschen in der 24-Stunden-Videothek, direkt daneben der Irish Pub und der Dönerstand, von dem Ben hin und wieder Essen mitbrachte. »Okay, es geht einigermaßen. Ich bin noch bei mir in der Straße, gegenüber vom Döner.«

»Alles klar. Hast du irgendwas dabei, womit du Violas Spur aufnehmen kannst.«

Tommy blickte auf seine Beuteltasche. »Klar, aber ich brauche Internet.«

»Na das dürfte doch kein Problem sein, oder? Überall gibt es WLAN-Netze, in die du dich hacken kannst, oder?«

»Mit meinem implantierten Mikrochip im Hirn oder wie?«

Ben fluchte irgendetwas Unverständliches. »Scheiße, hab vergessen, dass du keinen Laptop hast. Das heißt, du brauchst Zugang zu einem Rechner. Ein Internetcafé! Es gibt eins in der Augustenstraße.«

»Ja, aber sie werden mich wieder tracken. Ich kann nur noch mit meinem Programm auf der Festplatte arbeiten und ich bin mir sicher, dass sie sich da bereits eingeklinkt haben.«

»Du musst es trotzdem machen.«

»Ich weiß.« Tommy stand auf und lief weiter. Er googelte nach dem Internetcafé und ließ sich per GoogleMaps führen. Knappe zehn Minuten Gehzeit. »Bin auf dem Weg.«

»Beeil dich. Ich muss Viola finden.« Bens Stimme klang ernüchtert.

»Ich mach, so schnell ich ...«

Tommy unterbrach seinen Satz abrupt. Ein Streifenwagen mit Blaulicht bog um die Ecke und hielt an. Zwei Polizisten stiegen aus und liefen direkt auf Tommy zu.

13

Sonntag, 02:05 Uhr

Jakob

Die heiße Dusche auf dem Esslinger Polizeirevier war ein Segen und spülte das eingetrocknete Blut von Jakobs Körper. Moritz hatte ihn dort abgesetzt, obwohl er mehrmals versucht hatte, Jakob davon zu überzeugen, nach Hause zu gehen. Aber Jakob hatte den Kopf so voll, dass er aktuell sowieso nicht schlafen konnte. Und da war ja noch Karls Handy.

Eugen Wiesenbrock und Mischa Karl. Zwei Geburtstagsmörder. Wie ist das möglich? Kannten sich die beiden?

Jakob hoffte, auf dem Smartphone Antworten zu finden. Zu seinem Ärger fühlte er sich kraftlos und schob die schleichende Ermüdung auf die zu heiße Dusche. Er schlüpfte in eine schwarze Trainingshose, die in seinem Spind lag, und sein T-Shirt, das unter dem Pullover nichts von der Sauerei abbekommen hatte.

Aus seiner Jeans holte er Karls Handy, ein Samsung Galaxy A5, und schloss es an seinem Platz an den Rechner an. Karl hatte eine Displaysperre eingerichtet, doch die zu knacken stellte für Jakob keinerlei Herausforderung dar. Mittels eines speziellen Programms, das Sperrbildschirme ohne jeglichen Datenverlust entfernte, hatte er nach wenigen Minuten uneingeschränkten Zugriff auf das Smartphone. Neugierig öffnete er die letzten Anrufe und die Kontaktliste.

Kein Eugen Wiesenbrock.

Er wischte mit den Fingern über die Benutzeroberfläche mit den üblichen Verdächtigen: Facebook, Nouvius, Tinder ... die Klassiker. Jakob öffnete Nouvius und durchsuchte Karls Nachrichten.

Die Liste der Kontakte war recht lang, Jakob klickte sich von oben nach unten. Karl schien zahlreiche Frauenbekanntschaften zu pflegen. In gleich mehreren Chats schrieb er mit den Frauen über irgendwelche Treffen, hier und da waren auch offenkundig sexuelle Anspielungen zu lesen. Dazwischen eine Konversation mit einem *Professor*, allerdings nur eine einzige eingegangene Nachricht mit »Alles Gute.«

Ob Karl ebenfalls an irgendetwas erkrankt war?

Jakob lief zum Kaffeeautomaten, machte sich einen doppelten Espresso und scrollte auf dem Display weiter nach unten. Zwischen einigen uninteressanteren Unterhaltungen, die sich um Karls Arbeit als Ingenieur zu drehen schienen, las Jakob einige befremdliche Zeilen zwischen Karl und einem *DJ Snakebite*, in denen sich die beiden gewalttätige Texte, die nach Songtexten aussahen, schickten.

Jakobs Handy klingelte. Es lag auf seinem Bürotisch. In der Eile verschüttete er etwas Kaffee und fluchte, als sich einige heiße Tropfen auf seinem Handrücken verteilten.

»Jakob Sulla, hallo?«

»Ich habs.« Es war Sophie.

Jakobs Neugier fraß ihn innerlich beinahe auf.

»Es ist der Kurs. Beide stehen auf der Teilnehmerliste.«

»Der Kurs für Leute mit Persönlichkeitsstörungen?«

»Exakt. Ich nehm mal an, die beiden haben sich dort kennengelernt.«

Jakob nahm einen kräftigen Schluck Espresso. »Du meinst, so nach dem Motto: Hey, grüß dich. Schön, dass du auch hier bist. Hast du Hobbys? – Frauen an ihrem Geburtstag töten. – Ach echt? Cool, das mach ich auch gern.«

Sophie schickte ihm ein sarkastisches »witzig« durch die Leitung. »Was weiß denn ich. Sie werden sicher irgendwo darüber gesprochen haben, möglicherweise haben sie die Morde auch zusammen geplant. Oder noch kranker ... vielleicht haben sie sogar versucht, sich gegenseitig zu überbieten. Ich kann mir bei diesen kranken Hirnen alles vorstellen.«

Zwei Kollegen der Örtlichen kamen mit einem Mann im Schlepptau durch den Flur. Einer der beiden grüßte Jakob, lief dann weiter in Richtung Großraumbüro.

»Okay, dann brauche ich mehr Infos über diesen Kurs. Hast du die Namen aller Teilnehmer?«

»Selbstverständlich. Kommt soeben per Mail.«

Jakob öffnete sein Mailprogramm und checkte die Teilnehmerliste. Acht Namen standen darauf, zwei Frauen und sechs Männer – sowohl Eugen Wiesenbrock als auch Mischa Karl. Den Kurs leitete ein gewisser Prof. Dr. Jürgen Waidmann.

»Ich muss rausfinden, ob es noch jemanden aus diesem Kurs gibt, der sich Karl und Wiesenbrock angeschlossen haben könnte.«

»Du glaubst, dass dieser Albtraum tatsächlich noch immer nicht beendet ist?«

»Ich weiß es nicht.«

»In Ordnung, lässt du mich jetzt ein paar Stunden schlafen?« Sophie klang wirklich müde.

»Wenns sein muss. Aber denk dran, zu viel Schlaf ist ungesund.«

Sophie grummelte irgendetwas Unverständliches und legte auf.

Jakob schickte die Liste weiter an die Kollegen seiner Sonderkommission und schrieb ein paar Zeilen mit der Anweisung, alle verbliebenen Personen der Liste unverzüglich überprüfen zu lassen. Er informierte Jürgen kurz telefonisch. Dann machte er sich auf den Weg nach Hause.

Draußen auf der Straße marschierte er unter einem Mini-Regenschirm zum Taxistand ein paar Straßen weiter. Er schaute auf seine Armbanduhr – es war 2:45 Uhr. Bis er zu Hause war, würde es keine fünfzehn Minuten dauern.

Jetzt kann ich tatsächlich etwas Schlaf gebrauchen. Drei Stunden müssen reichen. Besser als nichts!

An der Haltebucht standen zwei Taxis bereit. Der Motor des einen startete, bevor Jakob im Auto saß. Er nannte kurz seine Adresse und machte es sich auf der Rückbank bequem. Die ersten Minuten starrte er regungslos aus dem Fenster. Dann schoss ihm die Frage in den Kopf, wie er am nächsten Tag am geschicktesten ins Stuttgarter Präsidium kommen würde. Er wählte die Nummer eines Kollegen, der im Nachbarort wohnte.

»Ja?« Simons leise Stimme war beinahe nicht zu hören.

»Sulla hier. Wie, du pennst?«

Ein verärgertes Fluchen. »Solltest du auch mal machen. Glaub mir, so schlimm ist das gar nicht. Was gibts denn?«

»Wann fährst du morgen zur Arbeit?«

»Ernsthaft? Um kurz nach sieben, wieso?«

»Könntest du sechs draus machen und mich mitnehmen? Mein Auto ist im Eimer.«

»Alter, du spinnst doch.« Simon legte auf.

Kurz darauf klingelte Jakobs Handy. Es war die Zentrale.

14

Tommy

Tommy sah die beiden Polizisten auf sich zukommen. Er überlegte wegzurennen, besann sich aber und verwarf diese Option.

Dumme Idee. Vielleicht gehören sie gar nicht zu den beiden anderen. Oder tracken sie etwa auch mein Handy? Eigentlich unmöglich mit Snejyders neuester Sicherung.

Ihm war bewusst, dass eine Flucht in seinem Zustand aussichtslos gewesen wäre. Seine Ängste hatte er momentan zwar einigermaßen im Griff, aber sie konnten jederzeit wiederkommen, sobald er seine kontrollierte Atmung aufgeben würde. Er zog sich die Kapuze seiner Jacke über und lief weiter auf die Beamten zu.

Nur nichts anmerken lassen. Eintausendsechs, eintausendsieben, eintausendacht.

Es waren nur noch wenige Schritte, da erkannte er aus den Augenwinkeln, dass einer der Polizisten ihn ansah.

Bloß nicht zurückschauen!

Zwei Sekunden später schaute Tommy dennoch zurück. Die Polizisten liefen weiter, ohne ihm Aufmerksamkeit zu schenken. Wenig später waren sie in einem Gebäude verschwunden.

Tommy schnaufte tief durch.

Alles ist gut. Einfach weiter. »Ben, bist du noch da?«

»Natürlich, ich warte auf deine Anweisungen. Steh auf nem Parkplatz. Was war los?«

»Nichts, alles gut. Vierhundert Meter noch. Ich bin bald dort.«

Er passierte zweimal die Straße und bog wenig später ab, da hatte er das Ziel erreicht. Ein kleines Internetcafé.

»Fuck, das Café hat schon seit über einer Stunde geschlossen.«

Bens Wutschrei tat ihm im Ohr weh. »Scheiße, Scheiße, Scheiße! Verdammte Scheiße! Was soll ich jetzt machen? Das ist doch ...« Bens restliche Worte konnte Tommy nicht mehr hören, da er seine Hand, die gerade noch das Handy ans Ohr gehalten hatte, nach unten sacken ließ. Er musterte die Umgebung, während aus seinem Smartphone unverständliche Laute klangen.

»Warte mal«, murmelte er, ohne dass Ben ihn verstehen konnte. *Das Hotel! Vielleicht kann ich dort ja ...*

Er hielt sich das Handy wieder ans Ohr. »Ben, ich hab vielleicht eine Idee. Warte kurz.« Dann steckte er das Handy in die Hosentasche, überquerte die Straße und lief einige Meter weiter durch die Eingangstür in die hell erleuchtete Lobby. Seine Schritte auf dem spiegelnden Fliesen kündigten ihn bei der Dame an der Rezeption an, die trotz der späten Stunde brav an ihrem Tresen stand.

»Hallo.«

»Guten Abend«, grüßte sie zurück. »Wie kann ich Ihnen helfen?«

Tommy wusste nicht, warum, aber eine neue Panikattacke kündigte sich an. Vielleicht war es das grelle

Licht, möglicherweise aber auch die anstrengend funkelnden Hochglanzfliesen. Jedenfalls begannen seine Füße zu zittern und ein Gefühl innerer Unruhe durchdrang ihn. »Ich ... ich warte auf meine Frau.«

»Okay.« Sie musterte ihn aufmerksam. »Haben Sie denn ein Zimmer bei uns?«

Eintausendsechs, eintausendsieben, eintausendacht.

Es kostete ihn eine Menge Kraft und Konzentration, die sich immer weiter ausbreitende Angst, die wie ein loderndes Feuer aus ihm herauszubrennen versuchte, im Zaun zu halten. Seine Backenmuskulatur spannte sich so sehr an, dass ihm die Schmerzen bis in den Rücken fuhren.

»Geht es Ihnen gut?«

Tommy musste zweimal heftig husten. Er lief zu einem Getränkeautomaten an der Wand, zog seine Geldbörse aus der Tasche und fischte unter Anstrengung eine Zweieuromünze heraus. Er warf sie in den Automaten und drückte den Knopf für stilles Wasser. Zu seinem Glück war die Flasche ordentlich kalt. Er setzte sofort an und trank beinahe alles auf einmal. Das Brennen in Hals und Magen zog sich zurück. *Jesus, tut das gut.*

Er drehte sich wieder um und entschuldigte sich mit einer Handbewegung bei der jungen Frau. »Ich glaube, ich habe zu scharf gegessen. Herrje.«

»Oh je, alles klar. Ich dachte schon, Sie hätten etwas Schlimmes.«

Hab ich auch. Wenn du wüsstest.

»Alles wieder in Ordnung. Ja, wir haben ein Zimmer hier, aber meine Frau hat den Schlüssel.«

»Kein Problem.« Die Frau zog ihre Tastatur näher heran und tippte kurz darauf. »Wenn Sie mir Ihren Namen sagen, kann ich Ihnen gerne einen Ersatzschlüssel geben, wenn sie schon ins Zimmer wollen.«

Tommy winkte ab. »Nein, nein, ich warte hier. Funktioniert der Laptop da hinten? Also, haben Sie Internet?«

»Aber natürlich.«

»Perfekt. Meine Frau müsste sowieso bald kommen.«

Die Dame nickte zustimmend, und Tommy begab sich zu dem Computer. Er nahm auf einem modern aussehenden, aber furchtbar unbequemen Ledersessel Platz und zog das Handy aus der Hosentasche.

»Alles klar, Ben. Ich bin online.« Tommy versuchte, möglichst leise zu sprechen.

»Na endlich. Jetzt beeil dich bitte ... wir haben schon viel zu viel Zeit verloren.«

»Was zum Teufel mache ich bitte die ganze Zeit?«, brach es aus ihm heraus.

Die Rezeptionistin blickte überrascht über ihren Tresen, lächelte dann aufgesetzt und widmete sich wieder ihrem eigenen Bildschirm.

»Beeilen ... sehr witzig. Ich hetze trotz dieser ganzen Scheiße für dich durch die Stadt. Ist dir das klar?«

»Das weiß ich doch. Uns läuft nur die Zeit davon.«

Er zog seine externe Festplatte aus der Tasche, schloss sie an den USB-Port und installierte die notwendigen Dateien zum Starten seines eigens entwickelten Programmes, mit dem er zuvor auch die Sicherheitskamera gehackt hatte.

»Okay«, flüsterte er ins Handy. »Wenn ich jetzt starte, hab ich etwa fünf Minuten, bis sie mich getrackt haben.

Wenn man bedenkt, dass ihre Leute keine zwei Straßen von hier entfernt sind, haben wir wohl sechs, höchstens sieben Minuten, bis sie hier sind.«

»Verdammt, Tommy, das ist echt wenig.«

»Ich weiß, aber ich hab einen Plan. Also bist du bereit?«

»Der Motor läuft.«

»Gut, dein GPS ist angeschaltet?«

»Ähm … ich geh davon aus, ja. Warte kurz. Ja, ist an.«

Tommy öffnete das Programm, mit dem er zahlreiche seiner Hacks ausführen konnte. Bisher war es für ihn immer von unschätzbarem Vorteil gewesen, alle möglichen Zugriffe mithilfe seiner Plugins von seinem Hub aus starten zu können. Zum jetzigen Zeitpunkt war genau das jedoch das Problem. Irgendwo hatte die Datei seines rachsüchtigen Hacker-Kollegen eine Lücke geöffnet, die ihn selbst zum Ziel machte. Und es war Tommy nicht möglich, das Nouvius-Tracking für Bens Handy separat zu öffnen. Er musste sich seinen Verfolgern erneut preisgeben – dieses Mal aus freien Stücken. Die Schädlingsdatei zu finden und zu eliminieren, würde viel zu lange dauern, erst recht ohne geeignete Software.

Der Gedanke daran, dass er all seine Festplatten, sein halbes Leben, zerstören musste, ließ ihn vor Verzweiflung stöhnen, was erneut die Aufmerksamkeit der Frau an der Rezeption auf sich zog.

Er winkte ihr zu, ihre Reaktion war ein zurückhaltendes Grinsen. Dann wandte sie ihren Blick wieder von ihm ab. Tommy widmete sich den wichtigen Dingen. Unglücklicherweise war es nicht möglich, Violas Position mit der aktuellen Version des Programmes zu orten. Nach ein paar Klicks konnte er aber zumindest die Distanz zwischen Ben und Viola sehen.

7,5 km – langsam zunehmend.

»Falsche Richtung, Ben.«

Reifenquietschen war zu hören.

»Jetzt passt es. Die Distanz verringert sich.«

Sein Bruder blieb stumm, er schien nicht reden zu wollen. Tommy hörte jedoch das fahrende Auto und verfolgte dessen Position mithilfe von GoogleMaps. Ben fuhr aus dem Ort auf einer Bundesstraße, einen knappen Kilometer weiter wartete ein Kreisel auf ihn.

»Fahr im Kreisel mal geradeaus.«

Der blinkende Punkt auf dem Bildschirm bog in den Kreisverkehr ein, ignorierte die erste Ausfahrt und hielt sich an Tommys Anweisungen. Nachdem Ben allerdings die Straße weiter entlangfuhr, sprang die Anzeige von 5,3 Kilometer auf 5,5 Kilometer.

»Scheiße, war falsch.« Der Punkt bremste abrupt ab und Tommy betrachtete die beiden anderen Ausfahrten. Beide führten in Nachbarorte, beide waren möglich.

»Entscheide du, welche Ausfahrt du versuchen willst.«

Ein weiteres Mal bewegte sich der blinkende Punkt in den Kreisel und nahm direkt die nächste Ausfahrt.

»Dreh um. Auch falsch.«

»Ernsthaft?«, brach Ben sein Schweigen, er schien fürchterlich angespannt zu sein. Ein letztes Mal durchfuhr er den Kreisverkehr, dieses Mal mit erfreulicherem Ausgang.

5,3 km – 5,2 km

»Jetzt passt es.«

»Wär auch komisch gewesen, wenn nicht.«

»Entschuldigung?« Die Rezeptionistin stand direkt vor ihm. »Sagten Sie nicht, Ihre Frau käme gleich?«

Mach dich vom Acker, du blöde Kuh. Für dich hab ich jetzt wirklich keine Zeit. »Sie hat mir gemailt, dass es noch etwas später wird.«

Ein skeptischer Blick durchbohrte ihn. »Was genau machen Sie denn da die ganze Zeit?«

»Meinem Bruder den Weg erklären. Ist das verboten?«

Sie wusste nicht, was sie darauf antworten sollte.

»Kann ich jetzt weiterreden, oder störe ich Sie in irgendeiner Art und Weise?«

»Nein, natürlich nicht. Ich dachte nur ... entschuldigen Sie.«

Tommy setzte ein nettes Gesicht auf, bevor die Frau sich davonmachte, aber am liebsten hätte er sie in den Boden gestampft.

»Jetzt finden wir Viola«, sagte er.

Das nächste Wort von Ben versprühte jedoch weniger Euphorie: »Scheeeeiiiiiße!«

15

Ben

Das darf jetzt nicht wahr sein.

Ben bremste das Auto bereits vor dem Ortsschild auf fünfzig Kilometer pro Stunde herunter, überlegte, komplett anzuhalten und umzudrehen. Der Grund war eine Polizeikontrolle direkt am Ortseingang, eine Person mit einem leuchtenden Stoppschild in der Hand trat auf die Straße und machte Ben schon frühzeitig deutlich, den Wagen weiter zu verlangsamen und anzuhalten.

Ich könnte einfach daran vorbeifahren. Wahrscheinlich fahren sie mir dann hinterher, aber das wäre vielleicht hilfreich.

»Fuck, Polizeikontrolle«, informierte er seinen Bruder. »Wie weit ist es noch bis zu Viola?«

»4,4 Kilometer«, erklang Tommys Stimme aus der Freisprechanlage. »Ich könnte dich auch anders leiten, aber das wäre ein Umweg von ... etwa drei Kilometern.«

»Vergiss es, ich hab ne andere Idee.«

Ben hielt an. Die Polizistin senkte das Stoppschild und stellte sich demonstrativ mittig auf die Straße. Ein Streifenwagen stand seitlich auf dem Bordstein, ein Polizist saß darin.

Ben wollte kurz abwarten, bis die Polizistin neben ihm stand, und dann mit Vollgas davonfahren. Seine

Aufregung wuchs, als der Polizist rasch aus dem Auto stieg und ebenfalls auf ihn zulief.

Fuck! Fuck! Fuck!

Ein Klopfen an der Scheibe. Tommy ließ sie herunter.

»Guten Abend. Allgemeine Verkehrskontrolle.« Die Beamtin war recht jung, vielleicht fünfundzwanzig, und ziemlich hübsch. »Woher kommen Sie?«

Von einem Ladeneinbruch. Und das Auto hab ich grad geklaut.

Ben spielte mit dem Gedanken, irgendetwas Erfundenes zu erzählen, aber ihm war klar, wie das Ganze enden würde. Egal, was er erzählen würde, die Polizistin würde ohnehin Führerschein und Fahrzeugpapiere sehen wollen. Dann bekäme er ein Problem und müsste sich erklären.

Ab und zu winken sie einen auch so durch, schoss es ihm durch den Kopf. *Aber niemals mit diesem tiefergelegten Schlitten! Solche Autos werden bestimmt immer kontrolliert.*

Wenn er auspackte, müsste er wahrscheinlich mit der ganzen Wahrheit rausrücken. Auch mit seinem manipulierten Handy. Würde er es bis zu Viola schaffen, käme Tommys Handymanipulation nicht ans Tageslicht. Andererseits würde die Wohnung seines Bruders sowieso auf den Kopf gestellt werden, was machte da noch eine illegale Nouvius-App aus? Zumal sie dazu eingesetzt wurde, jemandem das Leben zu retten.

»Von zu Hause«, antwortete Ben. »Ich fahr zu meiner Freundin.« Seine Hände waren schwitzig, er klammerte sie an den unteren Teil des Lederlenkrads. Aus den Augenwinkeln beobachtete er den Polizisten, der den Abstand zum Auto verkürzte, aber so stand, dass

Ben nicht einfach an der Polizistin vorbeifahren konnte.

Die Frau leuchtete mit einer Taschenlampe ins Innere. »Führerschein und Fahrzeugschein dabei?«

»Aber natürlich.«

»Machen Sie bitte den Motor aus«, wies sie ihn an.

Ben presste genervt die Luft aus seiner Nase und drehte den Schlüssel um.

Ein »Ich hab es extrem eilig« hätte das Ganze eher aufgehalten als beschleunigt, also verkniff er sich derartige Versuche. Er zog seinen Geldbeutel aus der Hosentasche und reichte ihr seinen Führerschein. Das Wühlen im Handschuhfach war nichts als Schauspielerei.

»Der Fahrzeugschein muss zu Hause liegen. Das Auto gehört meinem Bruder.«

Die Beamtin gab den Führerschein an Ihren Kollegen weiter, der nun direkt hinter ihr stand. Der Mann begab sich zum Streifenwagen.

Kontrolliert der jetzt auch das Kennzeichen? Verdammt!

Bens Atmung wurde schneller.

Ich muss hier weg! Er startete den Motor, hämmerte den Schaltknüppel in den ersten Gang und drückte aufs Gas.

»Hey! Sofort anhalten.«

Er ignorierte die Rufe der Polizistin und rauschte an dem Streifenwagen vorbei. Es dauerte nicht lange, da ertönte hinter ihm die Sirene.

»Tommy, muss ich weiter die Hauptstraße entlang?«, rief er laut.

»Ja, immer weiter.«

»Geht nicht, da ist ne Baustelle. Kann ich die umfahren?«

»Okay, die nächste ... Mist, du bist schon vorbei!«

»Die hängen an mir dran! Ich kann nicht langsamer.«

»Alles gut, alles gut. Nächste jetzt rechts, dann die zweite wieder rechts.«

Noch bevor er in eine Seitenstraße einbiegen konnte, sah er das Blaulicht im Rückspiegel.

Falsche Entscheidung! Falsche Entscheidung, Ben. Du hättest ihnen einfach sagen sollen, was los ist.

Er konnte in diesem Augenblick selbst nicht begreifen, weshalb er sich so entschieden hatte. Die andere Alternative erschien ihm nun als die einzig richtige, aber es war zu spät.

Tommy führte ihn in eine enge Spielstraße, in der Ben eine Mülltonne mit dem Auto abräumte. Dann war sein Bruder plötzlich weg.

»Tommy?« Ein Blick auf das Handy verriet, dass das Gespräch beendet worden war.

Er wählte Tommys Nummer und bog planlos ab.

Verdammt, warum geht er nicht ran?

Ben resignierte. *Was zum Teufel soll ich jetzt machen? Viola ... es tut mir so leid.*

Keine Option erschien ihm noch sinnvoll. Auch sein zweiter Anruf wurde nicht entgegengenommen, weswegen er mitten auf der Straße so heftig auf die Bremse trat, dass er sich beinahe den Kopf am Lenkrad anschlug.

Es ist vorbei. Die Polizei hat meinen Führerschein und damit meine Daten, Tommy geht nicht mehr ans Handy, Viola ist unauffindbar. Je länger ich jetzt irgendwohin fahre, desto weiter entferne ich mich von Viola. Tommy war die letzte Chance gewesen.

Die Polizeisirene kam näher und näher, kurz darauf hielt der Streifenwagen direkt hinter ihm an. Beide Polizisten eilten aus dem Wagen.

»Sofort aussteigen!«, sagte die Polizistin mit der Hand am Griff ihrer Pistole. Ihr Kollege öffnete die Tür und zog Ben nach draußen. Er wehrte sich nicht, weswegen der Polizist seinen Griff lockerte.

»Was genau sollte das?«, fragte der Mann scharf. Er schien verwundert zu sein, dass Ben einfach so angehalten hatte. »Wieso sind Sie davongefahren?«

Bens Kopf sank nach unten. Ein Gefühl des Scheiterns durchdrang ihn. Auf einen Schlag wich sämtliche Anspannung und Kraft aus seinem Körper. »Das glauben sie mir sowieso nicht.«

»Sie werden uns jetzt begleiten, Herr Widmer.«

Von mir aus. Ist mir scheißegal.

Eine Melodie ertönte.

Eine, die ihm mehr als bekannt vorkam. Es war ein kurzer Musikschnipsel von *Sweet Child O' Mine* – es war Tommy.

Wie durch einen Blitzschlag schoss neue Energie in seinen Körper, seine Synapsen schienen sich wieder aus ihrem kurzzeitigen Lethargiezustand zu befreien. Seine Gedanken waren wieder fokussiert und klar.

»Hören Sie, ich muss an dieses Handy gehen. Dieser Anruf entscheidet über Leben und Tod meiner Freundin.«

Die beiden Polizisten sahen ihn an, als hätte er soeben selbst eine Morddrohung ausgesprochen.

»Sie bewegen sich nicht vom Fleck«, wies ihn der Beamte an und griff nach seinem Arm.

»Jetzt hören Sie mir doch mal zu!« Ben versuchte, sich durch wilde Armbewegungen zu befreien, doch der Polizist hatte ihn fest am Ärmel gepackt und ließ nicht los. »Ich habe doch angehalten. Ich muss diesen Anruf annehmen. Mein Bruder kann ...«

Im nächsten Moment spürte er einen heftigen Ruck, sein Fuß wurde ihm weggezogen und Ben zu Boden geschleudert. Rabiat zog der Beamte seine Hände auf den Rücken, Ben spürte kaltes Metall an seinen Handgelenken. Dann schmerzte es.

»Aaaah! Sie verfluchter Idiot!« Seine Schreie hallten durch die Nacht. »Sie wird sterben und zwar wegen ihnen. Sie wird sterben!«

Dann schossen Tränen aus seinen Augen. Tränen der Verzweiflung.

16

Sonntag, 02:31 Uhr

Tommy

Angespannt drückte Tommy sich das Handy ans Ohr und lauschte dem Treiben auf der anderen Seite der Leitung.

Ist er gerade wirklich der Polizeikontrolle davongefahren? Eigentlich gar nicht dumm. Wahrscheinlich will er sie direkt zu Viola führen und so Zeit sparen.

Bens Stimme erklang aus dem Handylautsprecher: »Tommy, muss ich weiter die Hauptstraße entlang?«

»Ja, immer weiter.«

»Geht nicht, da ist ne Baustelle. Kann ich die umfahren?«

Tommy verfolgte Bens Position auf dem Bildschirm. Die Distanz verringerte sich weiter, dann allerdings bog sein Bruder in eine Seitenstraße ab, was die Anzeige wieder leicht nach oben steigen ließ. Mit hektischen Augen suchte Tommy nach der geschicktesten Route.

»Okay, die nächste ... Mist, du bist schon vorbei!«

»Die hängen an mir dran!«, schrie Ben. »Ich kann nicht langsamer.«

»Alles gut, alles gut. Nächste jetzt rechts, dann die zweite wieder rechts.«

Der blinkende Punkt hielt sich an seine Anweisungen und umfuhr die Straßensperre.

»Jetzt wieder links, oder?«

Tommy konnte die Polizeisirene durchs Telefon hören. »Genau, du bist jetzt wieder auf Kurs. Immer weiter, bis ich etwas anderes sage.«

Der schwierige Teil würde aber erst noch kommen. Die Feinsuche nach dem genauen Standort könnte Ben aufgrund seiner Verfolger noch vor Probleme stellen. Optimalerweise müsste er die Polizisten direkt zu Viola führen, aber das war leichter gesagt als getan.

»Wie weit ist es noch?«

»2,9 Kilometer. Warte … jetzt bist du gerade falsch gefahren.« Ein Blick auf die Karte offenbarte, dass eine Abzweigung in Richtung der Nachbarortschaft wohl richtig gewesen wäre.

»Fuck!«

»Keine Panik, ganz easy. Rechts und direkt wieder rechts.«

Ein lautes Rattern war zu hören. »Was ist?« Laut Tracking war Ben richtig abgebogen und bewegte sich weiter.

»Spielstraße. Gott sei Dank ist schon Nacht.«

Ein lauter Knall.

»Jetzt hab ich ne Mülltonne mitgenommen. Was ist das für eine verfickt enge Straße?«

Die automatische Eingangstür des Hotels öffnete sich. Tommy registrierte das Geräusch teilnahmslos bis zu dem Zeitpunkt, als er Schritte von zwei Personen hörte.

Zwei Männer, die schnurstracks in Richtung Rezeption liefen.

Blaue und graue Jeans, beide trugen schwarze Lederjacken – es waren dieselben Kerle, die zuvor vor seiner Wohnung gestanden hatten. Geschockt warf Tommy einen Blick auf die Stoppuhr, die er hatte mitlaufen lassen, um rechtzeitig abzuhauen.

Fuck, das gibt es doch gar nicht! Wie schnell sind die denn?

Nachdem er seinen Kopf ein wenig eingezogen hatte, verharrte er auf seinem Platz wie eine Salzsäule. Auch wenn es dämlich war, hoffte Tommy, dass sie ihn hinter dem Bildschirm nicht sehen würden. Glücklicherweise schaute keiner der beiden in die kleine Nische der Lobby.

Eine Klingel wurde betätigt.

»Hallo?« Eine Männerstimme.

War die Dame an der Rezeption nicht mehr da? Tommy hatte ihr keinerlei Aufmerksamkeit mehr geschenkt. Es dauerte keine drei Sekunden, da war ihre Stimme zu hören.

»Kleinen Moment, bin sofort da.«

Tommy zog vorsichtig seine Festplatte ab, packte sie in die Tasche und blickte zum Fenster. Es war gekippt und groß genug, um nach draußen zu klettern, allerdings würde man ihn dort von der Rezeption aus sehen können.

Besser als durch die Eingangstür, dachte er sich.

Tommy schlich zum Fenster und schloss es vorsichtig. Im letzten Moment konnte er verhindern, dass ihm das Handy aus der Hand rutschte. Er steckte es in die Hosentasche. Er würde draußen auf der Straße Ben schnellstmöglich darüber informieren müssen, dass er keinen Zugriff mehr auf den PC hatte. Vorsichtig drehte er den Griff um und öffnete das Fenster. Er verzog dabei sein Gesicht zu einer ängstlichen Grimasse, in der Hoffnung, keinen Laut von sich zu geben. Das

Fenster schien ein wenig zu klemmen, aber Tommy war sich nicht sicher, ob er einfach nur verkrampft war und sich ungeschickt anstellte.

Geschafft! Es ist offen.

Den Fuß bereits auf der Fensterbank, stützte er sich an den äußeren Rahmen, als eine laute Stimme aus seinem Handy durch die Lobby schallte.

»Tommy??? Tommy, jetzt sag schon was!«

Tommy konnte es nicht glauben, wie deutlich die Worte seines Bruders zu hören waren. Er wusste nicht, ob sich aus Versehen der Lautsprecher eingestellt hatte oder ob es tatsächlich nur die Akustik der Lobby und Bens lautes Rufen waren. Es reichte jedenfalls aus, dass sich die beiden Männer zu ihm umdrehten.

Sofort sprang Tommy aus dem Fenster.

Auf der Straße blieb ihm keine Zeit, zu überlegen, er rannte einfach auf die gegenüberliegende Straßenseite. Ein PKW, der gerade aus einer Tiefgarage auf die Straße fuhr, musste kurz abbremsen und hupte.

»Stehen bleiben, Polizei!«, hallte es hinter ihm durch die Nacht.

Tommy dachte nicht daran. Innerhalb eines Sekundenbruchteils verspürte er sogar einen Hauch Erleichterung, da er sich sicher war, alle Datenträger zerstört zu haben, die ihn in irgendeiner Weise belasten konnten. Alles, was man ihm nun noch nachweisen konnte, war der heutige Hack in die Sicherheitsfirma, und dafür hatte er immerhin einen mehr als guten Grund.

Er hastete durch eine kleine Gasse und riss dabei ein Fahrrad um. In der Straße dahinter entschied er sich für den Weg nach links, da dort auf den ersten Blick mehr los war. Einige Leute schlenderten die Straße entlang und standen vor diversen Lokalen. An beiden Seiten der Straße leuchteten bunte Lichter und Schilder.

Als er einen Blick hinter sich warf, sah er den Kerl in der blauen Jeans um die Ecke biegen, der andere war nirgends zu sehen.

Der will mir bestimmt den Weg abschneiden!

Tommys Blicke wanderten hektisch von links nach rechts, während seine Kondition schon jetzt langsam zu Neige ging. Rennen war noch nie sein Ding gewesen, und Sport hatte er zuletzt in der Realschule gemacht.

Kleinere Bistros und Cocktailbars reihten sich hier aneinander, die allesamt keine geeigneten Verstecke bieten würden.

Sein Blick fiel auf einen Altbau auf der linken Straßenseite, in dem gerade eine Tür aufging. Einige junge Männer liefen heraus, und aus der Lokalität drangen blaues Licht und laute, basslastige Musik.

Fuck! Ich glaub das jetzt nicht! Ich muss da rein.

So heimlich seine Ängste ihn in der letzten halben Stunde begleitet hatten, so wuchtig trafen sie ihn jetzt wieder. Für Tommy fühlte sich der Weg in die Diskothek an wie die letzten Schritte zum Schafott. Schon der Gedanke an laute Musik und Betrunkene sorgte dafür, dass ihm kalter Schweiß über den Rücken lief. Seine Kehle wurde staubtrocken.

Er dachte an seinen Bruder, dem ebenfalls die Polizei im Nacken saß und der dringend auf weitere Infos von ihm wartete. Möglicherweise war es bereits zu spät und Ben war längst verhaftet, aber Tommy redete sich ein, dass sein Bruder seine Verfolger abgehängt hatte. *Er braucht mich!*

Entschlossen eilte er weiter bis zum Eingang der Diskothek, riss die Tür auf und stürmte ins Innere.

Er befand sich in einem schmalen, mit blauem Neonlicht beleuchteten Gang, an dessen Ende eine Treppe nach unten führte. Auf der rechten Seite werkelte eine junge Frau hinter einer schmalen Theke an einer der zahlreichen Kleiderstangen herum. Zwei weitere Frauen, äußerst freizügig gekleidet, warteten anscheinend auf ihre Jacken.

Links von ihm saß eine Mittvierzigerin mit tätowierten Armen im Lederoutfit an einem kleinen Tisch. Direkt vor der Treppe standen zwei stämmige Security-Kerle, die Tommy an Arnold Schwarzenegger erinnerten. Sie schienen Brüder zu sein, so ähnlich sahen sie sich.

»Hast du nen Stempel?«

Tommy wusste nicht, wovon die Kassiererin sprach. »Hab ich was?«

»Na nen Stempel. Warst du schon drin oder willst du erst rein?«

»Nein, hab keinen.«

»Dann bekomm ich fünf Euro von dir.«

Tommy hatte keine andere Wahl, als zu bezahlen, auch wenn die Zeit knapp war. An den beiden Arnold-Schwarzenegger-Typen würde er keinesfalls vorbeikommen. Er zog seinen Geldbeutel aus der Hosentasche und wartete nur drauf, dass die Tür hinter ihm aufging. »Hier.«

Die Dame steckte den Geldschein in ihre Kasse, drückte ihren Stempel auf ein Kissen und wartete darauf, dass Tommy ihr die Hand hinstreckte. Sobald sie ihr Zeichen auf seinen Handrücken gestempelt hatte, machte er sich eilig auf zur Treppe, ließ sich kurz von den zwei Türstehern beäugen, die ihn stillschweigend durchließen.

Je weiter er hinunterging, desto dichter wurden der Nebel und die Hitze, die in der Luft lagen. Der Bass hämmerte durch Wände und Böden. Wie ein tobendes Ungeheuer erschütterte er die Grundfesten von Tommys Körper, der glaubte, sein Gehirn würde mit jedem Beat gegen seine Schädeldecke knallen.

Auf halber Strecke nach unten gab es einen Durchgang zu den Toiletten. Tommy konnte nicht anders, als hineinzufliehen.

Ich will sterben! Ich kann das nicht mehr!

Hektisch eilte er zu einem der beiden Waschbecken, über denen eine winzige, violette Röhre spärliches Licht spendete. Eiskaltes Wasser schoss über seine Hände, dann sammelte er es in seinen Handflächen und erfrischte sich im Gesicht. Er stützte erschöpft die Ellenbogen auf den Waschtisch und den Kopf in die Hände. Der Bass breitete sich über die Keramik durch seine Arme und schließlich in seinem ganzen Körper aus.

Ben! Ben braucht mich! Ich muss mich unter die Leute mischen und abhauen. Er braucht mich!

Entgegen dem Willen seines Körpers kämpfte sich Tommy wieder aus der Toilette und weiter die Stufen hinab. Einige Leute kamen ihm entgegen, die er gar nicht mehr richtig wahrnahm. Mit beiden Händen ans wackelige Treppengeländer geklammert, trotzte er seiner Angst.

Nur noch ein paar Stufen.

Als er es endlich bis ganz nach unten geschafft hatte, katapultierte ihn der Anblick der Szenerie auf ein neues, bisher unbekanntes Level seiner Angst. Grelle Lichtstrahlen schossen wie Blitze durch einen riesigen Raum voller Menschen, die wie in einem Rausch tanzten und in die Luft sprangen. Bunte Farben schoben sich von überall an der Decke durch den Raum, wechselten im Sekundentakt durch das gesamte Farbspektrum, manche davon tanzten kreisförmig, andere wild hin und her.

Tommy wurde schwindelig, er fühlte sich wie in einem Albtraum gefangen, aus dem es kein Entkommen gab. Seine Ängste hatten bisher immer versucht, Besitz von ihm zu ergreifen und ihn in seiner Psyche und Motorik zu beeinflussen, hier schien er die Kontrolle über seinen kompletten Körper verloren zu haben. Er spürte unregelmäßige Berührungen an seinen Armen und seinem Rücken, wie eine inhaltsleere Hülle wurde er mal nach vorn, mal zur Seite geschoben. So stark er auch versuchte, einen klaren Gedanken zu fassen, spätestens mit dem nächsten Bass schien sich die Festplatte in seinem Hirn wieder zu resetten.

Grinsende Grimassen schwirrten an seinen Augen vorbei, entfesselte Jubelschreie wurden von dem immer wiederkehrenden Beat egalisiert. Die Hitze in seinem Körper staute sich immer weiter an, sein Gesicht brannte.

Dann war das Lied zu Ende und nach einem ohrenbetäubenden Dauerjubel, wurde nur für einen kurzen Moment lang aus sämtlichen Farben ein weißes Licht, das kerzengerade von der Decke leuchtete.

Genau in diesem Augenblick spürte Tommy einen heftigen Stoß. Er fiel nach vorn auf eine junge Frau, die seinen eigenen Sturz abdämpfte, dadurch allerdings ebenfalls das Gleichgewicht verlor. Tommy prallte mit der Schulter auf den harten Boden.

Dann wurde es laut.

Geschrei hallte durch den Raum, Tommy wurde unter den Achseln gepackt. Mehrere Leute zogen ihn nach oben und halfen ihm auf die Beine.

»Hey, alles klar bei dir?«

Tommy kniff seine Augen zusammen. Als er sie wieder öffnete, schien er zumindest wieder er selbst zu sein.

»Was ist passiert?« Einer der beiden Security-Schränke stand plötzlich neben ihm.

Eine weibliche Stimme hinter Tommy antwortete: »Der Typ in der Lederjacke hat ihn einfach übel von hinten geschubst. Er ist dann auf das Mädchen gefallen.«

Tommy erblickte einige Meter von ihm entfernt zwei Männer, die heftig miteinander rangelten. Einen davon erkannte er, denn er trug Lederjacke und graue Jeans.

Fuck! Der Bulle!

»Ich bring dich um, du Drecksack«, rief der Kerl, der mit dem Polizisten rangelte und übertönte sogar die laute Musik.

Die anderen Leute um die beiden Streithähne herum hatten sichtlich Mühe, einzugreifen. Dem zweiten der beiden Sicherheitsleute gelang es schließlich mit einem kräftigen Gast, die beiden zu trennen.

»Ich bin Po...«, setzte der Beamte an, doch er konnte seinen Satz nicht beenden. Die Faust seines Kontrahenten traf ihn mitten im Gesicht. Er fiel zu Boden.

Zwei weitere Männer griffen ein. Gemeinsam mit dem Schwarzenegger-Bruder hielten sie den Schläger fest.

»Der Wichser hat jemanden auf meine Freundin geschubst«, schrie dieser. »Der kann noch was erleben, das schwör ich euch.«

Tommy wurde von einem der Securitys und zwei Gästen, die ihn stützten, durch eine Tür in ein Treppenhaus gebracht. Sie führten ihn nach oben und kamen schließlich direkt hinter der Kassiererin im Eingangsbereich heraus. Neugierige Blicke fielen auf Tommy und die Männer, aber nirgendwo konnte Tommy einen der beiden Polizisten ausmachen.

»Alles klar bei dir?«, fragte ihn einer der Helfer.

Er nickte zustimmend. Es war gelogen, sein Kopf hämmerte wie ein Presslufthammer.

»Was ist denn passiert?«, wollte die Kassiererin wissen.

»Jemand hat ihn geschubst. Er ist auf den Boden geknallt.«

»Ach herrje. Sollen wir einen Krankenwagen rufen?«

Schwarzenegger nickte. »Ich glaube, das wäre das Beste. Sicher ist sicher.«

Die Frau streichelte ihn sanft über den Oberarm. »Willst du Anzeige erstatten? Dann rufen wir die Polizei.«

Bloß nicht!

»Nein, nicht nötig«, antwortete Tommy. Als die Frau ihren Stuhl näher heranzog und ihm demonstrativ

Platz machte, winkte er ab. »Ich will nur noch nach Hause.«

Obwohl Tommy trotz des unsanften Sturzes keine großartigen Schmerzen verspürte, griff er sich ans Knie und an den Rücken.

Das Handy des Security-Typen klingelte.

Scheiße! Wahrscheinlich hat der Polizist ausgepackt. Bestimmt ruft gerade sein Bruder an, um ihm zu sagen, dass er mich aufhalten soll.

»Danke für die Hilfe«, sagte Tommy. »Ich werd jetzt nach Hause gehen.« Er lief zur Ausgangstür und zog sie auf.

Die Tür stoppte abrupt.

Der Schwarzenegger-Klon stand neben ihm und versperrte den Ausgang, am Ohr sein Mobiltelefon.

»Warte mal kurz«, sagte er, nahm das Handy vom Ohr und sah Tommy an. »Bist du dir sicher, dass es dir gut geht? Wie weit ist es zu dir nach Hause?«

Tommys Atmung setzte wieder ein.

Gott sei Dank.

»Mir gehts gut. Bin in zehn Minuten daheim.«

»Na schön«, sagte der Mann und öffnete ihm die Tür.

17

Sonntag, 02:54 Uhr

Ben

Bens Blick hing am Sekundenzeiger der Uhr über der Tür, der unermüdlich voranschritt. Mit jedem Klick, den er von sich gab, während er den nächsten Sprung machte, sank Violas Chance, gerettet zu werden.

Ob sie überhaupt noch lebt?

Ben zwang sich dazu, diesen Gedanken aus seinem Kopf zu verbannen. Sie musste einfach noch leben. Waidmann war der Auftraggeber des Mordes, nicht der Mörder. Ob er sich selbst die Hände schmutzig machen würde, war unklar.

Im Büro, in das ihn der Polizist gesperrt hatte, geisterte der Geruch von irgendeinem Tee in der Luft. Hin und wieder wehte ein Hauch frischer Nachtluft durch das gekippte Fenster. Die kalten Handschellen, die seine Arme auf seinem Rücken festgehalten hatten, hatte der Polizist zwar entfernt, aber Bens Handgelenke schmerzten noch immer davon.

Seit Violas Nachricht waren mehr als zwei Stunden vergangen.

Ob der Psychodoktor ihr Handy mittlerweile gefunden hatte? Falls ja, wäre jegliche weitere Anstrengung sinnlos.

Was hatte er mit ihr vor? Und wie war er Viola überhaupt auf die Schliche gekommen? Möglicherweise hatte Waidmann sie wiedererkannt, immerhin war er ihr mindestens zweimal direkt begegnet – einmal beim Asiaten, und dann noch einmal, als sie ihm das Handy wiedergegeben hatte. Zudem war nicht auszuschließen, dass der Psychotherapeut sie ein weiteres Mal erspäht hatte während der Verfolgung.

Warum? Warum hab ich sie nur allein gelassen?

Ben konnte jetzt nichts mehr tun. Seine einzige noch verbliebene Möglichkeit bestand darin, dem Beamten glaubwürdig und vor allem zügig klarzumachen, dass sein Handy der Schlüssel zu Violas Überleben war. Irgendjemand musste sich der Sache annehmen und sie retten. Doch die Zeit verging viel zu schnell. Seit mehr als fünfzehn Minuten saß er nun in diesem Zimmer.

Ben ließ die vergangenen Stunden Revue passieren. Egal, an welchen Abschnitt der Nacht er zurückdachte, am Ende hatte er die falsche Entscheidung getroffen. Er hatte Viola allein gelassen und sie so in die Fänge eines Verrückten geführt. Er war dafür verantwortlich, dass die Rettung für die junge Frau in der Beethovenstraße wahrscheinlich zu spät gekommen war. Dazu hatte er Tommy in die ganze Sache mit hineingezogen und ihm die Polizei auf den Hals gehetzt; und beinahe hätte die ganze Sache auch noch einem Polizisten das Leben gekostet.

Von der anfänglichen Euphorie, mit der die Verfolgungsjagd begonnen hatte, war nichts als Asche im Feuer der Realität zurückgeblieben.

Auf dem Schreibtisch, einige Meter vor ihm, lag sein Handy. Tommy hatte nicht mehr angerufen. Ben dachte an seinen Bruder. Wie selbstverständlich hatte er erwartet, dass Tommy seine Wohnung verlässt und ihn irgendwie zu Viola führt. Erst jetzt begriff Ben, was er von seinem Bruder verlangt hatte. Tommys Ängste waren weit mehr als harmlose Aussetzer. Zum ersten Mal in dieser Nacht realisierte er, dass sein Bruder weitaus mehr für ihn getan hatte, als Ben eigentlich von ihm erwarten konnte. Nach Tommys Einweisung in die geschlossene Psychiatrie vor sieben Jahren, nachdem er am Bahnhof eine Panikattacke bekommen und dabei fast ein Kind aufs Gleis katapultiert hatte, war Bens schlechtes Gewissen immer zielstrebiger in seinen Kopf geschlichen.

»Du musst für ihn da sein«, hatte sein Vater zu Lebzeiten immer gesagt. »Du bist sein Bruder, verdammt!«

Ja scheiße, bin ich. Aber ich hab ihn nicht auf die Welt gebracht, oder?

Ben hatte seinem Bruder wieder auf die Beine geholfen, ihn zu den Therapiesitzungen gebracht und seine Rückkehr in ein normales Leben organisiert. Wenn man dieses Leben überhaupt als normal bezeichnen konnte. Doch Ben liebte seinen Bruder, das war schon immer so gewesen.

Die Tür öffnete sich.

Endlich!

Ein Polizist, Ende sechzig, kam mit einem grimmigen »Ich warte nur noch auf den Feierabend«-Blick herein. Er musterte Ben kurz, ehe er sich auf den Schreibtischstuhl setzte und nach der Computermaus griff. Es folgten ein paar gemächliche Klicks.

»Hören Sie, Sie müssen es mich erklären lassen. Ich hab das Auto nur gestohlen, weil ich ...«

»Herr Wismer, richtig?« In der Stimme des Beamten war nicht die kleinste Nuance der Gleichgültigkeit zu hören, die sein Blick soeben noch vermittelt hatte. Im Gegenteil, er klang äußerst konzentriert.

Ben nickte.

»Sie haben mit Ihrem Mobiltelefon den Mord in der Beethovenstraße gemeldet?«

Ben starrte an die Decke und rieb sich mit der freien Hand die Stirn.

Okay, verdammt. Sie wissen Bescheid.

Er hatte erwartet, dass seine Nummer bereits nachverfolgt worden war.

»Ja, das war ich.«

Erneut durchbohrte ihn der Blick des Beamten.

»Ich kann alles erklären. Aber sie müssen mir zuhören. Wir haben keine Zeit, er hat meine Freundin. Ich weiß nicht, was er mit ihr macht, aber diesem Kerl ist ...«

»Der Täter wurde erschossen«, sagte der Mann so nüchtern wie eine belanglose Information über schlechtes Essen in der Mensa. »Sie kannten die Frau, die er festgehalten hat?«

Erschossen? Kannte?

Die Vergangenheitsform ließ darauf schließen, dass Karl die Frau tatsächlich getötet hatte. Der letzte Funke Hoffnung, der sich irgendwo in der hintersten Ecke von Bens Gedanken festgeklammert hatte, war erloschen.

»Sie ... ist tot?«

Der Polizist antwortete mit einem Kopfnicken.

»Verdammt! Aber nein, ich kannte Sie nicht. Ich habe ...«

»Eben sagten Sie noch, er würde Ihre Freundin festhalten.«

Bens Wut kochte langsam über, der Kerl ließ ihn einfach nicht ausreden. »Das will ich Ihnen doch gerade erklären. Die Frau, um die es mir geht …«

Das Telefon auf dem Schreibtisch klingelte.

»Jetzt hören Sie mir zu«, fuhr es aus ihm heraus. Ben schoss von seinem Stuhl in die Höhe. Unter keinen Umständen wollte Ben, dass der Mann jetzt an den Hörer ging und erneut kostbare Zeit verflog. »Dieser Kerl, der diese Frau …«

»Sie halten jetzt ihren Mund, verdammt noch eins!« Der Polizist griff sofort zum Telefon und nahm den Anruf an. Außer einigen *Jas* sagte er nichts, während sein Röntgenblick ein weiteres Mal auf Ben fiel.

Als er das Telefon wieder in die Ladestation stellte, erhob er sich von seinem Platz, griff nach seinem Schlüssel und lief zur Tür.

»Halt! Jetzt bleiben Sie doch hier!« Ben schrie ihm, so laut er konnte, hinterher. »Sie verfluchter Vollidiot, bleiben Sie hier!«

Dann ging die Tür zu und der Mann war verschwunden.

Ben fiel auf seinen Stuhl zurück und konnte nicht glauben, was gerade passierte. Er saß auf dem Polizeirevier, aber kein Schwein hörte ihm zu.

Das ist ein einziger Albtraum! Ich kann nicht mehr.

Dann war es still im Raum. Bis auf den Sekundenzeiger, dessen Klacken sich wieder in die Stille fraß und Ben in kontinuierlicher Regelmäßigkeit daran erinnerte, dass Violas Zeit weiterhin ablief.

3:08 Uhr.

Viola, es tut mir so leid.

Elf Minuten später hörte Ben eine immer lauter werdende Stimme. Sie kam näher und näher, dann vernahm er eine zweite, die er zuordnen konnte. Es war die Stimme des Polizistenarschlochs, das seine Befragung vor wenigen Minuten abgebrochen und stillschweigend den Raum verlassen hatte. Je näher die Stimmen kamen, desto deutlicher kristallisierte sich ein Streitgespräch aus den dumpfen Lauten heraus.

»Ist er da drin?«

Die Tür flog auf. Ein etwas jüngerer Kerl, Mitte vierzig, leger gekleidet, aber ebenfalls mit einer Schusswaffe am Gürtel, starrte ihn an.

»Sie sind derjenige, der den Mord in der Beethovenstraße gemeldet hat?«

Ben nickte zögerlich.

Der Mann machte einen Schritt in den Raum und schloss hinter sich die Tür.

»Jakob Sulla, Mordkommission.« Er setzte sich auf die Schreibtischkante. »Erzählen Sie mir alles, was sie wissen.«

Ernsthaft? Jetzt auf einmal hört mir jemand zu, was ich zu sagen habe? Was versuche ich denn schon seit Ewigkeiten?

Jetzt, als Ben plötzlich die Gelegenheit hatte, seine Geschichte zu erzählen, überforderte ihn die unverhoffte Situation. Es schien ihm, als hätte sein Geist bereits resigniert und würde mit der unerwarteten Veränderung nichts mehr anfangen können. »Ich ... ähm ... wir haben ...« Er benötigte einen Moment, um sich zu fokussieren. »Ich brauche Ihre Hilfe.«

Der Kommissar blickte ihn verwundert an. »Wie meinen Sie das?«

Ben rang nach Worten. »Wir ... mein Bruder Tommy hat ...«

»Jetzt beruhigen Sie sich mal und konzentrieren sich. Woher haben Sie von dem Mord gewusst?«

»Ich war im Haus.« Ben schoss das Bild der gefesselten Frau wieder in den Kopf. Er sah sie vor sich, ihren hilflosen Blick. Den Knebel in ihrem Mund. Die Augen verbunden. Das Blut. Die Frau starb allein in diesem Keller.

»Im Haus von Mischa Karl?«

»Ja.«

»Was haben sie dort gemacht? Kannten Sie diesen Mann?«

»Nein, ich kannte ihn nicht. Ich ... wir haben seine Adresse herausgefunden.«

Falten legten sich auf Sullas Stirn. »Wie meinen Sie das? Und wer ist wir?«

Ben schnaufte tief durch und blickte erneut auf die Uhr an der Wand. Die Zeit rannte ihm davon, aber er durfte nicht den Fehler begehen, wirre Aussagen zu machen, die den Kommissar davon abhalten konnten, ihm zu glauben.

»Mein Handy dort drüben.« Er zeigte auf den Korb auf dem Schreibtisch. »Damit kann man Chatnachrichten in Nouvius von Leuten im Umkreis von etwa dreißig Metern mitlesen.«

Sulla musterte ihn überrascht, hörte aber weiter zu.

»Wir ... eine Freundin und ich, haben genau das gemacht und einen Chat gelesen, in dem sich zwei Personen über einen Mord unterhalten haben. Wir haben den Kerl dann heimlich verfolgt ... die ganze Zeit über dachten wir, es wäre der Mörder selbst.«

Sulla saß weiter wie angewurzelt auf der Schreibtischkante. »Sie *dachten* heißt, er war es nicht?«

Ben schüttelte den Kopf. »Nein. Der Typ, den wir verfolgt haben, war der Auftraggeber des Mordes.«

Die Augen des Kommissars wurden größer. Diese Nachricht schien ihn extrem zu überraschen. »Der Auftraggeber?«

»Genau. Ein gewisser Professor Dr. Wolfgang Waidmann. Der Typ ist Psychotherapeut. Wir haben ihn bis zu seiner Praxis verfolgt. Dort haben Viola, meine Freundin, und ich uns getrennt. Sie hat ihn weiter verfolgt, ich bin nach Plochingen gefahren. Zur Wohnung dieses Mörders.«

Sulla schien nicht glauben zu können, was er da hörte. Ben konnte dem Blick des Kommissars nicht entnehmen, ob dieser ihm seine Geschichte abnahm oder ihn für völlig durchgeknallt hielt. Dann aber zog Sulla sein Handy aus der Tasche und machte Ben mit seinem Zeigefinger deutlich, kurz zu warten.

»Jakob hier. Okay, pass auf. Prof. Dr. Wolfgang Waidmann, Psychotherapeut aus ...« Er schaute zu Ben und wartete auf dessen Hilfe.

»Seine Praxis ist in Stuttgart ... auf der Waldau.«

»Praxis in Stuttgart auf der Waldau«, wiederholte Sulla. »Der Kerl ist vermutlich der Drahtzieher der Geburtstagsmorde. Leite alles in die Wege, hast du verstanden? Alles klar, ich melde mich.«

Geburtstagsmorde?

Allem Anschein nach war der Mord in der heutigen Nacht nicht der erste gewesen. »Dieser Karl hat mehrere Frauen getötet?«

Sulla steckte sein Handy wieder in die Tasche. »Ich darf Ihnen eigentlich keine Auskunft über diesen Fall geben, aber in Anbetracht der Tatsache, was Sie wissen ... ja, es gibt mehr als nur ein Opfer. Zu viele.«

Ben schnürte es die Kehle zu. Er war ins Haus eines Serienmörders eingedrungen. Wie schnell hätte es ihn ebenfalls erwischen können.

»Sie sagen, ihre Freundin hat diesen Waidmann weiter verfolgt. Wo ...«

»Er ist ihr auf die Schliche gekommen«, unterbrach ihn Ben. »Sie konnte mir irgendwie noch eine Nachricht schreiben.«

»Verdammt«, sagte Sulla und griff nach Bens Handy. »Wie lautet der Code zum Entsperren?«

Ben sah ihn an. Sulla hatte ihm zugehört und glaubte ihm, also machte es Sinn, ihm zu vertrauen. Er war die letzte Chance.

»Vier, zwei, acht, vier.«

Sulla drückte auf dem Display herum.

»Viola, sagten Sie?«

»Genau. Anscheinend ist es ihr gelungen, Nouvius herunterzuladen und mir die Nachricht zu schicken.«

Sullas Gesichtsausdruck nach hatte er Violas Nachricht gefunden.

»Könnte auch eine Falle sein, um Sie zu ihm zu locken«, murmelte der Kommissar nachdenklich.

Eine Falle? Daran hatte Ben noch gar nicht gedacht. Dazu müsste Waidmann irgendwie erkannt haben, dass Viola ihn nicht allein verfolgt hatte. Möglicherweise an der Haltestelle, als sie ihm das Handy kurzzeitig entwendet hatten?

»Denken Sie, dass sie noch lebt?«

Sulla hob die Schultern ein kleines Stück an. »Möglich ist alles. Wenn dieser Waidmann wirklich der Drahtzieher dieser ganzen Scheiße ist, macht er sich vielleicht nicht selbst die Hände schmutzig.«

»Wir können sie finden«, erklärte Ben.

»Wen finden?«

»Na Viola, meine Freundin. Und Waidmann.«

Sullas Miene versprühte Neugier. »Wie das?«

»In Nouvius können wir die Entfernung zu Viola und Waidmann sehen.«

Sulla winkte ab. »Dazu müsste Ihre Freundin die Anfrage annehmen. Ich glaube kaum, dass sie das tun wird.«

»Nicht mit meinem Handy. Es geht auch ohne.«

Der ernste Blick des Kommissars ließ durchblicken, dass er durchaus verstanden hatte, worauf Ben anspielte. In Anbetracht der heiklen Lage und der Infos, die Ben lieferte, schien er das kommentarlos stehen zu lassen. »Wie genau soll das gehen?« Sulla drückte einige Male auf das Display.

»Das wäre zu kompliziert, Ihnen das jetzt zu erklären. Sehen sie den Chat 17-2?«

»Ja.«

»Lesen Sie selbst! Ich kann sie direkt zu diesem Wahnsinnigen leiten. Bitte, wir müssen Viola helfen.«

Sulla las die Nachrichten mit offenem Mund. Dann schien er darüber nachzudenken, was er tun sollte. Obwohl er genauso starr dasaß wie zuvor, strahlte er eine innere Unruhe aus. Er schaute Ben in die Augen, kurz darauf machte er einen Satz zur Tür und war mit seinem Handy verschwunden.

Scheiße!

Ben hatte nicht die geringste Ahnung, was Sulla vorhatte. Sicher gab es irgendeinen Spezialisten hier auf dem Polizeirevier, der zu ähnlichen Dingen wie Tommy in der Lage war, aber war so jemand auch um diese Uhrzeit anwesend? Ben überlegte, ob er doch etwas anderes hätte sagen sollen. Die Erfolgsquote bei seinen Entscheidungen am heutigen Tag war bisher niedriger, als die, mit der man rechnen konnte, wenn man versuchte, bei Tinder eine passende Frau für eine ernsthafte Beziehung zu finden.

Doch Sulla kam tatsächlich zurück. »In Ordnung, Herr Wismer. Ich nehme Sie mit.«

Ben konnte sein Glück nicht fassen. Er bekam sein Handy zurück und folgte Sulla durch den Gang.

Der Polizeiveteran, der Ben zuvor vernommen hatte, blickte grimmig aus seinem Glaskasten.

»Ich brauch deinen Wagen, Betzold«, erklärte Sulla seinem Kollegen.

»Wieso das denn?«

Sulla machte eine eilige Handbewegung und bedeutete ihm unmissverständlich, dass er keine Zeit für Diskussionen hatte. »Jetzt wirf die Schlüssel rüber, es ist dringend.«

Betzold sah nicht glücklich darüber aus, aber er fischte einen Schlüssel aus seiner Tasche und warf ihn Sulla zu. Dann grummelte er noch irgendetwas vor sich hin, das Ben nicht verstand.

Ciao, Arschloch, dachte Ben. *Danke für Nichts.*

Sulla drückte auf den Fahrstuhlknopf, deutete Ben nach kurzem Warten aber an, dass sie die Treppe nehmen würden. Sie eilten zwei Stockwerke nach unten und durch den Eingangsbereich, dann standen sie im Freien. Es schüttete wie aus Kübeln, doch das Wetter war gerade das geringste Problem. Als sie am Auto ankamen, waren Bens Pullover und Hose klatschnass.

»Verdammtes Pisswetter«, fluchte Sulla und startete den Mercedes. »Wie groß ist die Distanz?«

Ben war schon mit seinem Handy zugange. Natürlich konnte er weder die Distanz zu Viola feststellen, noch irgendetwas sonst ohne Tommys Hilfe machen. Er tat allerdings so, als wüsste er genau, was er da machte. »Wir müssen in Richtung Reichenbach.«

»Woher wissen Sie das?«

»Ich war dort. Es waren noch knappe vier Kilometer, als mich Ihre Kollegen festgenommen haben.«

»In Ordnung.« Sulla drückte ordentlich aufs Pedal. Er überfuhr einige rote Ampeln ohne Blaulicht, auf den Straßen war allerdings ohnehin kaum noch jemand unterwegs.

»Ich muss jetzt jemanden anrufen.«

»Wieso das denn?«, fragte Sulla.

Fuck, wie sag ich ihm das jetzt, ohne Tommy zu verpfeifen?

»Das Tracking mit meinem Handy funktioniert nur mit dem passenden Programm auf einem PC. Ich muss einen Freund anrufen, der uns den Weg sagt.«

Sulla schaute zwar skeptisch, sagte aber nichts dagegen.

Ben wählte Tommys Nummer. Knappe fünfzehn Minuten, nachdem sie losgefahren waren, erkannte Ben den Kreisel, an dem er zuvor schon einmal gewesen war.

Es klingelte eine ganze Weile und Ben war kurz davor, wieder aufzulegen, da meldete sich Tommy doch noch: »Oh Mann ... du hast keine Ahnung, was ich durchgemacht habe heute.«

»Ich kanns mir vorstellen. Es tut mir leid, dass ich dich da mit reingezogen habe.«

Stille in der Leitung.

»Alles klar bei dir?«

Sulla schaute kurz neugierig zu Ben.

»So langsam werd ich wieder«, antwortete Tommy. »Um ein Haar hätten sie mich erwischt.«

»Bist du daheim?«

»Daheim?«, brüllte Tommy. »Sag mal, hast du Demenz? Die Bullen sind in meiner ...«

»Ich weiß, ich weiß«, unterbrach ihn Ben in Sorge, dass Sulla die immer lauter werdende Stimme seines Bruders hören würde. »Ich bräuchte noch mal deine Hilfe mit dem PC. Passt es grad?«

»Ob es grad passt? Weißt du eigentlich, was ich ...«

»Es ist wichtig, Tim. Jetzt sag schon, hast du kurz Zeit oder nicht?«

»Tim? Was zum Teufel ...?« Tommy sagte erst nichts mehr, dann flüsterte er: »Ah, du kannst grad nicht reden, kann das sein?«

Halleluja. Endlich hast du es kapiert.

»Ja genau.«

»Okay, verstehe. Du hast so ein unverschämtes Glück. Ich bin bei einem Kumpel und rate mal, was der hier zu Hause hat?«

»Das hört sich gut an. Kannst du mich wieder tracken und zu Viola führen?«

»Das sollte gehen, ja. Mein Kollege und ich sind gerade dabei, die Schädlingsdatei zu entfernen.«

Ben konnte es kaum glauben, zu was sein Bruder in der heutigen Nacht in der Lage gewesen war. Nach realistischer Einschätzung aller Umstände hätte er Tommy im Leben nicht zugetraut, vor der Polizei durch die Stadt zu fliehen und zu einem seiner Computerbekanntschaften zu gehen.

»Du musst dich noch einen Augenblick gedulden. Wir sind dabei.«

Ein Blick nach draußen verriet, dass sie soeben das Ortsschild Reichenbach passierten. Hier war Ben zuvor angehalten worden, und hier endete seine Routenführung.

»Was jetzt?«, wollte Sulla wissen.

»Noch ein Stück die Hauptstraße entlang. Mehr Infos kommen gleich.«

Sulla fuhr weiter.

»T ...im?« Um ein Haar hätte er den Namen seines Bruders gesagt.

»Ja, hier Tim, dein schwuler Freund. Bin so weit. Fahr mal nach links.«

»Links«, sagte Ben, und Sulla setzte den Wagen wieder in Bewegung.

Ein Pärchen schlenderte angetrunken über die Straße, wodurch sie kurz anhalten mussten. Sulla stöhnte genervt, auch er war ohne Zweifel angespannt.

»Wer ist eigentlich bei dir, dass du nicht reden kannst?«

Was soll jetzt die bescheuerte Frage, Tommy? Halt doch einfach deinen Mund und sag uns, wohin wir müssen.

»Ein Mann von der Kripo ist bei mir. Wir suchen Viola.«

»Ach du scheiße. Ich hoffe, du hast nichts von mir erwähnt.«

Ben reagierte nicht auf die Frage.

Natürlich nicht, du Volltrottel.

»Fahren Sie jetzt mal rechts«, wies er Sulla an.

Laut Tommy waren sie noch 1,2 Kilometer entfernt. Die letzten Meter gestalteten sich am schwierigsten. Ständig musste Sulla umdrehen und einen anderen Weg nehmen, da sich die Distanz kurzzeitig vergrößerte, wenig später wieder abnahm. Bis zum Ziel brauchten sie noch einmal gute zehn Minuten, da sich das Haus in einer kleinen Seitenstraße befand.

»Das muss es sein«, sagte Ben.

Sulla gab die Adresse per Funk an seine Dienststelle weiter.

»Wie sieht dieser Waidmann aus?«, wollte er wissen.

»Recht unscheinbar. Mitte, Ende fünfzig. Glatze, Brille … auffällig sind eigentlich nur die Falten auf seiner Stirn. Er trägt eine blaue Jeans und eine grüne Jacke.«

»In Ordnung.«

»Okay, was machen wir jetzt?«, wollte Ben wissen und schnallte sich ab.

Sulla drückte auf einen Knopf und öffnete die Fahrertür.

»*Sie* bleiben hier im Auto.« Die Tür ging zu und Ben war eingeschlossen. Sulla hatte den Wagen elektronisch verriegelt.

Verdammte Scheiße! Was soll das?

Eigentlich konnte er froh sein. Hier drinnen konnte ihm nichts geschehen. Aber Waidmann war wahrscheinlich kein Mörder, zumindest nicht der, der selbst zur Tat schritt. Musste man vor ihm selbst Angst haben? Hatte er eine Waffe? So viel Ben auch darüber nachdachte, es änderte nichts an seiner Situation, im Wagen eingesperrt zu sein.

Ben beobachtete Sulla durch die Scheibe. Der Kommissar lief über die Straße und auf das Haus zu. Es handelte sich um ein Mehrfamilienhaus. Zwei Lichter sprangen an und erhellten den überdachten Eingangsbereich.

Oh Gott, hoffentlich findet er Viola! Hoffentlich lebt sie noch.

Ben sah nur noch, dass Sulla die Eingangstür öffnete und ins Haus ging.

»Tommy, noch da?«

Geraschel aus dem Handylautsprecher.

Ein undeutliches »Hallo?« erklang, ehe es sich ein zweites Mal – dieses Mal gut verständlich – wiederholte. Die Stimme kam jedoch nicht von seinem Bruder.

»Wer ist da?«

»Kalle hier.«

»Hallo ... äh, ist Tommy bei dir?«

»Natürlich. Ziemlich krasse Scheiße, die da heute Nacht bei dir passiert. Ich helf gerne, wenn ich kann, aber dass ihr mich da mit reinzieht, könnt ihr schön vergessen.«

»Kann ich mal mit Tommy sprechen?«

Kalle tippte auf einer Tastatur. »Der sitzt auf dem Sofa, atmet in eine Plastiktüte und macht irgendwelche Zählübungen. Warte ... ich mach mal Lautsprecher an.«

»Tommy, alles klar bei dir?«, rief Ben.

»Ich lebe noch.« Es war eindeutig Tommys Stimme im Hintergrund.

»Was geht bei euch ab? Ihr seid doch vor dem Haus, oder?«

Plötzlich zuckte Ben mehrere Male hintereinander zusammen. Schüsse zerrissen die Stille auf der Straße. Dann ein klirrendes Geräusch.

»Fuck!« Er drückte seine Stirn an die kalte Fensterscheibe und schaute nach draußen. Es war nichts zu sehen.

»Alter, waren das Schüsse?«, fragte Kalle.

»Ja.«

Ben blickte erneut durch die Scheibe nach draußen. Was er dann sah, schnürte ihm die Kehle zu.

18

Jakob

Jakob betrat das Treppenhaus des Wohnhauses. Als das Licht anging, öffnete sich eine Tür im Erdgeschoss. Ein Mann im Schlafanzug stand überrascht auf der Türschwelle.

»Kriminalpolizei.« Jakob zeigte kurz seinen Ausweis und nahm seine Waffe aus dem Sichtfeld des Mannes, um ihn nicht unnötig zu beunruhigen. »Bitte schließen Sie die Tür wieder und bleiben Sie in Ihrer Wohnung. Es werden gleich noch mehr Polizisten kommen. Keine Sorge, Sie sind in Sicherheit.«

Jakob hatte auf den Klingelschildern einen Namen wiedererkannt. Michael Kringle, ebenfalls einer aus Waidmanns Kurs.

Ist Waidmann, der scheinbare Drahtzieher der Geburtstagsmorde, wirklich hier? Oder hat er die junge Frau nur hierhergebracht?

Langsam, aber sicher lichtete sich der Nebel um diesen nervenaufreibenden Fall. Alles führte zum Kurs des Psychotherapeuten, sämtliche Beteiligten waren seine Teilnehmer. Wie hatte er diese Leute dazu gebracht, Morde zu begehen?

Oh Mann ... dass ich darauf nicht gekommen bin, dachte er. Ich fass es nicht.

Jakob wollte Gewissheit haben. Gewissheit über die genaueren Hintergründe und das Motiv dieser Taten. Und er wollte dieses Schwein drankriegen.

Nach einem kurzen Blick auf die Namensschilder an den Klingeln der Wohnungstüren eilte Jakob in den zweiten Stock. Auch dort war er falsch. Erst im vierten Stock stand er vor Kringles Eingangstür.

Jakob spähte kurz aus dem kleinen Treppenhausfenster auf die Straße. Bisher waren noch keiner seiner Kollegen in Sicht.

Verdammt! Okay, dann muss es alleine gehen.

Er inspizierte die Tür. Jakob hatte Glück – eine gewöhnliche Wabentür, die nach innen aufging. Mit aller Kraft trat er dagegen, mehrere Male.

Die Tür knallte auf.

Der Flur, in dem er stand, war recht dunkel, aus einem Zimmer drang spärliches Licht in die Diele. Mit der Waffe im Anschlag marschierte er durch den Flur und in das beleuchtete Wohnzimmer.

»Polizei! Finger weg vom Fenster!«

Der Mann, der vor dem Fenster stand und im Begriff war, dieses zu öffnen, ließ davon ab und bewegte sich nicht mehr.

»Umdrehen!«, rief Jakob.

Der Kerl zeigte ihm weiterhin nur seinen Rücken.

Blaue Jeans, grüne Jacke.

Das muss der Dreckskerl sein.

»Umdrehen, hab ich gesagt!«

Der Mann richtete sich aus seiner leicht gebückten Haltung auf, dann drehte er sich langsam – fast in Zeitlupe – um die eigene Achse. Er zeigte kapitulierend seine Handflächen und richtete sie nach oben.

Er sieht genauso aus, wie dieser Wismer es beschrieben hat. Er war um die sechzig, vielleicht etwas jünger. Er trug eine Glatze und eine moderne Brille, auf seiner Stirn auffällige Falten.

»Wo ist die Frau?« Jakob kam einen Schritt näher. Der Fernseher lief, auf dem Sofa lagen einige Ordner und Mappen.

Er bekam keine Antwort.

»Sind Sie Wolfgang Waidmann?«

Im Gesicht des Mannes zeigte sich nicht die geringste Spur einer Emotion. Keine Überraschung, keine Angst, noch nicht einmal ein Hauch Anspannung.

»In Ordnung, Sie werden schon noch ...«

Jakobs Arm wurde auf die Seite gedrückt, ein Schuss löste sich. Im nächsten Moment spürte er einen heftigen Schmerz in der Nierengegend. Irgendjemand hatte ihm mit voller Wucht die Faust dagegengeschlagen.

Jakob stöhnte auf. Er versuchte, den Angreifer mit seiner Waffe anzuvisieren, doch der nächste Schlag traf sein Gesicht, er verlor die Orientierung und die Waffe.

Mit dem Rücken prallte Jakob gegen die Rückwand des Sofas.

Michael Kringle. Wie konnte ich ihn vergessen?

Dann schlug er auf dem Boden auf und erblickte Kringle, der nach der Pistole griff. Sofort stemmte Jakob sich in die Höhe und warf sich ihm entgegen. Mit aller Kraft drückte er Kringles Hand, die seine Dienstwaffe festhielt, von sich weg.

Weitere drei Schüsse lösten sich, beim letzten zersplitterte ein Fenster.

Sie rangen miteinander, wälzten sich auf dem Boden. Alles ging so schnell, dass Jakob nie auch nur einen

Moment das Gefühl hatte, die Oberhand zu haben. Dabei verlor er jedes Zeitgefühl.

Endlich gelang es ihm, seinen Gegner auf dem Boden zu fixieren. Einige Sekunden schnappten sie beide nach Luft. Dann überraschte der Mann ihn mit einer schnellen Bewegung.

Jakobs Ellbogen knallte gegen den Schädel des Mannes, der aufschrie, die Waffe aber noch immer nicht losließ. Dann packte er Kringle mit einer Hand am Hals und zog ihn an sich vorbei über das Sofa.

Kringle war körperlich robust und erwies sich als äußerst zäh. Halb auf dem Sofa, halb auf dem Boden rangen beide um die Waffe. Jakob wollte ihn an den Haaren packen, griff aber daneben. Im nächsten Moment hatte er selbst eine Hand am Hals. Der Griff des Mannes schnürte ihm die Luft ab.

Jakob stieß Kringle sein Knie in den Bauch. Der Mann schrie auf und musste seinen Griff lösen. Die Waffe fiel wieder auf den Boden.

Wo ist Waidmann?

Jakob konnte ihn nirgendwo mehr sehen. Er stürzte sich auf die Pistole. Kringle schmiss sich auf ihn und biss ihm in den Arm. Jakob schrie und ließ die Waffe los. Beide schnellten in die Höhe.

Jakob wuchtete ihm mit geducktem Kopf seinen Körper entgegen. Er rammte den Mann gegen die Wand, setzte einen Griff am Arm an und katapultierte Kringle zu Boden.

»Ahhh, du Wichser!«

Jakob griff nach den Handschellen. Er war sich sicher, Kringle überwältigt zu haben, bis ein stechender

Schmerz an seinem Arm einsetzte. Die Schellen fielen zu Boden, Jakob entfernte sich hektisch von dem Mann.

Kringle hatte es geschafft, von irgendwoher eine Nagelschere zu ergattern.

Jakobs hektische Blicke suchten nach seiner Dienstwaffe. Sie lag direkt hinter ihm. Er schmiss sich auf den Boden und hob sie auf. Kringle hatte sich bereits aufgerichtet und stürmte auf ihn zu. Er kam zu spät. Jakob drückte ab und traf ihn in die Brust.

Jakob fiel auf die Knie.

Er spürte den pulsierenden Schmerz in seinem Oberarm.

Dann wurde alles schwarz.

19

Ben

Ben wollte nicht glauben, was er sah.

Seine Stirn noch immer an die Scheibe gepresst, kniff er die Augen ein Stück zusammen und erinnerte sich daran, wie Viola seinen Tick belächelt hatte. Bei dem Gedanken daran, dass Viola genauso enden könnte wie die anderen Frauen, musste er tief einatmen, um sich zu beruhigen.

Wolfgang Waidmann – der Mann in der grünen Jacke – er kam gerade aus dem Haus.

Was zum Teufel macht Sulla?

Für Ben gab es nur zwei Erklärungen.

Nummer eins: Sulla war tot. Waidmann hatte ihn umgebracht und machte sich jetzt aus dem Staub. Nummer zwei: Waidmann hatte sich irgendwie an ihm vorbeigeschlichen, wie auch immer das möglich gewesen war.

Der Therapeut lief in aller Seelenruhe zu einem der Autos, das unter einem der zahlreichen, überdachten Parkplätze neben dem Haus stand.

Viola war nicht bei ihm.

Ob sie im Haus ist?

Ben hoffte inständig, dass Sulla nicht tot war und sie gefunden hatte – ebenfalls lebendig. Aber warum kam er dann nicht raus?

Waidmann war bereits am Auto und schien seinen Schlüssel in den Hosentaschen zu suchen. Dann blickte er zurück zum Haus. Mehrere Sekunden stand er einfach nur da, völlig regungslos. Dann machte er kehrt und entfernte sich vom Haus.

Scheiße! Ich muss hier irgendwie raus.

Hektisch sah sich Ben im Auto nach einem Gegenstand um, möglichst spitz, um die Scheibe zerschlagen zu können. Außer einer Warnweste, Unterlagen im Handschuhfach und einem Kaffeebecher gab es nichts. Der Wagen sah so neu aus, als hätte ihn der Besitzer vor wenigen Stunden erst gekauft und aus dem Autohaus abgeholt.

»Tommy? Oder Kalle? Jemand da?«

Es war wieder Kalle, der sich meldete. »Wir sind noch dran, ja.«

»Der Typ flieht gerade aus dem Haus. Ich muss ihm folgen. Wie komme ich aus dieser Karre?«

»Wie du aus der Karre kommst? Keine Ahnung.«

Ben klopfte vorsichtig mit der Innenseite seiner Faust an die Scheibe. »Irgendein neuerer Mercedes, ich hab keine Ahnung von Autos. Kann man so eine Scheibe einschlagen?«

Kalle machte ein seltsames Geräusch. »Ich hab keinen blassen Schimmer.«

»Googel doch einfach mal«, brüllte er ins Handy. Waidmann war immer noch zu sehen, aber es würde nicht mehr lange dauern, bis er aus Bens Sichtfeld verschwand.

»Hier steht was von einem robusten, spitzen Gegenstand. Einem Notfallhammer zum Beispiel.«

So weit war ich auch schon.

»Hab ich keinen.«

»Eintreten soll auch funktionieren«, sagte Kalle. »Allerdings nur bei einigen Autos. Nahe den Türangeln. Nicht in die Mitte.«

Ben rutschte auf dem Rücksitz mit den Füßen nach oben und drückte seine Schuhe ans Glas.

»Warte mal«, wies Kalle an und murmelte unverständliche Sätze vor sich hin. Er schien einen Text zu überfliegen und redete dabei. »Ein neuerer Mercedes, sagtest du?«

Waidmann verschwand in der Nacht.

»Ja, wieso? Spielt das eine Rolle?«

»Hier steht, bei älteren Modellen schneidet man sich eher den Unterschenkel auf. Aber bei neueren Autos zersplittert das Glas in seine Einzelteile. Sollte also klappen.«

Sollte also klappen? Na fantastisch.

Ben hatte keine Alternative. Er musste Waidmann unter allen Umständen folgen, das Handysignal hatte Sulla und ihn hierhergeführt. Würde er ihn jetzt verlieren und Viola wäre nicht hier, wäre sie dem Tod geweiht. »In Ordnung«, sagte Ben zu sich selbst und legte das Handy weg. »Ich bekomm das hin.«

Dann trat er gegen die Scheibe. Die ersten beiden Tritte waren noch zu zögerlich und bewirkten lediglich ein dumpfes Knarren, der dritte sorgte dafür, dass erste Risse entstanden. Ben zog eine ängstliche Grimasse und wuchtete seine Füße mit voller Kraft erneut dagegen. Dann zersplitterte die Scheibe.

Ben musste mit den Füßen noch einige Glassplitter heraustreten, um sich nicht zu verletzten. Er krabbelte hinaus und landete auf dem nassen Asphalt.

Unfassbar, ich habs geschafft!

Waidmann war allerdings weg. Ben richtete sich auf und eilte die Straße hinunter. An der ersten Kreuzung bog er genau wie Waidmann nach rechts ab. Nichts war zu sehen von dem Therapeuten. Er lief weiter. Eine junge Frau mit grün gefärbten Haaren und einer Kippe im Mund lief an ihm vorbei. Sie tippte mit beiden Händen auf ihrem Smartphone.

»Sorry, kurze Frage. Hast du einen Kerl in einer grünen Jacke gesehen?«

Die Frau sah ihn kurz an. »Nee, sorry.«

Nimm halt mal den Kopf hoch beim Laufen.

Er kam an eine weitere Kreuzung. Ein Blick nach rechts und links offenbarte zwei spärlich beleuchtete Seitenstraßen, die ins Nichts zu führen schienen.

Scheiße! Wo ist er hin?

Er öffnete GoogleMaps und ließ sich seinen Standort anzeigen, während er weitermarschierte. Es dauerte einen Moment, bis das GPS-Signal funktionierte, dann betrachtete er den Plan. Es sah so aus, als würde auf der linken Seite bald eine Art Hauptstraße kommen. Ein Blick auf seinen Akku ließ erneut nichts Gutes erahnen, er stand auf drei Prozent. Ben schaute sich noch einmal den Weg an und schaltete dann das Handy aus. Er musste sichergehen, dass er zumindest noch einmal die Polizei anrufen konnte.

Nach zwei weiteren Straßenkreuzungen erblickte er die große, wesentlich auffälliger beleuchtete Straße. Als er sie erreichte, blieb ihm keine Sekunde zum Überlegen.

Sofort sprang ihm die grüne Jacke ins Auge, Waidmann stand neben einer Bushaltestelle auf einem breiten Fußgängerweg vor einer Sporthalle. Ein Taxi hielt direkt vor ihm.

Ben rannte los. Über die Straße und direkt auf das Taxi zu. Waidmann saß schon darin. Er hatte sich auf die Rückbank gesetzt und das Auto fuhr an.

»Halt!« Ben rannte direkt vor den Wagen, woraufhin dieser nach einem knappen Meter wieder stoppte. Er riss die Beifahrertür auf. Dabei zog er die Kapuze seines Hoodies weit über seine linke Gesichtsseite und drehte sich möglichst so hin, dass Waidmann ihn nicht erkennen konnte.

»Sind Sie verrückt?«, rief der Taxifahrer, ein älterer Türke.

»Entschuldigen Sie. Wohin fahren Sie?«

»Baltmannsweiler«, antwortete der Fahrer.

»Echt jetzt? Das ist ja perfekt.« Ben versuchte dabei, Euphorie vorzutäuschen. »Würden Sie mich mitnehmen? Ich bin klitschnass und muss echt nach Hause.«

Der Türke schaute kurz nach hinten, hob dann die Schultern und sagte: »Wenn Sie auch dahin wollen … steigen Sie ein.«

Ben sprang ins Auto, schloss die Tür und schnallte sich an.

Der Wagen setzte sich wieder in Bewegung.

»Wohin wollen Sie denn genau?«, fragte der Fahrer.

Ben betrachtete die Umrisse der grünen Jacke, die sich in der Frontscheibe vor ihm spiegelte. Waidmann saß direkt hinter ihm.

»Alles gut«, antwortete Ben. »Der Herr hinter mir war zuerst. Setzen Sie ihn ruhig vor mir ab. Ich hab Zeit. Immerhin sitze ich ja jetzt im Trockenen.«

Der Fahrer schien damit zufrieden zu sein, doch dann schaltete Waidmann sich in die Konversation mit ein. »Ich habe es auch nicht eilig.« Mit dem Wissen darüber, wer er war, klang seine Stimme gespenstisch. »Wo müssen Sie denn hin?«

Ben war noch nie in Baltmannsweiler gewesen und kannte somit keine der dortigen Straßennamen. Wenn er etwas Falsches sagte, würde er auffliegen, aber auch eine korrekte Adresse konnte dafür sorgen, dass er Waidmann verlieren würde, wenn er vor ihm abgesetzt würde.

»An der Tankstelle können Sie mich rauslassen«, improvisierte er.

Der Fahrer runzelte sie Stirn, kurz darauf folgte aber ein Lächeln. »Aral? Beim Friedhof?«

»Genau«, sagte Ben.

Friedhof, na klasse. Wie passend. Wenn ich nicht aufpasse, kann es gut sein, dass ich bald genau dort liege.

»Dann haben Sie Glück«, beglückwünschte der Taxifahrer Waidmann. »Hauffstraße kommen wir früher vorbei.«

Halleluja.

Waidmann sagte nichts mehr dazu.

Die Fahrt bis nach Baltmannsweiler fühlte sich wie eine Ewigkeit an. Immer wieder ertappte Ben sich dabei, wie er versuchte, Waidmann im Spiegel anzuschauen. Ansonsten war sein Blick auf das reflektierte Grün in der Frontscheibe gerichtet.

Hast du Viola dort versteckt? In der Hauffstraße?

Das Gefühl, dass hinter ihm ein Auftraggeber mehrerer Morde saß, war grauenvoll. *Warum macht er so etwas? Wie ist es ihm gelungen, dass diese ganzen Leute für ihn Menschen umbringen?*

»Du kommst von Party?«

Ben realisierte erst, dass der Taxifahrer mit ihm sprach, als dieser ihn direkt ansah.

»Ähm ... Party? So ähnlich, ja.« *Eher von einem verdammten Horrortrip, der noch immer nicht vorbei ist.*

Der Fahrer lachte. »Und Sie? Auch von Party?« Seine Frage ging an Waidmann.

»Genau, auch von Party«, antwortete der Therapeut nüchtern. Ben hörte klar heraus, dass Waidmanns Antwort nichts weiter gewesen war als die einfachste Möglichkeit, das Gespräch nicht länger als nötig aufrechterhalten zu müssen.

»Ich auch gestern auf Hochzeit«, erzählte der Türke mit einem Grinsen im Gesicht. »Mein Tochter hat gefeiert. Großes Fest, wir haben in ...«

»Bitte«, unterbrach Waidmann ihn mit scharfem Ton. »Fahren Sie doch bitte einfach weiter und ersparen Sie uns das Gerede.« Der Therapeut blickte auffällig Richtung Ben, als ob er sein Gesicht sehen wollte.

Ben musste schlucken. *Hat er mich erkannt?*

Dann fing Bens Herz an zu rasen.

Violas Handy – Waidmann hatte es in der Hand. Die Spiegelung des rosafarbenen Smartphones befand sich direkt vor dem grünen Hintergrund seiner Jacke. Er hatte es also doch gefunden.

Waidmann tippte darauf herum, dann hielt er es ans Ohr.

Scheiße! Der Dreckskerl ruft an. Bestimmt will er wissen, ob es bei mir klingelt.

Zum Glück fiel Ben wieder ein, dass er sein Handy ausgeschaltet hatte. Ein Stein fiel ihm vom Herzen.

Meine Mailboxansage! Fuck!

Die Aufnahme war verrauscht und zudem etwas leise, aber er hatte keine Ahnung, wie gut Waidmann darin war, Stimmen zu erkennen. Jedenfalls steckte der Therapeut das Handy wieder weg.

Baltmannsweiler – sie fuhren gerade in die Ortschaft.

Ben zog sein Handy aus der Tasche und tat so, als ob er es bedienen würde. Er achtete darauf, dass Waidmann nicht erkennen konnte, dass sein Display schwarz war, und hielt sich das Handy ans Ohr.

»Hallo, ich bins«, sagte er. »Ja, doch ... bin gleich daheim. Dauert nicht mehr lange. Ja, sorry, hab ein bisschen die Zeit vergessen.« Er steckte das Handy wieder weg. »Frauen. Immer meckern sie rum, wenn man zu spät kommt.«

Der Türke ging sofort darauf ein und erzählte, wie schlimm seine Frau war.

Dann hatten sie die Hauffstraße erreicht. Der Wagen stoppte.

»Machen wir zehn Euro«, sagte der Fahrer. »Jeder von euch Hälfte.«

Waidmann reichte ihm das Geld nach vorn und stieg aus. Der Fahrer steckte es in seine Geldbörse und griff ans Lenkrad.

»Warten Sie kurz.«

Der Türke schaute ihn fragend an.

Waidmann stand noch immer dort, wo er ausgestiegen war. Obwohl es mittlerweile aus Kübeln schüttete, bewegte er sich nicht vom Fleck.

»Okay, fahren sie.«

Der Fahrer nickte und fuhr los.

»Jetzt rechts«, sagte Ben.

»Aber links ist kürzer.«

»Machen Sie einfach.«

Das Taxi bog in die nächstmögliche Straße nach rechts.

»Okay, hier können Sie mich rauslassen.«

»Aber das ist nicht Rosenstraße.«

»Ich weiß. Zehn Euro, ja?« Ben hielt ihm den Schein entgegen.

»Wie Sie wollen.«

Dann stand Ben im strömenden Regen. Irgendwie musste er an Sullas Handynummer kommen. Er schaltete sein Handy wieder an und wählte die 110.

20

Jakob

Als Jakob wieder zu sich kam, war er von zahlreichen Personen umzingelt. Es dauerte einen Augenblick, bis er realisierte, dass er noch immer in der Wohnung war.

»Herr Sulla, geht es Ihnen gut?« Ein Polizist beugte sich ein Stück zu ihm hinunter. Man hatte ihn aufs Sofa gesetzt. »Der Krankenwagen ist gerade eingetroffen, es wird gleich jemand zu Ihnen kommen.«

»Der zweite Kerl?«, erkundigte sich Jakob. »Habt ihr ihn?«

»Der zweite Kerl?«, wunderte sich der Beamte. »Wir haben nur Sie und den Toten hier aufgefunden.«

Verdammte Scheiße! Waidmann ist weg!

Im selben Moment kamen zwei Rettungssanitäter in den Raum und auf ihn zu.

»Hallo. Wie heißen Sie denn?«, erkundigte sich der Ältere der beiden.

»Sulla.«

»In Ordnung, Herr Sulla. Sie sind am Arm verletzt?« Er warf einen Blick auf den blutigen Oberarm.

»Er hat mich mit einer Nagelschere erwischt.«

»Haben Sie sonst noch Schmerzen oder Verletzungen?«

Jakob verneinte mit einem Kopfschütteln. Er schaute zu dem Polizisten, der an der Eingangstür zum Wohnzimmer stand. »Habt ihr hier eine junge Frau gefunden?«

»Nein. Wie gesagt, nur Sie und den Toten.«

Der Sanitäter nahm vorsichtig seinen Arm. »Alles klar, wir schauen uns kurz die Wunde an, ja?«

Der Mann schnitt Sullas Hemd mit einer Schere auf und machte sich mit diversen Tupfern an der Wunde zu schaffen. Jakob schaute nicht hin. Blut zu sehen, machte ihm nichts aus. Sein eigenes jedoch, ließ ihn schnell Übelkeit verspüren.

»Halb so schlimm«, sagte der Jüngere. »Wir müssen allerdings mit ein paar Stichen nähen.«

Ja, mach einfach und sei ruhig.

Jakob ärgerte sich. Obwohl es ihm gelungen war, Michael Kringle auszuschalten, war Waidmann noch immer auf freiem Fuß. Er hatte ihm direkt gegenübergestanden. Dem Mann, der für diese ganze Scheiße verantwortlich war und wegen dem Jakob sich in den letzten Wochen das Hirn zermartert hatte. Durch seine eigene Unachtsamkeit hatte Waidmann fliehen können.

Ein schmerzhafter Stich ließ ihn kurz aufstöhnen. Die restlichen Stiche schmerzten weniger als erwartet. Nach ein paar Minuten hatten sie ihn versorgt und die Wunde abgeklebt.

Moritz und Emma kamen durch die Tür. Als sie Jakob sahen, eilten sie sofort zu ihm.

»Hey.« Emma ergriff seine Hand. »Wie gehts dir?«

»Alles halb so wild.« Er blickte auf seinen Arm. »Nur ne Schnittverletzung.«

»Du hättest warten müssen«, sagte Moritz. »Irgendwann gehst du bei deinen Alleingängen noch drauf.«

»Ich hatte ihn«, murmelte er mit gesenktem Kopf.

»Du meinst Waidmann?«

»Ja. Er stand am Fenster, ich hatte ihn im Visier. Hab den anderen Kerl nicht kommen sehen. Extrem dumm von mir.«

Emma streichelte seinen Arm. »Der kommt nicht weit. Die Fahndung ist schon raus.«

Ihre Worte waren kaum geeignet, ihn zu trösten. Er hätte das Ganze schon längst abschließen können.

»Ist das Kringle?« Moritz deutete auf den leblosen Körper.

»Ich schätze, schon. Waidmann war anscheinend bei ihm. Aber wo ist die Frau?«

»Welche Frau?« Emma sah hübsch aus.

Jakob sah sich um. Irgendwo musste Violas Handy liegen, das Wismer und ihn hierhergeführt hatte. Auf den ersten Blick war nichts zu sehen. Vielleicht in einem der anderen Räume? Oder Waidmann hatte es bei seiner Flucht mitgenommen.

»Bist du mit Betzolds Auto hier?«, fragte Moritz.

»Ja, wieso?«

»Weil das draußen an der Straße steht mit eingeschlagenem Fenster.«

Wismer! Ob er Waidmann gesehen hat, als er abgehauen ist?

Jakob wählte die Nummer des Esslinger Polizeireviers.

»Sulla hier. Ich brauch die Handynummer von diesem Ben Wismer. Fragen Sie nicht so blöd, schicken Sie mir jetzt die Nummer. Sofort!« Er legte das Handy auf seinen Oberschenkel und wartete.

»Ich schau mich mal um«, sagte Moritz und ging davon.

»Hab mir Sorgen um dich gemacht.«

Jakob lächelte. Dass Emma nach ihrem Streit wieder mit ihm redete, war ein schönes Gefühl. Mehrere Male war er kurz davor gewesen, sie anzurufen, doch er wusste, dass er damit alles nur schlimmer machen würde. Sie hatte ihren Standpunkt klargemacht: Beziehung oder Schlussstrich. Jakob hatte von Anfang an mit offenen Karten gespielt, weswegen ihn Emmas plötzlicher Entscheidungsdruck massiv geärgert hatte. »Musst du nicht. Ich kann auf mich aufpassen.«

»Das sieht man. Du solltest mal auf andere hören, anstatt immer nur dein Ding durchzuziehen. Dann würdest du nämlich sehen, dass das vieles einfacher macht.«

»Vielleicht hast du recht«, sagte er, ohne wirklich überzeugt davon zu sein.

Die SMS mit Wismers Nummer erreichte ihn.

Er rief sofort an, doch das Handy war aus. Mailbox.

»Also gut.« Jakob stand auf. Der Schmerz in seinem Fuß war nicht wegzureden, aber auszuhalten. »Dann fahr ich jetzt doch mal nach Hause.«

»Soll ich dich fahren?«

So verführerisch ihr Angebot klang, Jakob wollte heute nur noch allein sein. Außerdem hoffte er, dass Wismer doch noch ans Telefon ging. »Lieb von dir, aber ich brauch jetzt erst mal Ruhe.«

Emma nickte leicht enttäuscht. »Erhol dich etwas.«

Jakob verabschiedete sich mit einem Kuss auf die Wange und lief nach draußen in den Flur, wo sich Moritz und sein Chef Jürgen unterhielten. Als die beiden ihn sahen, unterbrachen sie ihr Gespräch.

»Jakob«, sagte Jürgen und verteilte seinen Qualm im Gang. »Alles klar bei dir?«

»Alles gut.«

»Was ist passiert? Moritz hat erzählt, dieser Waidmann wäre auch hier gewesen?«

»Ja, war er. Ich wollte ihn festnehmen, dann hat mich dieser Kringle angegriffen. Ich hatte leider keine Wahl, als ihn zu erschießen.«

Jürgen nickte auf seine ganz spezielle Art – es war ein Nicken mit einer Art Grimasse, die er zog, wenn er zwar nicht begeistert von etwas war, aber akzeptiert hatte, dass die Sache eben so gelaufen war.

»Wurden die Wohnung und die Praxis von diesem Therapeuten schon untersucht?«, wollte Jakob wissen.

Jürgen zog an seiner Zigarette, als wäre darin lebensnotwendiger Sauerstoff enthalten, und lehnte sich gegen die Wand. »Ist im Gange. Soweit ich informiert bin, wurde noch nichts gefunden.«

Nichts gefunden? Irgendwo muss dieser Kerl doch Hinweise auf die ganze Scheiße hinterlassen haben. »Gar nichts? Das gibts doch nicht.«

»Dieser Fall kostet mich die letzten Nerven, die ich noch habe. Gestern hab ich gedacht, das alles hat endlich ein Ende. Ich hab mir schon die Worte für die Presse zurechtgelegt und bin heut Nacht zum ersten Mal seit Langem wieder eingeschlafen wie ein Baby. Und jetzt dieser Scheiß hier ...«

Jakob hatte wenig Mitgefühl mit seinem Chef. Er war es, dem dieser Fall an die Nieren ging.

»Du gehst jetzt nach Hause und ruhst dich aus. Morgen machen wir dann den Papierkram.«

»Okay.«

Jakob verabschiedete sich von Moritz und lief zur Wohnungstür.

»Nach Hause, hast du verstanden?«, wiederholte Jürgen deutlich.

»Hab verstanden, Chef.«

***

In Betzolds Mercedes mit der neuen unfreiwilligen Belüftung hinten links steckte Jakob den Schlüssel in die Zündung, startete den Wagen aber noch nicht. Er wählte ein weiteres Mal Wismers Nummer. Zum vierten Mal begrüßte ihn dessen kurze Mailboxansage.

Wo zum Teufel steckst du?

Eine Ortung war mit ausgeschaltetem Handy nicht möglich, weswegen ein Anruf in der Zentrale keinen Sinn machte. Die großflächige Fahndung nach Waidmann war draußen, jetzt galt es zu warten. Nicht gerade seine Stärke.

Er drehte den Zündschlüssel um, fuhr aus der Ortschaft und auf die Bundesstraße, während hinter ihm kalte Nachtluft ins Auto strömte. Er schaltete die Musik im Radio lauter und lauschte wie in Trance einer Live-Version von *Drops of Jupiter.*

Sein Magen knurrte.

Die Anzeige im Autodisplay zeigte 3:40 Uhr.

Jakob dachte an seinen leeren Kühlschrank mit der halb leeren Milch.

Ob Burger King noch aufhat?

Er stellte sein Glück auf die Probe. Bis zum Fast-Food-Restaurant waren es nur gute drei Kilometer. Zu seiner

Freude brannte im Inneren noch Licht, im Drive-in warteten zwei weitere Autos.

Na, wenigstens das.

Er stellte den Wagen in die Autoschlange. Kurz darauf war er bereits an der Reihe und bestellte sich ein Menü mit einem Burger extra. Wenig später reichte ihm die müde aussehende Blondine das Essen, wunderte sich über die kaputte Scheibe und wünschte ihm eine gute Nacht.

Jakob parkte ganz am Ende des riesigen Parkplatzes vor einem Zaun, schnallte sich ab, wechselte den Radiokanal und widmete sich seinem Menü. Das Essen war nur noch lauwarm, schmeckte aber trotzdem gut. Er aß in aller Ruhe und lauschte der gediegenen Rockmusik der Neuen 107,7.

Dann klingelte sein Handy.

Der zweite Burger, den er gerade mühevoll aus der Box herausgehoben hatte, wanderte zurück in die Verpackung.

Wismer! Endlich!

»Wo zum Teufel sind Sie?«, fragte Jakob.

»Mein Akku ist gleich leer!«, erklärte Wismer hektisch. »War Viola in der Wohnung?«

»Nein.«

Wismer schnaufte enttäuscht. »Okay. Ich weiß, wo er ist. Und hoffentlich auch Viola.«

Sofort startete Jakob den Wagen. »Waidmann?«

»Ja. Was genau haben Sie da drin gemacht? Er ist einfach rausspaziert.«

Dasselbe frag ich mich auch.

»Er ist mir entkommen. Leider hat mich einer seiner *Patienten* verletzt. Wo sind Sie jetzt?«

»Er ist gerade in ein Haus rein.«

Ben gab ihm die Adresse durch, die Entfernung betrug nur knappe fünf Kilometer.

»Steht der Name Georg Duric auch auf ihrer Kursteilnehmerliste?«

Jakob schaute auf sein Handy und suchte hastig nach den Fotos mit den Listen von Waidmanns ehemaligen Kursen.

Duric war auf keinen Fall ein Teilnehmer von Waidmanns letztem Kurs – Jakob kannte die Liste auswendig – aber ihn beschlich das Gefühl, dass möglicherweise ein Blick in die alten Listen etwas bringen könnte.

»Sulla? Sind Sie noch da?«

»Ja«, antwortete Jakob laut. »Warten Sie kurz.«

Er scrollte die Listen durch, auf dem vierten Foto wurde er fündig.

»Passen sie auf! Georg Duric ist tatsächlich auf einer Liste von einem Kurs von vor zwei Jahren. Ich bin auf dem Weg. Bleiben sie auf jeden Fall, wo sie sind. Wismer? *Wismer!*«

Wismer hatte bereits aufgelegt.

21

Sonntag, 04:26 Uhr

Ben

Bens durchnässte Kleidung klebte an seiner Haut. Er steckte das Handy zurück in die Hosentasche. Es hatte sich ohnehin soeben ausgeschaltet.

Hoffentlich macht Sulla es besser als zuvor, dachte er. Der Kommissar war der Einzige gewesen, der ihm zugehört und vertraut hatte. Auch wenn er Waidmann hatte entkommen lassen, so war er für Ben immer noch die beste Option.

Ben hatte die lange Treppe hinter sich gelassen und stand nun direkt vor dem Einfamilienhaus. Aus der Entfernung hatte er Waidmann beobachtet, wie er einen Schlüssel unter einem der Blumenkübel im Garten hervorgeholt und damit die Haustür aufgeschlossen hatte.

Viola muss einfach da drin sein.

In seinen Gedanken kreisten schreckliche Vorstellungen, in denen Viola möglicherweise bereits irgendwo unter der Erde oder in einem dunklen Keller lag. Leblos.

Er zwang sich, diese Szenarien aus seinem Kopf zu vertreiben.

Die Rollläden an den Fenstern im Erdgeschoss waren heruntergezogen. Ben schlich zur Eingangstür, dann um das Gebäude herum. Er drückte sich an die Hauswand und starrte in Richtung der Straße. Sulla war noch nicht zu sehen.

Unter keinen Umständen wollte Ben erneut einen Fehler begehen, er musste auf den Polizisten warten.

Die kalte Nachtluft strömte in seine Nase. Ein Auto näherte sich, und Bens Herz pochte, doch der Wagen entfernte sich wieder.

Zum Teufel, Sulla, wo bleibst du?

Dann drang ein Schrei aus dem zweiten Stock. Ganz leise und doch laut genug, dass Ben ihn hören konnte.

Viola!

Ben war sich sicher, dass er ihre Stimme erkannt hatte.

Scheiße, was jetzt?

Sein Verstand wies ihn an, weiter auf Sulla zu warten, doch er durfte keine Zeit verlieren. Im Obergeschoss brannte in mehreren Zimmern Licht, zwei nebeneinanderliegende Fenster standen gekippt.

Die könnte ich aufbekommen. Aber wie komm ich da hoch?

Hinter dem Haus entdeckte Ben eine bessere Alternative – ein kleines Kellerfenster.

Nach kurzer Suche wurde er fündig. Ein Gartenzwerg sollte ihm helfen, in den Keller zu gelangen. Ben hatte nach all dem, was er in dieser Nacht erlebt hatte, keinerlei Skrupel mehr, in ein fremdes Haus einzubrechen. Auch dass ihn kaltes Licht, ausgelöst durch einen Bewegungsmelder, anstrahlte und für alle Nachbarn sichtbar machte, scherte ihn nicht.

Sollen sie doch die Polizei rufen. Ist mir nur recht. Sulla ist eh schon auf dem Weg.

Als ein Auto direkt am Haus vorbeifuhr und die Reifen auf dem Asphalt die Stille der Nacht störten, zertrümmerte Ben mit einem schnellen Schlag mit der Keramikfigur die Scheibe.

Er schlug die abstehenden Splitter noch sorgfältiger ab als schon bei der Autoscheibe des Mercedes, da die Öffnung in den Keller wesentlich kleiner war und er sich mühsam hindurchzwängen musste.

Mit den Füßen zuerst kletterte er hinein und stand direkt auf einer Waschmaschine.

Über ihm im Erdgeschoss Schritte.

Vorsichtig stieg er auf den Boden des dunklen Kellers. Das Licht draußen ging aus und Ben sah die Hand vor Augen nicht mehr.

Scheiße! Und das Handy ist auch leer.

Zumindest hatte er die Waschküche kurz sehen können, weswegen er nicht ganz orientierungslos war. Vorsichtig und mit den Händen tastend bahnte er sich den Weg an der mit Holzbrettern vertäfelten Wand entlang. Seine Hand erfühlte einen Türrahmen mit einem Gang nach rechts.

Bens Herz sprang beinahe aus seiner Brust, als er plötzlich ein Bild berührte und es fast von der Wand riss. Er konnte den Bilderrahmen noch rechtzeitig packen und stellte ihn neben sich an der Wand ab.

Der Weg an der Wand entlang führte schließlich zu einer Tür. Nach kurzem Suchen hatte er die Türklinke in der Hand.

Verschlossen.

Ben tastete sich den Flur entlang und gelangte zu einer weiteren Tür. Er war so angespannt, dass seine Atemzüge stockten. Er drückte die Klinke nach unten, die Tür ging auf.

Ben setzte einen bedachten Schritt in die Finsternis. Ein widerwärtiger Geruch lag in der Luft, der an vermodertes Fleisch erinnerte.

Lautes Hundegebell setzte ein. Ben zuckte zusammen und klammerte sich an den Türrahmen. Einen Moment später realisierte er, dass das Geräusch von draußen kam. Ein Licht am Nachbarhaus ging an und sorgte dafür, dass schwache Lichtstrahlen durch ein kleines Gitterfenster an der linken Seite des Raumes hindurchkamen. Ben konnte schwache Konturen von Schränken und Kleiderständern an der Wand erahnen. Dann ertastete seine Hand einen Lichtschalter. Er drückte ihn.

Heilige Scheiße!

Das Bild, das sich Ben offenbarte, versetzte seinen Körper in eine Schockstarre. Der Augenblick schien stillzustehen und Bens Verstand wehrte sich dagegen, zu akzeptieren, was ihm seine Augen zeigten. Er musste würgen. Es war das Grauenvollste, das er jemals gesehen hatte.

Ein lebloser Frauenkörper, übersät mit zahlreichen Stich- und Schnittwunden sowie zusammengenähten Hautfetzen, angekettet an einer Holzwand. Finger und Zehen waren allesamt angenäht worden, ebenso die Ohren. Auch die Augen schienen zuerst entnommen und anschließend wieder eingesetzt worden zu sein.

Bens Knie zitterten. *Was für eine kranke Scheiße läuft hier?*

Er verließ den Raum und war froh, wieder in der Dunkelheit auf dem Gang zu sein. Waidmann und seine Anhänger schienen Leichenteile zu sammeln und sie irgendwie zusammenzunähen. Ben drückte seinen Rücken an die Wand und rutschte Richtung Boden.

Obwohl er nichts sehen konnte, verspürte er Schwindel. Er rieb sich die Schläfen und atmete tief ein.

Okay, reiß dich zusammen! Viola kann immer noch am Leben sein. Sie muss hier sein. Ich muss sie finden.

Er benötigte noch einen Moment, um sich zu sammeln, dann stemmte er sich wieder in die Höhe und tastete sich weiter die Wand entlang. Noch mehr Bilder hingen dort, aber Ben war vorsichtiger als zuvor. Er kam zu einer weiteren Tür.

Die Hemmschwelle, die Tür zu öffnen, war nach dem fürchterlichen Anblick riesengroß, doch Ben hatte keine Wahl. Er drückte die Klinke nach unten und zog die Tür auf. Licht durchflutete den Kellergang. Ben stand am Ende einer Treppe, die direkt aus der Wohnung im Erdgeschoss in den Keller führte. Im Flur, soweit er ihn erkennen konnte, brannten kleine Spots auf Bodenhöhe.

Ben zog die Schuhe aus. Auch seine Socken waren mittlerweile nass, weswegen er sich auch derer entledigte. Leise schlich er die Treppe nach oben und spähte in den offenen, geräumigen Flur. Links konnte er die Haustür sehen. Direkt davor führte eine marmorierte Treppe ins obere Stockwerk. Rechts ging es in eine Küche mit Essbereich. Weiter konnte Ben nicht sehen.

Viola, wo bist du? Ben lauschte. Er hörte eine leise Stimme im Obergeschoss.

Vorsichtig huschte er zur Treppe und schlich nach oben. Ein kleiner Flurbereich führte zu drei Türen, allesamt geschlossen. Bevor Ben sich weitere Gedanken machen konnte, näherten sich Schritte hinter der Tür direkt vor ihm. Ben musste sich zwischen den zwei anderen Räumen entscheiden.

Links oder rechts?

Ben huschte nach rechts in den Raum. Ein Musikzimmer. Das Licht aus dem Flur reichte aus, um die zahlreichen Schallplatten- und CD-Regale zu sehen. An den Wänden hingen zwei Gitarren, in der Ecke stand ein alter Loungesessel.

Ben ließ einen Spalt offen und schaute hindurch.

Waidmann.

Der Therapeut kam aus dem Zimmer und lief die Treppe nach unten. Er trug zwar nicht mehr seine grüne Jacke, aber Ben erkannte den schlaksigen Mann mit seiner leicht buckeligen Körperhaltung mittlerweile auch so.

Ein Geräusch kam aus dem Raum, aus dem er gekommen war. Ben hörte genauer hin.

Viola. Sie weinte.

Sofort eilte er aus dem Zimmer zurück in den Flur. Er schaute kurz zur Treppe, aber Waidmann war nicht zu sehen.

Ben schlich zur Tür und öffnete sie.

Er schluchzte auf, als er Viola auf dem Bett liegen sah.

Du lebst noch! Gott sei Dank.

Ben schloss die Tür bis auf einen Spalt weit und eilte zu Viola. Als sie ihn erblickte, schien sie nicht glauben zu können, dass er hier bei ihr war.

Viola war am Bett an Händen und Füßen mit Kabelbindern festgebunden. Über ihrem Auge blutete eine kleine Platzwunde. Ihre Wangen waren feuerrot und mit Tränen überschwemmt, im Mund hatte sie einen Knebel.

»Viola«, sagte Ben leise und streichelte ihren Kopf. »Ich bin da.«

Sie weinte vor Glück.

»Ich hol dich hier raus«, versprach er. »Die Polizei ist gleich da. Du brauchst keine Angst mehr zu haben. Alles wird gut.«

Ben war bereits im Begriff, ihr den Knebel aus dem Mund zu nehmen, als er Schritte auf der Treppe hörte.

Fuck!

Hektisch sah er sich um und eilte zurück zur Tür. Es steckte kein Schlüssel im Schloss. Ben überlegte kurz, sich mit Viola zu verbarrikadieren, bis die Polizei eintreffen würde, aber im Raum befanden sich nur ein riesiger Schrank und eine kleine Kommode. Nichts Brauchbares, um sicherzustellen, dass Waidmann nicht ins Zimmer kommen könnte.

Ich brauche irgendetwas, um mich zu verteidigen.

Ben öffnete eine Schublade. Darin fand er nichts außer Socken, Unterwäsche und Magazine.

Scheiße, er ist gleich da.

Zum Rausgehen war es zu spät. Ben huschte zum Fenster und zog den blauen Vorhang auf. Mit eingezogenen Füßen setzte er sich auf die Fensterbank.

Die Tür ins Zimmer ging auf, da zog Ben die Vorhänge zu. Dann versuchte er, so still wie möglich zu sein.

Der dunkle Stoff ließ nicht erkennen, was im Zimmer geschah. Ben hoffte, dass er selbst ebenfalls nicht zu sehen war.

»Da bin ich wieder, du verfluchte Hexe«. Waidmanns Stimme klang völlig anders als sonst, fast wie ein Kind, das mit verstellter Stimme mit seinen Spielsachen sprach. »Du wirst brennen ... brennen wirst du. Oh ja, du dreckige Hexe! Sterben wirst du. Niemandem wirst du wehtun. Dafür sorge ich schon.«

Das Bett knarrte, dann stöhnte Viola laut.

Ben griff mit zittriger Hand nach dem Vorhang und zog diesen ein kleines Stück zur Seite, um ins Zimmer sehen zu können. Waidmann saß mit den Knien auf dem Bett und hatte sich über Viola gebeugt. Ben sah ihn von hinten, da das Kopfende des Doppelbetts an der gegenüberliegenden Seite des Zimmers lag. Waidmann packte und zog Viola an den Haaren. Der Knebel in Violas Mund erstickte ihre Schreie.

»Du wirst schon sehen, was ich mit dir anstelle! Verdammte Hexe!«

Ben musste ruhig bleiben. Er durfte jetzt keinen Fehler machen.

Auf einem Wandregal entdeckte er einen Schraubenzieher.

Waidmann entfernte sich vom Bett, lief ein paarmal auf und ab, während er irgendetwas vor sich hin murmelte, das sich wie »tu es« anhörte. Dann ging er wieder aus dem Zimmer und schloss die Tür hinter sich.

Der Schraubenzieher!

Ben hatte unbeschreibliches Glück, dass er nicht sofort aus seinem Versteck gekommen war, denn bereits wenige Sekunden später ging die Zimmertür wieder auf.

»Ich bin gleich wieder da. Dann wirst du fühlen, was Schmerz bedeutet.«

Die Tür knallte zu.

Ben eilte hinter dem Vorhang hervor und krallte sich das Werkzeug. Zuerst spielte er mit dem Gedanken, Waidmann zu überraschen, wenn dieser wieder zurückkommen würde. Hinter der Zimmertür konnte er sich jedoch nicht verstecken, da diese beim Aufgehen direkt an die Wand schlug. Ben schlich zurück auf die Fensterbank, wo er erneut die Vorhänge vor sich zuzog.

Er wartete.

Vom Fenster aus konnte man die Straße nicht erkennen, nur den Garten der Nachbarn.

Wo bleiben Sulla und die Polizei?

Viola wurde panisch, als Waidmann nach wenigen Minuten wieder in den Raum kam. Sie musste die große Schere in dessen Hand gesehen haben, die Ben erblickte, als er erneut den Vorhang ein Stück zur Seite zog.

Der Therapeut lief unruhig vor dem Bett umher, beschimpfte Viola als Hure und Drogenabhängige. Dann kniete er sich aufs Bett und beugte sich zu ihr.

Viola stöhnte erneut.

»Mach dir nicht selbst die Hände schmutzig«, redete Waidmann mit sich selbst. »Die Hexe muss aber sterben. Sie muss sterben!«

Okay, jetzt!

Vorsichtig kletterte Ben vom Fenstersims auf den Holzboden. Die Entscheidung zuvor, seine Schuhe auszuziehen, war jetzt Gold wert. Beinahe geräuschlos landete er auf dem Boden.

Waidmann hatte ihm noch immer den Rücken zugedreht.

Ben starrte nervös auf die Schere, die sich in Waidmanns rechter Hand befand.

»Du verfluchte Hure«, brabbelte der Therapeut. Immer wieder betitelte er sie unverständlicherweise als Hexe und Hure, als würde er Viola kennen und hassen. Er holte sogar mehrmals zum Zustechen aus, wobei

Ben jedes Mal die Luft wegblieb, führte seine Bewegung aber nicht zu Ende aus.

Ben setzte einen vorsichtigen Schritt vor den nächsten. Inständig hoffe er, dass er Viola rechtzeitig erreichen konnte, bevor der verrückte Therapeut seine Waffe einsetzen würde, doch bereits beim nächsten Schritt schnürte es ihm die Kehle zu.

Waidmann holte mit der Schere aus und stach zu. Violas Knebel konnte ihren Schmerz nicht auffangen.

Bens Herz raste wie eine Dampflok. »Neeeiiin!«, schrie er entsetzt.

Waidmann blickte völlig überrascht um sich.

Ben stürmte mit dem Schraubenzieher auf Waidmann los. Der Therapeut wich zur Seite und wollte in Richtung der Tür fliehen, aber Ben packte ihn mit der Linken am Pullover. Waidmann schlug wild um sich, Ben ließ sich davon nicht beirren. Ein Schlag traf ihn zwar mitten ins Gesicht, aber Ben ignorierte den Schmerz und stach Waidmann den Schraubenzieher mit voller Wucht in den Hals.

Röchelnd fiel Waidmann auf den Holzboden, Blut spritze aus der Wunde. Er robbte zur Tür und versuchte, sich die Waffe aus dem Fleisch zu ziehen. Es gelang ihm nicht. Kurz darauf bewegte er sich nicht mehr.

»Viola!« Die Schere steckte in ihrem Oberarm. Ben drückte seinen Kopf an den ihren. Sein Puls explodierte. Auch ihm schossen Tränen in die Augen. »Er wird dir nichts mehr tun, versprochen.« Er befreite sie von ihrem Knebel.

Viola schluchzte laut und schaffte es kaum, sich zu beruhigen.

Ben sprang auf und hastete zur Tür, bis Violas Wimmern lauter wurde.

»Ich suche nur irgendwas, um dich loszumachen«, erklärte er. »Ich bin gleich wieder da!«

»Die Schere!«, rief Viola mit schmerzverzerrtem Gesicht. »Zieh sie raus!«

Ben kam wieder zu ihr zurück.

»Druckverband«, murmelte sie. »Ich will, dass du das Ding rausziehst!«

Oh fuck! Na gut.

»Bist du dir sicher?«

»Jetzt zieh das scheiß Ding raus!«

Ben öffnete seinen Gürtel und schnallte ihn an Violas Arm oberhalb der Wunde. Dann zog er die Schere heraus und wunderte sich, dass Viola dabei nicht schrie. Wahrscheinlich war ihr Körper so voller Adrenalin, dass sie im Moment wenig davon spürte.

Mit der blutverschmierten Schere durchschnitt er die Kabelbinder.

»Ben!« Sie umarmte ihn und raubte ihm beinahe die Luft.

»Alles gut«, flüsterte er ihr ins Ohr. »Alles gut.«

»Wie … hast du mich gefunden? Er hat mir das Handy abgenommen.«

Er legte ihren Kopf an seine Brust und streichelte ihn. »Tommy hat mir geholfen. Ich … ich hab selbst nicht mehr dran geglaubt, dich zu finden.«

Dann schoss ihm in den Kopf, wo Viola und er sich eigentlich gerade befanden.

Nicht in Waidmanns Haus, sondern in dem von Georg Duric.

»Ist hier noch jemand?«, fragte er panisch.

»Ja, aber ich weiß nicht, wo er ist«, antwortete sie unter Tränen. »Er ist vorhin gegangen.«

Ben half ihr auf. »Los, wir müssen von hier verschwinden.«

Viola nickte.

Sie stiegen vom Bett. Beim Anblick der Leiche wurde es Ben übel. Er musste verdrängen, dass er einen Menschen getötet hatte. Schnell wandte er seinen Blick von Waidmann ab.

Die beiden machten um den leblosen Körper einen Bogen und marschierten schnellen Schrittes die Treppe hinunter.

Als sie etwa die Hälfte bewältigt hatten, öffnete sich die Eingangstür.

Ben hoffte auf Sulla, doch er lag falsch.

Ein groß gewachsener, kräftiger Mann sah Ben und Viola auf der Treppe, schloss die Tür und drehte den Schlüssel um.

22

Sonntag, 04:59 Uhr

Jakob

Jakob schickte ein Flüstern durch die geöffnete Autoscheibe: »Wismer!«

Der prasselnde Regen schien jedes Geräusch zu schlucken. Ein weiteres Mal rief Jakob nach draußen, doch Wismer war nicht da.

Dieser Vollidiot! Warum hat er nicht auf mich gewartet?

Er drehte den Schlüssel um und schaltete den Motor aus. Der Wagen stand direkt vor der von Wismer angegebenen Adresse. Es war das letzte Haus einer lang gezogenen Straße, an deren Ende ein Wald angrenzte. Jakob meldete die Adresse der Leitstelle und schickte Moritz eine Nachricht. Dann überprüfte er seine Pistole und stieg aus.

Mit seiner Taschenlampe machte er sich Licht. Sein durch die Nagelschere verletzter Oberarm schmerzte. Von der Straße führte eine lange Treppe nach oben zum Haus. Jakob erreichte den gepflasterten Vorplatz, ein Licht sprang an. Auch hier keine Spur von Wismer. Ums Haus herum führte ein kleiner Weg.

Jakob glaubte, Stimmen zu hören.

Da redet doch jemand!

Er eilte zur Hauswand und ums Eck, ein weiteres Mal wurde er durch einen Bewegungsmelder erkannt. Einen Augenblick glaubte er, sich getäuscht zu haben, doch dann hörte er ganz deutlich einen Schrei. Er kam von einer Frau.

Jakobs Blick wanderte nach oben zu einem offenen Fenster. Es brannte Licht.

»Der Schrank! Schnell!«, rief die Frau.

Die Stimme kommt aus dem Raum im Obergeschoss. »Hallo? Wer ist da oben?«

Ein lautes Rumpeln, dann schaute das verängstigte Gesicht einer jungen Frau aus dem Fenster. »Helfen Sie uns! Jemand will uns umbringen! Bitte rufen Sie die Polizei!«

»Keine Angst, ich bin Polizist«, antwortete Jakob.

Kurz darauf schaute noch jemand aus dem Fenster. Es war Wismer. Er war bei ihr im Zimmer.

»Sulla!«, rief er erleichtert. »Der Kerl steht vor der Tür und schlägt mit einem Beil dagegen. Ich glaube, es ist dieser Duric. Helfen Sie uns!«

»Die Polizei ist da, du mieses Dreckschwein!«, schrie Wismers Freundin.

Na gut, das Überraschungsmoment ist dahin. Scheiß drauf!

Jakob zielte mit seiner Pistole in die Luft und feuerte sie ab. Es war ein Warnschuss, um dem Angreifer im oberen Stockwerk zu signalisieren, dass die Frau keinen Blödsinn sprach, damit der Mann nicht weiter versuchte, die Tür einzuschlagen.

»Was ist mit Waidmann?« Jakob spähte durch ein Fenster vor ihm in ein Esszimmer. »Ist er auch noch im Haus.«

»E-E-Er ist tot«, stammelte Wismer. »Ich ... ich hab ihn umgebracht.« In seinem Gesicht stand die pure Verzweiflung.

»Er ist weg«, rief die junge Frau nach unten.

»In Ordnung, Wismer. Ich komme rein. Bleiben Sie mit Ihrer Freundin da oben! Und dieses Mal hören Sie auf mich, haben Sie verstanden?«

»Ja, hab ich.«

Jakob warf das Fenster mit einem Blumenkübel ein und kletterte vorsichtig nach innen ins Esszimmer. Einige Schritte weiter konnte Jakob einen langen Flur und die Haustür sehen, ebenso eine Treppe, die nach oben führte.

Seine Hände umklammerten konzentriert den Griff seiner Waffe. Vorsichtig lief er durch den Essbereich ins Wohnzimmer und an der Küche vorbei. Er inspizierte jede ersichtliche Versteckmöglichkeit. Ein Kachelofen brannte in der Ecke.

In der Küche war das Licht eingeschaltet, mehrere Schubladen waren aufgezogen.

Im Flur und die Treppenstufen nach oben brannten kleine Spots auf Kniehöhe. Hinter der Treppe im Flur gab es eine Vielzahl an Türen, zwei davon standen offen. Eine führte offenkundig in den Keller. Jakob hielt inne, nicht der geringste Laut war zu hören.

Wo hat sich dieser Bastard versteckt?

Waidmann war tot, aber Duric durfte ihm nicht entkommen. Unter keinen Umständen wollte Jakob erneut scheitern. Das Problem war, dass das Haus zahlreiche Fluchtmöglichkeiten bot. Die Haustür, die Fenster im Erdgeschoss, wahrscheinlich auch der Keller. Soweit er es erkennen konnte, waren die Fenster bis auf jenes, das er eingeworfen hatte, geschlossen. Er musste zügig die restlichen Räume durchsuchen. Jakob stand vor der ersten Tür und zog sie schnell auf. Eine vollgestellte Kammer.

Die Tür, die zum Keller führte, ließ er aus. Duric war noch im Stockwerk über ihm gewesen, als er mit Wismer gesprochen hatte. Die Möglichkeit, dass Duric es nach unten in den Keller geschafft hatte, bis Jakob im Haus war, war nicht ausgeschlossen. Jakob nahm aber an, dass er sich im ersten oder zweiten Stock versteckte.

»Wismer?«, schrie Jakob laut nach oben.

»Sulla! Wir sind hier!« Wismers dumpfe Stimme war kaum zu hören.

Er lief ein paar Treppen nach oben, damit die beiden ihn besser hören konnten. »Sehr gut. Bleibt im Zimmer.« Dann eilte er wieder nach unten in den Flur und nahm sich die nächste Tür vor. Eine Hand griff nach der Klinke, die anderen zielte mit der Waffe. Mit einem Ruck öffnete Jakob die Tür und fand sich in einem Gästezimmer wieder.

Er betätigte den Lichtschalter.

Die Fenster waren ebenfalls geschlossen, also musste er nur den großen Schrank durchsuchen. Gleiches Prozedere wie zuvor, mit beherztem Mut zog er die Tür auf, doch was er fand, waren ein Staubsauger und diverse Bettlaken.

Die Toilette und das Bad im Erdgeschoss waren ebenfalls leer, Jakob erblickte eine weitere Tür linker Hand neben dem Hauseingang. Als Jakob an der Haustür vorbeilief, drückte er probehalber die Klinke nach unten. Die Tür war abgeschlossen.

Während er wegen des Zugangs zum offenen Fenster immer wieder mit einem Auge auf den Wohnbereich schielte, zog Jakob auch diese Tür auf.

Die Tür stand noch nicht gänzlich offen, da prallte etwas dagegen. Jakob zuckte zusammen und torkelte einen Schritt zurück, sein Finger drückte den Abzug. Ein lauter Knall – die Kugel schoss durch das Holz.

Im nächsten Moment realisierte er, dass er auf ein Bügelbrett geschossen hatte, das beim Öffnen umgefallen war. Ein weiterer Abstellraum.

Oh Mann, Jakob.

Das Erdgeschoss war sauber.

Jakob ging zur Treppe und lief nach oben. Auch hier wartete ein kleiner Flurbereich, drei Türen waren zu sehen. Eine davon hatte großflächige Einschlaglöcher.

»Wismer?« Er klopfte an die Tür, hatte die anderen beiden Türen im Blick.

»Ja, wir sind hier. Haben Sie ihn erwischt?«

Nein, hab auf ein Bügelbrett geschossen. Das behalt ich aber für mich.

»Nein«, antwortete er. »Er muss hier oben sein. In einem der beiden Räume.«

Oder im Keller, dann ist er vielleicht schon weg.

Jakob zwang sich dazu, nicht weiter an diese Möglichkeit zu denken.

»Wo bleiben Ihre Kollegen?«, fragte Wismers Freundin, deren Namen er wieder vergessen hatte.

»Müssen gleich hier sein. Es ist alles in Ordnung, ihr beide habt es bald geschafft.«

»Passen Sie auf sich auf«, sagte Wismer.

Jakob lief weiter. Er entschied sich für die rechte Tür, da Menschen, wie er in einem Seminar für Verhaltenswahrscheinlichkeiten gehört hatte, in den meisten Fällen in der Panik nach rechts liefen. Praktisch war zudem der Schlüssel, der außen an der linken Tür steckte und mit dem Jakob die Tür abschloss.

Die andere Tür ging nach innen auf, was wesentlich gefährlicher war. Jakob öffnete sie, ging dann einen Schritt zurück und trat dagegen, um einem möglichen Überraschungsangriff von der Seite zu entgehen. Doch es passierte nichts dergleichen.

Beim Eintreten in den Raum – es war ein überaus großes Schlafzimmer – knallte er die Tür noch einmal ganz nach innen für den Fall, dass Duric hinter der Tür stünde.

In Ordnung, ganz ruhig bleiben. Er ist hier irgendwo.
Dann ein lauter Knall.
Er kam aus dem Flur.
Jakob eilte zurück und sah ein kleines, offen stehendes Türchen in der Wand, das aussah wie ein Abstellkämmerchen. Keinen Meter hoch, aber es hatte ausgereicht, dass sich jemand darin verstecken konnte. Laute Schritte, jemand rannte die Treppe nach unten. Als Jakob diese erreichte, floh der Mann bereits durch den Flur. Jakob zielte mit seiner Waffe, doch er zögerte einen Moment zu lange, dann war der Kerl im Keller verschwunden. Die Kellertür knallte zu.
Verdammte Scheiße!
Jakob rannte nach unten. Er öffnete die Tür und richtete seine Waffe in die Dunkelheit. Vorsichtig ging er die Treppe hinab. Unten angekommen, ertastete er mit der linken Hand einen Lichtschalter und drückte ihn. Nichts geschah.

Jakob zog die Taschenlampe aus seinem Gurt und leuchtete in den finsteren Flur. Auf der rechten Seite war eine Holztür, vermutlich eine Sauna. Sie war verschlossen.

Wo steckt dieser Dreckskerl?

Nach links zog sich ein langer Gang. Je weiter Jakob lief, desto klarer konnte er erkennen, dass der Flur in einen größeren Raum mündete. Davor auf beiden Seiten eine Tür.

Jakob lief zur rechten Tür, im selben Moment hörte er klirrendes Geräusch hinter sich. Sofort fuhr er herum. Es musste aus dem Raum gegenüber kommen.

Adrenalin durchflutete seinen Körper. Seine Anspannung zerschnitt jeglichen Ansatz eines Gedankens. Selbst das unangenehme Stechen in seinem Oberarm war verschwunden.

Jakob öffnete die Tür. Der Gestank von verwestem Fleisch und der metallische Geruch von Blut zogen in seine Nase. Der Anblick, der sich ihm im Inneren offenbarte, schnürte ihm die Kehle zu. Seine Hand, mit der er die Taschenlampe hielt, begann zu zittern. Das unruhige Licht strahlte einen entsetzlich entstellten Körper an, dessen grausame Einzelheiten Jakobs Verstand gar nicht richtig einzuordnen imstande war. Das Licht der Taschenlampe wanderte nervös hin und her.

Unter dem schrecklich zugerichteten Leichnam einer Frau, der mit gewaltigen Nägeln an einer Wand aus Holz befestigt worden war, befand sich ein dunkles Kellerloch, dessen Ränder blutverschmiert waren.

Was in Gottes Namen ...?

Ein Geräusch alarmierte Jakobs Verstand. Sofort machte er einen Satz nach links und konnte gerade so dem Beil des Angreifers ausweichen, der hinter einem Schrank hervorgesprungen war und auf ihn zustürmte.

Die eiserne Schneide knallte gegen die Steinwand. Jakob riss seine Dienstwaffe zur Seite und feuerte zwei unkontrollierte Schüsse ab. Im nächsten Moment traf ihn eine gewaltige Wucht, die ihn an die Wand schleuderte.

Jakob fiel nach dem Aufprall unsanft nach vorn. Seine Knie schlugen auf dem Boden auf. Mit seiner linken Hand fing er seinen Sturz ab, in der rechten hatte er noch immer seine Waffe fest umschlungen und schoss erneut ohne Orientierung mehrere Male in die Dunkelheit, bis sein Magazin leer war.

Dann wurde es still.

Nur Jakobs hastige Atmung. Jakob wusste nicht, ob er Duric erwischt hatte. Er blieb auf den Knien hocken und starrte in die Schwärze.

Plötzlich Schritte aus der Ecke.

Jakob stemmte sich nach oben, doch es war zu spät. Etwas traf ihn mitten im Gesicht. Der Schmerz war kurz, aber heftig. Jakob knallte auf den kalten Steinboden.

23

Sonntag, 05:22 Uhr

Ben

»Hörst du was?« Viola saß auf dem Bett und hielt sich den verletzten Arm. Ihr Blick ruhte auf Ben, der mit dem Kopf an der Tür nach draußen lauschte.

»Nichts«, antwortete er. »Sollen wir abhauen?«

»Bist du verrückt? Du hast doch gehört, was der Polizist gesagt hat.« Viola erhob sich und warf ein weiteres Mal einen Blick aus dem Fenster, um Ausschau nach der angekündigten Verstärkung zu halten.

Dann durchbrachen Schüsse die Stille im Haus. Sie kamen von unten, wahrscheinlich aus dem Keller.

Fuck!

Sie sahen sich wortlos an. Ben hatte gehofft, dass Duric nach Sullas Eintreffen einfach abgehauen war. »Los, komm!« Er reichte Viola die Hand. »Wir müssen raus hier.«

Zögernd kam sie zu ihm und griff nach seiner Hand. Dann drückte sie so fest zu, dass es beinahe wehtat. Ben führte sie nach draußen in den Flur und die Treppe nach unten.

Viola zog seine Hand nach rechts. »Da ist die Haustür!«

Im nächsten Augenblick öffnete sich die Tür zum Keller. Duric kam heraus und schnitt ihnen den Weg ab. Viola stieß beim Anblick des Mannes einen lauten Schrei aus.

»Scheiße!«, fluchte Ben und zerrte sie mit sich in Richtung der Küche.

Sie rannten weiter ins Esszimmer, wo die Nachtluft durch das eingeschossene Fenster in den Raum strömte.

»Schnell, Viola!« Ben zog sie mit einem Ruck vor sich. Sie kletterte sofort aus dem Fenster.

Ben sah ihr ungeduldig zu, wie sie nach draußen kletterte. Er hatte seine Hand bereits am Fensterrahmen, um ihr zu folgen.

Dann packte ihn jemand. Große eiskalte Hände würgten ihn am Hals. Die Luft blieb ihm weg.

»*Ben!*« Viola zog von draußen an seinem Arm.

Er schlug und trat nach hinten aus. Er streifte zwar seinen Angreifer, aber es reichte sich aus. Der Würgegriff wurde immer fester. Schwindel überkam ihn. Immer weiter wurde er von Viola weggezerrt.

Ben sah nur noch Umrisse von ihr und dem Fenster, jeden Moment würde er das Bewusstsein verlieren. Ein weiteres Mal schlug er mit dem Ellenbogen nach hinten. Dieses Mal traf er. Der Griff an seiner Kehle löste sich.

Ben musste husten. Orientierungslos wankte er einige Schritte nach vorn und atmete schwer, dann wurde alles schwarz. Duric hatte ihn im Schwitzkasten.

Mit letzter Kraft schleuderte Ben ihn auf die Seite und zu Boden, dann rammte er dem Mann sein Knie in den Bauch.

Außer einem kaum hörbaren, kurzen Schluchzen gab Duric keinen Schmerzensschrei von sich.

Duric lag genau zwischen ihm und dem Fenster, der bullige Kerl richtete sich bereits wieder auf. Viola stand noch immer draußen am Fenster.

»Hau ab«, schrie Ben. »Hol Hilfe!«

Wieder auf den Beinen rannte er ins Wohnzimmer. Ben kam allerdings nicht weit. Wie ein Berserker stürmte Duric auf ihn zu, riss ihn zur Seite und versetzte ihm einen Schlag in den Magen, der Ben auf die Knie zwang. Panisch rang Ben nach Luft.

Einen Moment später verlor er vollständig die Orientierung. Duric hatte ihn erneut mit seinen kräftigen Pranken am Hals gepackt. Ben wusste nicht mehr, wo oben und unten war. Er wurde einige Meter weit mitgeschleift. Als Duric stoppte, konnte Ben wieder etwas erkennen. Duric hatte einen Hammer in der Hand.

Ben schloss die Augen. *Das wars. Jetzt schlägt er mir den Schädel ein.*

Er hatte keinerlei Kraft mehr, sich zu wehren. Angst machte sich in Kopf und Körper breit. Alles zitterte. Ben wartete auf den tödlichen Schlag, der ihm das Leben rauben würde. Er hoffte, dass der Einschlag nicht so schmerzhaft sein würde. Vielleicht zermalmte Duric ihm das Hirn so, dass er gar nicht viel davon mitbekäme.

Der Druck an Bens Hals löste sich.

Ein lauter Knall, als hätte jemand eine Tür eingeschlagen.

Ben fiel auf seinen Hintern und blinzelte hastig, um sich zu orientieren.

Sulla!

Der Polizist hatte Durics Kopf gegen den Wohnzimmerschrank gestoßen. Sullas Gesicht war blutüberströmt, seine Nase sah gebrochen aus. Sulla packte den Mann an den Haaren und zog ihn nach hinten. Im nächsten Augenblick setzte Duric erneut seinen Kehlengriff an. Sulla stöhnte laut auf und wurde gegen die Wand gedrückt. Ben versuchte aufzustehen, doch seine Beine klappten einfach weg. Duric griff mit seiner freien Hand nach einer Porzellanfigur auf einem der Bücherregale neben ihm. Er holte zum Schlag aus, aber Sulla verpasste ihm einen Hieb mit dem Ellenbogen ins Gesicht. Dann noch einen und Duric torkelte zurück.

Der Hüne griff nach einem Schürhaken, dessen Spitze im offenen Kamin lag.

»Sulla, passen Sie auf!«, schrie Ben aus voller Kehle.

Aber der Polizist torkelte noch benommen, Blut strömte aus seiner Nase.

Dann stach Duric zu.

Der Haken bohrte sich in Sullas Oberschenkel. Der laute Schmerzensschrei des Polizisten schien eine Ewigkeit anzudauern. Dann wurde er stetig leiser, bis Sulla schließlich zusammenklappte und sein Kopf auf dem Boden aufschlug.

Durics Blick fiel wieder auf Ben. Mit einer Seelenruhe marschierte er auf ihn zu. Ben krabbelte panisch einige Meter von ihm weg, doch Duric hatte ihn schnell eingeholt. Wieder wanderte die Hand dieses Monsters in Richtung seiner Kehle. Ben presste sein Kinn, so stark er nur konnte, auf seine Brust. Auf dem Boden liegend versuchte er, dem tödlichen Griff zu entkommen.

Für einen kurzen Moment hatte Ben sogar Erfolg, doch Durics Finger drückten so sehr in sein Fleisch, dass sich Bens Kopf automatisch nach oben zog. Der Druck an seinem Hals war zurück.

Aus seinen Augenwinkeln sah er Viola. Sie stand direkt hinter Duric. Und schlug zu.

Ein Schmerzensschrei. Durics freie Hand schoss nach hinten und schleuderte Viola von sich weg. Noch immer hatte sich sein Würgegriff kaum gelöst. Er griff an seinen Rücken und zog eine Gartenhacke aus seinem Fleisch. Duric betrachtete sein eigenes Blut, das an den drei Zinken herunterlief.

Dann holte er damit aus.

»Ben! Neeeein!« Violas Schreie transportierten pure Verzweiflung.

Zwei Schüsse lösten sich. Die erste Patrone durchbohrte die rechte Brust, die zweite den Kopf direkt über Durics linkem Auge. Blut spritzte aus den Einschusslöchern heraus und ergoss sich auf Bens Gesicht und seine Kleidung. Dann sank Durics lebloser Körper zu Boden.

Ein Mann mit Pistole stand mitten im Raum und blickte Ben und Viola an. Dann fiel sein Blick auf Sulla.

»Jakob«, rief er und rannte zu Sulla, der noch immer bewegungslos am Boden lag.

Polizeisirenen ertönten von draußen. Es war vorbei.

24

Sonntag, 11:14 Uhr

Jakob

Sonnenstrahlen schienen durchs Fenster auf Jakobs Gesicht, als er zu Bewusstsein kam. Die angenehme Wärme auf seiner Haut fühlte sich gut an.

Der Himmel hat wohl endlich ausgeweint. Wurde auch Zeit.

Er spürte eine starre Schiene auf seiner Nase. Jakob lag in einem Einzelzimmer. Recht hübsch für ein Krankenzimmer. Keiner dieser sterilen, schneeweißen Räume, die nach Desinfektionsmittel stanken, und in denen Leute starben. Die warme, braune Tapete und das helle Laminat vermittelten eher einen Hauch Urlaubsatmosphäre.

Natürlich nur, wenn man ausblendet, dass ich in einem Nachthemd auf einem unbequemen Krankenhausbett mit einer Nadel im Arm liege.

Es roch nach frischen Blumen, was daran lag, dass direkt neben ihm auf seinem Beistelltisch ein Strauß stand.

Ob Mutter den gebracht hat? Kann ich mir kaum vorstellen.

Jakob versuchte, sich aufzurichten, doch ein stechender Schmerz in seinem Oberschenkel ließ ihn schnell aufgeben. Er drückte die Klingel für die Schwester.

Es dauerte keine Minute, bis eine junge Frau, Ende zwanzig, hereinkam. Sie war eher eine von der kräftigen Sorte, aber mit auffällig hübschem Gesicht. Ihre langen, braunen Haare hatte sie zu einem Pferdeschwanz zusammengebunden. »Herr Sulla, sie sind wach. Sehr schön. Wie geht es Ihnen denn?«

»Können Sie das Kopfende weiter nach oben stellen, damit ich sitzen kann?«

Sofort griff sie nach dem Schalter, der an der Bettkante herunterhing, und sorgte dafür, dass Jakob nicht mehr das Gefühl hatte, wie ein hilfloses Insekt auf dem Rücken zu liegen. »So besser?«

Er las den Namen auf ihrem Schild, das an ihrem Kittel festgemacht war – Diana Schulz.

»Perfekt.«

Er erblickte eine Cola-Dose und Nussschokolade auf seinem Tisch. Nicht irgendeine, sondern die, die er am liebsten aß.

Kann eigentlich nur von Moritz sein.

»Wie fühlen sie sich, Herr Sulla?«

»Ich hasse Krankenhäuser.«

Die Frau grinste seine Bemerkung weg und warf einen Blick auf das Klemmbrett. »Die Visite ist schon durch, aber ich gebe Bescheid, dass Sie wach sind. Der Oberarzt wird dann sicherlich heute noch bei Ihnen vorbeischauen.«

Jakob nickte.

»Welcher Tag ist heute? Wie lang war ich im Koma?«

Sie schaute ihn verdutzt an. »Sonntag. Und Sie waren nicht im Koma, Herr Sulla. Sie sind heute eingeliefert und noch am frühen Morgen operiert worden.«

Er zog eine Grimasse. »Ach so, na dann.«

Sie musste schmunzeln. »Brauchen Sie ein Schmerzmittel?«

»Immer her damit«, antwortete er. »Ich bin keiner dieser Typen, die unnötig Schmerzen aushalten, um sich wie ein Mann zu fühlen. Also ja, bringen sie mal das ganze Repertoire, das sie so dahaben. Dann können wir uns ja was aussuchen.«

»Mögen sie Morphium?« Sie rollte mit den Augen. »Vielleicht kann ich Ihnen ja damit eine Freude machen.«

»Oh ja. Gibts das auch in Tablettenform? Ich hasse nämlich Nadeln.«

Die Krankenschwester lachte und schüttelte den Kopf. »Ich glaube, wir versuchen es erst einmal mit Ibuprofen, Herr Sulla. So schlimm sind Sie, glaube ich, nicht dran, dass wir sie mit Opiaten vollpumpen müssten.«

Jakob zuckte mit den Schultern. »Ach, kommen Sie. Hatten Sie schon mal eine Glutstange in Ihrem Oberschenkel stecken? Sie wissen gar nicht, was das mit einem macht. Ich möchte jetzt ein bisschen Spaß.«

Die junge Frau streichelte ihn sanft am Arm. »Nein, Gott sei Dank nicht. Aber ich bin mir sicher, dass Sie schon bald wieder fit sind.«

»Na, wenn Sie das sagen.« Er deutete auf den mobilen Fernsehbildschirm, der an einem Gestell an der Wand hinter ihm festgemacht war. »Haben Sie wenigstens Sky hier?«

»Haben wir tatsächlich.«

Herrlich. Wenigstens kann ich mal wieder in Ruhe Bundesliga schauen.

»Kann ich sonst noch irgendetwas für Sie tun?« Sie war schon auf dem Sprung aus dem Zimmer.

»Äh ja, ich vermisse mein Handy.« Jakob zog die Schublade seines Beistelltisches auf. Darin lagen Brieftasche und Smartphone. »Vergessen Sie's. Es ist hier.«

Sie war bereits wieder im Gang und im Begriff die Tür zu schließen, da merkte Jakob, dass der Akku seines Handys leer war. »Halt! Warten Sie kurz!«

Die junge Frau schob sich noch mal ein Stück durch den Türspalt und presste die Lippen zu einem freundlichen, aber leicht genervten Blick zusammen. »Jaaa?«

»Haben sie zufällig ein Ladekabel?« Er legte all seine Energie in einen möglichst unwiderstehlichen Hundeblick und kam sich dabei etwas albern vor.

»Ich schau mal, was ich finden kann«, zwinkerte sie ihm zu und schloss die Tür.

Jakob suchte eine noch bequemere Sitzposition, ließ es dann aber aufgrund der Schmerzen in seinem Bein sein. *Hoffentlich bringt sie auch gleich die Tabletten mit.*

Er schaute aus dem Fenster. Ruhig hörte er dem Vogelgezwitscher zu, das von draußen hereintönte. Seit langer Zeit konnte er einen solchen Moment wieder genießen. Die letzten Wochen hatten unendlich viel Akku gezogen. Im Moment der Ruhe, den er verspürte, realisierte er, was für eine Last von ihm abgefallen war.

Prof. Dr. Waidmann war tot, ebenso seine Gefolgsleute, die für ihn unschuldige Frauen ermordet hatten. Jakob hatte das Bild vor Augen, das sich ihm in dem Kellerraum geboten hatte. Er schüttelte den Kopf.

Was steckte hinter diesen abscheulichen Taten? Wieso hatte Waidmann die Körperteile der Opfer zusammengenäht? Wie hatte er es geschafft, so viele seiner Kursteilnehmer für diesen Horror zu rekrutieren?

Jakob wollte auch noch die letzten Details über die Hintergründe dieser Mordserie wissen. Er wollte einfach verstehen, weshalb diese Frauen hatten sterben müssen und was in den Tätern vor sich gegangen war.

Waren wirklich alle seiner Gefolgsleute tot?

Die Zimmertür ging wieder auf.

»Schauen Sie mal, was ich gefunden habe.« Die Schwester kam mit einem Ladekabel an sein Bett.

Jakob grinste zufrieden. »Haben Sie auch an die Tabletten gedacht?«

Sie zog eine Viererreihe Tabletten aus der Tasche ihres weißen Kittels und gab sie ihm.

»Die müssen bis heute Nacht reichen. Maximal alle drei Stunden eine. Kann ich mich darauf verlassen, dass sie nicht gleich alle in ihrer Cola auflösen?«

»Selbstverständlich«, sagte er mit ironischem Unterton. Als die Schwester ihm einen skeptischen Blick zuwarf, lächelte er sie an. »Keine Sorge, ich halte mich brav an die Anweisungen.«

»Ein Mann, ein Wort«, sagte sie. »Sie wissen ja, wer Ihnen das Töpfchen zum Pinkeln bringt. Falls sie mich enttäuschen, enttäusche ich Sie auch.« Sie zeigte eine freche Grimasse.

Töpfchen? Ach du Scheiße, nicht im Ernst. Bevor ich in irgendeinen Rentnertopf mache, schmeiß ich mir doch lieber alle Tabletten auf einmal rein und kämpf mich aufs Klo. »Darüber reden wir noch mal, ja?«

»Können wir gerne machen, aber ich glaube kaum, dass Sie es auf die Toilette schaffen mit Ihrem Bein.«

Jakob versucht, seine Beine anzuziehen und damit zu demonstrieren, wie mobil er war. Sein Versuch war erbärmlich, er gab direkt wieder auf. »Diana, richtig?«

Sie nickte.

»Jakob«, stellte er sich vor. »Wir zwei bekommen das schon hin, oder?«

Diana lächelte ihm zu und verließ das Zimmer wieder.

Jakob steckte unter einem Stöhnen das Ladekabel in die Steckdose hinter ihm. Sein Bein schmerzte wirklich bei der kleinsten Bewegung. Dann brach er sich zwei der Tabletten aus der Verpackung.

Wenn Diana das wüsste ...

Er spülte sie mit der Cola hinunter. Auf seinem Handydisplay zeigte sich das Aufladesymbol. Es würde noch ein paar Minuten dauern, bis er es benutzen konnte. Er zog den Bildschirm näher an sich heran und checkte, was das Krankenhaus technisch zu bieten hatte. Jakob staunte nicht schlecht – Internet Browser und Fernsehprogramme inklusive Sky Bundesliga. Er überlegte, im Internet nach Nachrichten über die jüngsten Ereignisse zu suchen, doch noch ehe er eine Internetadresse eingegeben hatte, revidierte er sein Vorhaben und schaltete den Fernseher ein.

Für heute genug von Morden und Opfern.

Auf Pro7 lief *The Big Bang Theorie*, was er ab und an gerne schaute. Er stöpselte die Kopfhörer ein und ließ sich einige Minuten berieseln. Dann griff er nach dem Handy, es hatte sich schon automatisch eingeschaltet und wartete nun auf den Entsperrcode.

Jakob ließ die Kopfhörer auf und gab den Code ein. Er öffnete Nouvius und schrieb Moritz eine kurze Nachricht: *Lebe noch. Die haben sogar Sky hier. Danke, dass du rechtzeitig da warst.*

Dann klickte er auf seine letzten gewählten Rufnummern. Die oberste war die von Wismer. Er öffnete eine Nouvius Nachricht und tippte.

Hey, Wismer. Das nächste Mal hören Sie auf mich, ja?

Jakob widmete sich wieder dem Fernseher. Keine Minute später vibrierte sein Handy. Wismer schien sein Smartphone gerade bei sich zu haben.

Tja, hätten Sie sich mal beeilt. Wie geht es Ihnen?

Ich hab Sky hier. Könnte also schlimmer sein.

Wie geht es Ihrer Freundin?

*Ich glaube, ganz gut.
Sie hat mir vor ner Stunde geschrieben.*

Sind Sie ein Paar?

Leider nicht

Daran sollten Sie arbeiten! Gut, dass Sie heute Nacht nicht auf mich gehört haben.

Heißt das, ich komme straffrei aus der Geschichte?

So einfach wird das nicht sein. Wir werden sehen, was sich machen lässt. Jetzt lassen Sie mich mal aus diesem Krankenhaus rauskommen, dann reden wir in Ruhe über alles.

*In Ordnung, vielen Dank.
Erholen Sie Sich. Ach ja ... Sind sie VFB-Fan? ;-)*

Sympathisant. Ich mag aber Freiburg noch mehr. Bis bald, Wismer

***

Gegen zwölf schaute – wie es Diana angekündigt hatte – der Oberarzt vorbei. Er blieb keine fünf Minuten und erzählte Jakob, dass die Operation gut verlaufen sei, er aber das Bein die nächsten Tage nicht bewegen dürfe. Folgeschäden seien möglich. Jakob müsse die nächsten Wochen abwarten. Die Glutstange habe mehrere Sehnen vollständig durchtrennt. Die Heilung hinge an diversen Faktoren, Jakob müsse sich gedulden.

Zwangsurlaub hat wenigstens den Vorteil, dass keine Sau einen anruft, wenn doch irgendwas ist.

Zur Bundesliga-Halbzeitpause kam Moritz zu Besuch.

»Na sieh mal einer an«, begrüßte Jakob ihn. »Der Retter ist gekommen.«

Moritz schmunzelte, nahm sich einen der beiden Stühle, die an einem kleinen Tisch an der Wand standen, und setzte sich neben Jakob ans Bett.

»Wie schauts aus?« Er blickte auf Jakobs Bein, das unter der Decke ruhte. »Schmerzen?«

»Sagen wir es so. Diese Tabletten hier sind meine neuen, allerbesten Freunde.«

Tatsächlich hatten die Schmerzen nach der Einnahme nachgelassen, allerdings hatte er bereits nach zwei Stunden die dritte davon schlucken müssen und betete, dass Dianas angegebene Maximaldosis noch Spielraum nach oben hatte.

»Was macht der Schimmel?«

Moritz schüttelte den Kopf. »Der Vermieter will morgen eine Firma reinschicken, die das Ganze trocknen soll.« Seinem Gesichtsausdruck zufolge schien er nicht überzeugt davon zu sein.

»Doreen will umziehen, stimmts?«

»Ehrlich gesagt, bin ich jetzt auch so weit«, sagte Moritz. »Der Vermieter geht uns eh seit Jahren auf den Sack. Und seine Maßnahmen werden sicherlich wieder nur das Allernötigste enthalten.«

Jakob trank den Rest seiner Cola und schob den Bildschirm etwas von sich weg. Er starrte aus dem Fenster, ehe er sich entschloss, nachzufragen.

»Habt ihr noch was rausgefunden?«

Moritz sah ihm in die Augen. »Man hat Tagebücher von Waidmann gefunden.«

Tagebücher? »Der Kerl hat Tagebuch geschrieben? Über die Morde?«

Moritz nickte. »Und über seine innige Beziehung zu seiner Mutter.«

Jakob schaute ihn fragend an.

»Seine liebe Mutter war stark medikamentenabhängig. Als Waidmann sieben Jahre alt war, genauer gesagt an seinem Geburtstag, brachte die Mutter im Streit seinen Vater um und sperrte den Jungen mit der Leiche im Keller ein.«

»Ach du scheiße«, äußerte Jakob perplex.

»Seit diesem Tag litt Waidmann unter schweren Depressionen. Er kam in ein Heim und stand jahrelang unter psychologischer Betreuung. Dann führte er ein normales Leben ohne Partnerin, absolvierte sein Studium in Tübingen und promovierte erfolgreich. Allerdings hat er die Erlebnisse nie verkraftet.«

»Er hat seine Mutter verabscheut und seinen Hass auf andere Frauen projiziert«, sagte Jakob.

Moritz nickte zustimmend. »Er wollte, dass die jungen Frauen an ihrem Geburtstag leiden ... so wie er damals.«

Jakob dachte an die zusammengenähten Leichenteile im Keller. »Aber im Keller war ...«, stammelte er. »Was wollte er mit diesem ...«

Moritz wusste sofort, wovon er sprach. »Wir vermuten, er hat damit ein Abbild seiner Mutter konstruieren wollen.«

Jakob rieb sich fassungslos die Stirn. »Und wie hat er es geschafft, vier seiner Kursteilnehmer dafür anzustiften?«

Moritz runzelte die Stirn. Seine Miene ließ eine höchst interessante Erklärung vermuten. »In seinem Tagebuch schreibt er, dass er die Personen für seine Rache gezielt ausgewählt hat. Die Männer waren laut seinen Aufzeichnungen nur noch psychische Wracks. Er scheint sie zuerst wieder aufgebaut zu haben, gleichzeitig jedoch wie Marionetten für sein perverses Spiel benutzt zu haben. Er hatte Ihnen in speziellen Sitzungen eingetrichtert, dass diese Frauen schuldig seien.«

»Schuldig woran?«

»Ich weiß es nicht.«

»Ist auch egal«, murmelte Jakob. »Wer weiß, wie viele Frauen noch gestorben wären, wenn dieser Wismer nicht gewesen wäre.«

Ein Klopfen an der Tür.

Emma!

»Komme ich ungelegen?« Sie stand zwischen den Türangeln und lächelte.

»Überhaupt nicht«, sagte Jakob.

Moritz gab ihm einen Klaps auf den Oberarm. »Alles klar, ich muss eh los. Ich schau morgen noch mal vorbei.«

»Die Nussschokolade ist schon leer.«

Moritz lachte. »Hab verstanden.«

Emma setzte sich auf den soeben frei gewordenen Platz neben Jakobs Bett.

»Wie geht es dir?«

Jakob lächelte sie an.

25

Zwei Wochen später

Ben

Die Wanduhr in der Cocktailbar zeigte 23:07 Uhr. Ben zog am Strohhalm seines dritten Mai Tais und schaute dabei in Violas grüne Augen. *So hätte das gerne auch gleich laufen können*, dachte er.

Dieses Mal verlief alles wie geplant. Keine verschüttete Cola im Kinosaal, leckere Pizza beim Italiener, keine nervige Handytipperei und vor allem keine Hetzjagd durch die Stadt auf der Suche nach Mördern und Entführten.

Noch immer geisterten die Ereignisse dieser Nacht regelmäßig in Bens Kopf umher. Eine Nacht, die er niemals vergessen würde. Viola, Sulla und auch Ben waren dem Tod gerade noch von der Schippe gesprungen. Er selbst hatte einen Menschen töten müssen, wobei jeder, mit dem er darüber gesprochen hatte, ihm verdeutlicht hatte, dass Waidmann kein Mensch, sondern ein Monster gewesen war. Ein Flüsterer in der Nacht, der andere als Marionetten für seine grauenvollen Rachefantasien missbraucht hatte.

Ben musste immer wieder an die getötete Studentin denken.

Aber Viola lebt. Und der Schrecken hat endlich ein Ende.

Dass Waidmann Viola beim Zurückgeben seines Handys wiedererkannt hatte, war der Grund gewesen, dass sie in Lebensgefahr geraten war. Waidmann hatte Viola – als sie gefesselt in Durics Wohnung lag – in einer seiner gruseligen Wutreden erzählt, dass er sie erkannt und in eine Falle gelockt hatte. Er hatte sie zuerst betäubt und im Kofferraum seines Wagens eingesperrt. Als sie wieder zu Bewusstsein kam, konnte sie gerade noch Nouvius installieren und Ben eine Nachricht zukommen lassen. Dann war Duric gekommen und hatte sie mitgenommen.

»Was denkst du grad?« Viola lächelte ihn an.

Ben zückte zum ersten Mal an diesem Abend sein Smartphone.

»Ich hab da was Cooles, was dir sicher gefallen wird.«

Ein entgeisterter Blick durchbohrte ihn. »Ach ja? Wenn es irgendetwas mit Chat-Nachrichten zu tun hat, muss ich mich leider Gottes von dir verabschieden.« Lachgrübchen verzierten ihr Gesicht. »Und das wäre extrem schade, denn ich habe diesen Abend bisher sehr genossen.«

Ben schüttelte den Kopf. »Nicht im Geringsten.« Er drehte ihr das Display zu.

»Wer ist das?«

Ben grinste. »Mein Bruder, Tommy.«

Sie nahm ihm das Handy ab, schaute sich das Foto genauer an und zoomte mit den Fingern näher heran.

»Das ist er? Er sieht dir überhaupt nicht ähnlich.«

»Ich weiß.«

Sie gab ihm das Handy zurück. »Wir müssen ihn demnächst mal besuchen, ja? Ich ... will mich auch bei ihm bedanken.«

»Das lässt sich sicher einrichten.« Ben griff nach ihrer linken Hand, dann glitten Violas Finger zwischen seine. Bens Blick fiel auf die Armschlinge, in der Violas rechter Arm hing. Waidmanns Angriff mit der Schere hatte keine gravierenden Verletzungen zur Folge gehabt, doch Viola hatte noch immer recht starke Schmerzen.

»Was ist eigentlich mit dieser Einbruchsgeschichte?«, wollte sie wissen. »Hat man ihn jetzt angezeigt wegen der Sache?«

»Na ja, Fakt ist, dass er sich illegalen Zugriff ins System dieser Sicherheitsfirma verschafft hat. Genauso wie es Fakt ist, dass ich ein Auto geklaut und einen Polizisten verletzt habe.«

Viola schüttelte den Kopf, als wollte sie seine Taten dadurch verharmlosen. »Ja, aber nur, weil du mir das Leben retten wolltest.«

»Straftat bleibt Straftat. Das Verfahren ist auf nächsten Monat angesetzt. Immerhin haben sie durch uns diesen Psychopaten und seine irren Anhänger dranbekommen. Ich hoffe, Sulla hat recht und das wird bei der Festsetzung der Strafe berücksichtigt. Dass ich diesen Polizisten verletzt habe, war wirklich sehr dumm.«

Viola schnaufte nachdenklich. »Schon komisch irgendwie, wieder hier zu sein.«

Der Rundumblick, der sich ihnen bot, war derselbe wie in der Nacht vor zwei Wochen. Die Bar platzte aus allen Nähten, überall sah man Leute, überall Handys. Unzählige Nachrichten und Anrufe waren im Gange, aber unter keinen Umständen wollte er einen Blick darauf werfen. Was ohnehin nicht mehr möglich war, da er nach der Wiederherstellung des Werkszustandes seines Handys Nouvius und die gecrackte Version von Tommy vollständig gelöscht hatte. »Ja schon«, gab Ben zu. »Aber es war deine Idee, den Abend so zu wiederholen, wie er angefangen hatte.«

»Jaja, ich weiß. Ist alles gut. Bin auch froh, dass wir noch mal hergekommen sind. Vielleicht hilft mir das, den Rest der Nacht zu vergessen.«

»Wenn ich dafür etwas tun kann, sag es einfach.«

Viola schmunzelte. »Nun ja, da fällt mir schon was ein. Aber dafür sollten wir jetzt bezahlen und zu dir fahren.«

Oh danke, lieber Gott.

Danksagung

Also gut, dann werfe ich jetzt mal meine eigenen Richtlinien über Bord. Meinen Schülern versuche ich Jahr für Jahr mal mehr, mal weniger erfolgreich einzutrichtern, dass assoziatives Schreiben ohne Schreibplan in den allermeisten Fällen keine gute Idee ist.

Genau das mache ich jetzt aber – ich schreibe frei heraus. Denn ich möchte Danke sagen, und ich glaube, das macht man am besten mit dem Herzen, wild durcheinander und so, wie es einem gerade in den Sinn kommt.

Liebe Sarina, ich danke dir für so vieles. Zuerst einmal für deine unermüdliche Ausdauer beim Korrekturlesen. Dafür, dass du kein Blatt vor den Mund nimmst, mir schonungslos meine Logiklöcher stopfst und die Handlungen meiner Protagonisten hinterfragst. Dieses Buch, meine Geschichte, ist durch dich in vielerlei Hinsicht gereift.

Noch viel mehr danke ich dir, dass du mir trotz der vielen Baustellen (im wahrsten Sinne des Wortes) den Rücken freigehalten und mir die Zeit gegeben hast, dieses Buch zu schreiben. In den letzten entscheidenden Zügen unserer Hausrenovierung, kurz vor der Geburt unseres Sohnes. Ich gebe es zu, nicht wenige Frauen hätten mir wohl – um mal beim Titel des Buches zu bleiben – in der Nacht etwas geflüstert, etwa dass ich meine Sachen packen und ausziehen kann, bevor ich überhaupt einziehe. Ich weiß, was ich an dir habe. Vielen Dank für deine unerschütterliche Unterstützung.

Als Nächstes schießt mir dein Name, Alisha, in den Kopf. Du hast mich letztes Jahr in deiner Literaturagentur aufgenommen, hast an mich geglaubt, dafür gesorgt, dass ich mich weiterentwickelt habe und mich zu meinem ersten Buchvertrag geleitet. Vielen Dank für dein Vertrauen und deine Unterstützung.

Natürlich bedanke ich mich auch bei Francesca Hintz und Marc Hiller von dp DIGITAL PUBLISHERS für die Inverlagnahme meines Debütromans. Der erste Verlag ist sicherlich für jeden Autor etwas ganz Besonderes.

Was wäre ein Roman ohne einen guten Lektor? Auf jeden Fall anstrengender zu lesen und sicherlich auch hier und da unlogisch bis unfreiwillig komisch. Danke, Philipp Bobrowski, für die jederzeit unkomplizierte, höchst effektive und freundliche Zusammenarbeit. Ich hoffe, wir arbeiten bald wieder gemeinsam an einem Projekt. Danke.

Ich komme zu Annadel Hogen, die für das tolle Buchcover verantwortlich ist. Vielen Dank.

Auch dir, Armin, danke ich für deine umfangreichen Auskünfte in Sachen Polizeiarbeit bei der Mordkommission. Bei der Recherche von einem Spezialisten wie dir unterstützt zu werden, hilft ungemein und hat mir viele interessante Einblicke in die Arbeit eines Ermittlers beschert. Ich wiederhole mich, aber egal: danke, danke, danke!

Mein letztes Danke gehört Ihnen, den Leser:innen. Ich hoffe, dass Ihnen mein Roman gefallen hat und dass Sie einige unterhaltsame Stunden damit hatten. Es

würde mich freuen, wenn Sie mich und meine Werke
im Blick behalten.

Auf ein Wiederlesen.
Ihr Christoph F. J. Rotter